MW00755401

Muriel Barbery

L'élégance du hérisson

Gallimard

Muriel Barbery est née en 1969. *L'élégance du hérisson* est son deuxième roman, après *Une gourmandise* paru en 2000.

À Stéphane, avec qui j'ai écrit ce livre

Marx

(Préambule)

1

Qui sème le désir

— Marx change totalement ma vision du monde, m'a déclaré ce matin le petit Pallières qui ne m'adresse d'ordinaire jamais la parole.

Antoine Pallières, héritier prospère d'une vieille dynastie industrielle, est le fils d'un de mes huit employeurs. Dernière éructation de la grande bourgeoisie d'affaires — laquelle ne se reproduit que par hoquets propres et sans vices —, il rayonnait pourtant de sa découverte et me la narrait par réflexe, sans même songer que je puisse y entendre quelque chose. Que peuvent comprendre les masses laborieuses à l'œuvre de Marx ? La lecture en est ardue, la langue soutenue, la prose subtile, la thèse complexe.

Et c'est alors que je manque de me trahir stupidement.

— Devriez lire l'*Idéologie allemande*, je lui dis, à ce crétin en duffle-coat vert sapin.

Pour comprendre Marx et comprendre pourquoi il a tort, il faut lire l'*Idéologie allemande*. C'est le socle anthropologique à partir duquel se bâtiront toutes les exhortations à un monde nouveau et sur lequel est vissée une certitude maîtresse : les hommes, qui se perdent de désirer, feraient bien de s'en tenir à leurs besoins. Dans un monde où l'*hubris* du désir sera muselée pourra naître une organisation sociale neuve, lavée des luttes, des oppressions et des hiérarchies délétères.

— Qui sème le désir récolte l'oppression, suis-je tout près de murmurer comme si seul mon chat m'écoutait.

Mais Antoine Pallières, dont la répugnante et embryonnaire moustache n'emporte avec elle rien de félin, me regarde, incertain de mes paroles étranges. Comme toujours, je suis sauvée par l'incapacité qu'ont les êtres à croire à ce qui fait exploser les cadres de leurs petites habitudes mentales. Une concierge ne lit pas l'*Idéologie allemande* et serait conséquemment bien incapable de citer la onzième thèse sur Feuerbach. De surcroît, une concierge qui lit Marx lorgne forcément vers la subversion, vendue à un diable qui s'appelle CGT. Qu'elle puisse le lire pour l'élévation de l'esprit est une incongruité qu'aucun bourgeois ne forme.

— Direz bien le bonjour à votre maman, je marmonne en lui fermant la porte au nez et en espérant que la dysphonie des deux phrases sera recouverte par la force de préjugés millénaires.

Les miracles de l'Art

Je m'appelle Renée. J'ai cinquante-quatre ans. Depuis vingt-sept ans, je suis la concierge du 7 rue de Grenelle, un bel hôtel particulier avec cour et jardin intérieurs, scindé en huit appartements de grand luxe, tous habités, tous gigantesques. Je suis veuve, petite, laide, grassouillette, j'ai des oignons aux pieds et, à en croire certains matins auto-incommodants, une haleine de mammouth. Je n'ai pas fait d'études, ai toujours été pauvre, discrète et insignifiante. Je vis seule avec mon chat, un gros matou paresseux, qui n'a pour particularité notable que de sentir mauvais des pattes lorsqu'il est contrarié. Lui comme moi ne faisons guère d'efforts pour nous intégrer à la ronde de nos semblables. Comme je suis rarement aimable, quoique toujours polie, on ne m'aime pas mais on me tolère tout de même parce que je corresponds si bien à ce que la croyance sociale a aggloméré en paradigme de la concierge d'immeuble que je suis un des multiples rouages qui font tourner la grande illusion universelle selon laquelle la vie a un sens qui peut être aisément déchiffré. Et puisqu'il est écrit quelque part que les concierges sont vieilles, laides et revêches, il est aussi gravé en lettres de feu au fronton du même firmament imbécile que lesdites concierges ont des gros chats velléitaires qui somnolent tout le jour sur des coussins recouverts de taies au crochet.

À semblable chapitre, il est dit que les concierges regardent interminablement la télévision pendant que leurs gros chats sommeillent et que le vestibule de l'immeuble doit sentir le pot-au-feu, la soupe aux choux ou le cassoulet des familles. J'ai la chance inouïe d'être concierge dans une résidence de grand standing. Il m'était si humiliant de devoir cuisiner ces mets infâmes que l'intervention de M. de Broglie, le conseiller d'État du premier, qu'il dut qualifier auprès de sa femme de courtoise mais ferme et qui visait à chasser de l'existence commune ces relents plébéiens, fut un soulagement immense que je dissimulai du mieux que je le pus sous l'apparence d'une obéissance contrainte.

C'était vingt-sept ans auparavant. Depuis, chaque jour, je vais chez le boucher acheter une tranche de jambon ou de foie de veau, que je coince dans mon cabas à filet entre le paquet de nouilles et la botte de carottes. J'exhibe complaisamment ces victuailles de pauvre, rehaussées de la caractéristique appréciable qu'elles ne sentent pas parce que je suis pauvre dans une maison de riches, afin d'alimenter conjointement le cliché consensuel et mon chat, Léon, qui n'est gras que de ces repas qui auraient dû m'être destinés et s'empiffre bruyamment de cochonnaille et de macaronis au beurre tandis que je peux assouvir sans perturbations olfactives et sans que personne n'en suspecte rien mes propres inclinations culinaires.

Plus ardue fut la question de la télévision. Du temps de mon défunt mari, je m'y fis toutefois, parce que la constance qu'il mettait à la regarder m'en épargnait la corvée. Dans le vestibule de l'immeuble parvenaient des bruits de la chose et cela suffisait à pérenniser le jeu des hiérarchies sociales dont, Lucien trépassé, je dus me creuser la tête pour maintenir l'apparence. Vivant, il me déchargeait de l'inique obligation ; mort, il me privait de son inculture, indispensable rempart contre la suspicion des autres.

Je trouvai la solution grâce à un non-bouton.

Un carillon relié à un mécanisme infrarouge m'avertit désormais des passages dans le hall, rendant inutile tout bouton requérant que les passants y sonnent pour que je puisse connaître leur présence, bien que je sois fort éloignée d'eux. Car en ces occasions, je me tiens dans la pièce du fond, celle où je passe le plus clair de mes heures de loisir et où, protégée des bruits et des odeurs que ma condition m'impose, je peux vivre selon mon cœur sans être privée des informations vitales à toute sentinelle : qui entre, qui sort, avec qui et à quelle heure.

Ainsi, les résidents traversant le hall entendaient les sons étouffés par quoi on reconnaît qu'une télévision est en marche et, en manque plus qu'en veine d'imagination, formaient l'image de la concierge vautrée devant le récepteur. Moi, calfeutrée dans mon antre, je n'entendais rien mais savais que quelqu'un passait. Alors, dans la pièce voisine, par l'œil-de-bœuf sis face aux escaliers, cachée derrière la mousseline blanche, je m'enquérais discrètement de l'identité du passant.

L'apparition des cassettes vidéo puis, plus tard, du dieu DVD, changea encore plus radicalement les choses dans le sens de ma félicité. Comme il est peu courant qu'une concierge s'émoustille devant *Mort à Venise* et que, de la loge, s'échappe du Mahler, je tapai dans l'épargne conjugale, si durement amassée, et acquis un autre poste que j'installai dans ma cachette. Tandis que, garante de ma clandestinité, la télévision de la loge beuglait sans que je l'entende des insanités pour cerveaux de praires, je me pâmais, les larmes aux yeux, devant les miracles de l'Art.

Pensée profonde n° 1

Poursuivre les étoiles
Dans le bocal à poissons
Rouges finir

Apparemment, de temps en temps, les adultes prennent le temps de s'asseoir et de contempler le désastre qu'est leur vie. Alors ils se lamentent sans comprendre et, comme des mouches qui se cognent toujours à la même vitre, ils s'agitent, ils souffrent, ils dépérissent, ils dépriment et ils s'interrogent sur l'engrenage qui les a conduits là où ils ne voulaient pas aller. Les plus intelligents en font même une religion : ah, la méprisable vacuité de l'existence bourgeoise ! Il y a des cyniques dans ce genre qui dînent à la table de papa : « Que sont nos rêves de jeunesse devenus ? » demandent-ils d'un air désabusé et satisfait. « Ils se sont envolés et la vie est une chienne. » Je déteste cette fausse lucidité de la maturité. La vérité, c'est qu'ils sont comme les autres, des gamins qui ne comprennent pas ce qui leur est arrivé et qui jouent aux gros durs alors qu'ils ont envie de pleurer.

C'est pourtant simple à comprendre. Ce qui ne va pas, c'est que les enfants croient aux discours des adultes et que, devenus adultes, ils se vengent en trompant leurs propres enfants. « La vie a un sens que les grandes personnes détiennent » est le mensonge universel auquel tout le monde est obligé de croire. Quand, à l'âge adulte, on comprend que c'est faux, il est trop tard. Le mystère reste intact mais toute l'énergie disponible a depuis longtemps été gaspillée en activités stupides. Il ne reste plus qu'à s'anesthésier comme on peut en tentant de se masquer le fait qu'on ne trouve aucun sens à sa vie et on trompe ses propres enfants pour tenter de mieux se convaincre soi-même.

Parmi les personnes que ma famille fréquente, toutes ont suivi la même voie : une jeunesse à essayer de rentabiliser son intelligence, à presser comme un citron le filon des études et à s'assurer une position d'élite et puis toute une vie à se demander avec ahurissement pourquoi de tels espoirs ont débouché sur une existence aussi vaine. Les gens croient poursuivre les étoiles et ils finissent comme des poissons rouges dans un bocal. Je me demande s'il ne serait pas plus simple d'enseigner dès le départ aux enfants que la vie est absurde. Cela ôterait quelques bons moments à l'enfance mais ça ferait gagner un temps considérable à l'adulte — sans compter qu'on s'épargnerait au moins un traumatisme, celui du bocal.

Moi, j'ai douze ans, j'habite au 7 rue de Grenelle dans un appartement de riches. Mes parents sont riches, ma famille est riche et ma sœur et moi sommes par conséquent virtuellement riches. Mon père est député après avoir été ministre et il finira sans doute au perchoir, à vider la cave de l'hôtel de Lassay. Ma mère... Eh bien ma mère n'est pas exactement une lumière mais elle est éduquée. Elle a un doctorat de lettres. Elle écrit ses invitations à dîner sans fautes et passe son temps à nous assommer avec des références littéraires (« Colombe, ne fais pas ta Guermantes », « Ma puce, tu es une vraie Sanseverina »).

Malgré cela, malgré toute cette chance et toute cette richesse, depuis très longtemps, je sais que la destination finale, c'est le bocal à poissons. Comment est-ce que je le sais ? Il se trouve que je suis très intelligente. Exceptionnellement intelligente, même. Déjà, si on regarde les enfants de mon âge, c'est un abysse. Comme je n'ai pas trop envie qu'on me remarque et que dans une famille où l'intelligence est une valeur suprême, une enfant surdouée n'aurait jamais la paix, je tente, au collège, de réduire mes performances mais même avec ça, je suis toujours la première. On pourrait penser que jouer les intelligences normales quand, comme moi, à douze ans, on a le niveau d'une khâgneuse, c'est facile. Eh bien pas du tout ! Il faut se donner du mal pour se faire plus bête qu'on n'est. Mais d'une certaine façon, ça m'empêche de périr d'ennui : tout le temps que je n'ai pas besoin de passer à apprendre et à comprendre, je l'utilise à imiter le style, les réponses, les manières de procéder, les préoccupations et les petites fautes des bons élèves ordinaires. Je lis tout ce qu'écrit Constance Baret, la deuxième de la classe, en maths, en français et en histoire et j'apprends comme ça ce que je dois faire : du français une suite de mots cohérents et correctement orthographiés, des maths la reproduction mécanique d'opérations vides de sens et de l'histoire une succession de faits reliés par des connecteurs logiques. Mais même si on compare avec les adultes, je suis beaucoup plus maligne que la plupart d'entre eux. C'est comme ça. Je n'en suis pas spécialement fière parce que je n'y suis pour rien. Mais ce qui est certain, c'est que dans le bocal, je n'irai pas. C'est une décision bien réfléchie. Même pour une personne aussi intelligente que moi, aussi douée pour les études, aussi différente des autres et aussi supérieure à la plupart, la vie est déjà toute tracée et c'est triste à pleurer : personne ne semble avoir songé au fait que si l'existence est absurde, y réussir brillamment n'a pas plus de valeur qu'y échouer. C'est seulement plus confortable. Et encore : je crois que la lucidité rend le succès amer alors que la médiocrité espère toujours quelque chose.

J'ai donc pris ma décision. Je vais bientôt quitter l'enfance et malgré ma certitude que la vie est une farce, je ne crois pas que je pourrai résister jusqu'au bout. Au fond, nous sommes programmés pour croire à ce qui n'existe pas, parce que nous sommes des êtres vivants qui ne veulent pas souffrir. Alors nous dépensons toutes nos forces à nous convaincre qu'il y a des choses qui en valent la peine et que c'est pour ça que la vie a un sens. J'ai beau être très intelligente, je ne sais pas combien de temps encore je vais pouvoir lutter contre cette tendance biologique. Quand j'entrerai dans la course des adultes, est-ce que je serai encore capable de faire face au sentiment de l'absurdité ? Je ne crois pas. C'est pour ça que j'ai pris ma décision : à la fin de cette année scolaire, le jour de mes treize ans, le 16 juin prochain, je me suiciderai. Attention, je ne compte pas faire ça en fanfare, comme si c'était un acte de courage ou de défi. D'ailleurs, j'ai bien intérêt à ce que personne ne soupçonne rien. Les adultes ont avec la mort un rapport hystérique, ça prend des proportions énormes, on en fait tout un plat alors que c'est pourtant l'événement le plus banal au monde. Ce qui m'importe, en fait, ce n'est pas la chose, c'est son comment. Mon côté japonais penche évidemment pour le seppuku. Quand je dis mon côté japonais, je veux dire : mon amour pour le Japon. Je suis en quatrième et, évidemment, j'ai pris japonais deuxième langue. Le prof de japonais n'est pas terrible, il mange les mots en français et passe son temps à se gratter la tête d'un air perplexe mais il y a un manuel qui n'est pas trop mal et, depuis la rentrée, j'ai fait de gros progrès. J'ai l'espoir, dans quelques mois, de pouvoir lire mes mangas préférés dans le texte. Maman ne comprend pas qu'une petite-fille-aussi-douée-que-toi puisse lire des mangas. Je n'ai même pas pris la peine de lui expliquer que « manga » en japonais, ça veut seulement dire « bande dessinée ». Elle croit que je m'abreuve de sous-culture et je ne la détrompe pas. Bref, dans quelques mois, je pourrai peut-être lire Taniguchi en japonais. Mais cela nous ramène à notre affaire : ça doit se faire avant le 16 juin parce que le 16 juin, je me suicide. Mais pas de seppuku. Ce serait plein de sens et de beauté mais... eh bien... je n'ai pas du tout envie de souffrir. En fait, je détesterais souffrir ; je trouve que quand on prend la décision de mourir, justement parce qu'on considère qu'elle entre dans l'ordre des choses, il faut faire ça en douceur. Mourir, ça doit être un délicat passage, une glissade ouatée vers le repos. Il y a des gens qui se suicident en se jetant par la fenêtre du quatrième étage ou bien en avalant de la Javel ou encore en se pendant ! C'est insensé ! Je trouve même ça obscène. À quoi ça sert de mourir si ce n'est à ne pas souffrir ? Moi, j'ai bien prévu ma sortie : depuis un an, tous les mois, je prends un somnifère dans la boîte sur le chevet de maman. Elle en consomme tellement que, de toute façon, elle ne s'apercevrait même pas si j'en prenais un tous les jours mais j'ai décidé d'être très prudente. Il ne faut rien laisser au hasard quand on prend une décision qui a peu de chance d'être comprise. On n'imagine pas la rapidité avec laquelle les gens se mettent en travers des projets auxquels on tient le plus, au nom de fadaises du type « le sens de la vie » ou « l'amour de l'homme ». Ah et puis : « le caractère sacré de l'enfance ».

Donc, je chemine tranquillement vers la date du 16 juin et je n'ai pas peur. Juste quelques regrets, peut-être. Mais le monde tel qu'il est n'est pas fait pour les princesses. Cela dit, ce n'est pas parce qu'on projette de mourir qu'on doit végéter comme un légume déjà pourri. C'est même tout le contraire. L'important, ce n'est pas de mourir ni à quel âge on meurt, c'est ce qu'on est en train de faire au moment où on meurt. Dans Taniguchi, les héros meurent en escaladant l'Everest. Comme je n'ai au-cune chance de pouvoir tenter le K2 ou les Grandes Jorasses avant le 16 juin prochain, mon Everest à moi, c'est une exigence intellectuelle. Je me suis donné pour objectif d'avoir le plus de pensées pro-fondes possible et de les noter dans ce cahier : si rien n'a de sens, qu'au moins l'esprit s'y confronte, non ? Mais comme j'ai un gros côté japonais, j'ai ajouté une contrainte : cette pensée profonde doit être formulée sous la forme d'un petit poème à la japonaise : d'un hokku (trois vers) ou d'un tanka (cinq vers).

Mon hokku préféré, il est de Basho.

> *Hutte de pêcheurs*
> *Mêlés aux crevettes*
> *Des grillons !*

Ça, ce n'est pas du bocal à poissons, non, c'est de la poésie !

Mais dans le monde où je vis, il y a moins de poésie que dans une hutte de pêcheur japonais. Et est-ce que vous trouvez normal que quatre personnes vivent dans quatre cents mètres carrés quand des tas d'autres, et peut-être parmi eux des poètes maudits, n'ont même pas un logement décent et s'entassent à quinze dans vingt mètres carrés ? Quand cet été on a entendu aux informations que des Africains avaient péri parce qu'un feu d'escalier avait pris dans leur immeuble insalubre, ça m'a donné une idée. Eux, le bocal à poissons, ils l'ont sous le nez toute la journée, ils ne peuvent pas y échapper en se racontant des histoires. Mais mes parents et Colombe s'imaginent qu'ils nagent dans l'océan parce qu'ils vivent dans leurs quatre cents mètres carrés encombrés de meubles et de tableaux.

Alors le 16 juin, je compte rafraîchir un peu leur mémoire de sardines : je vais mettre le feu à l'appartement (avec des allume-feu pour barbecue). Attention, je ne suis pas une criminelle : je le ferai quand il n'y aura personne (le 16 juin tombe un samedi et le samedi après-midi, Colombe va chez Tibère, maman au yoga, papa à son cercle et moi, je reste là), j'évacuerai les chats par la fenêtre et je préviendrai les pompiers suffisamment tôt pour qu'il n'y ait pas de victimes. Ensuite, j'irai tranquillement dormir chez mamie avec mes somnifères.

Sans appartement et sans fille, ils penseront peut-être à tous les Africains morts, non ?

Camélias

1

Une aristocrate

Le mardi et le jeudi, Manuela, ma seule amie, prend le thé avec moi dans ma loge. Manuela est une femme simple que vingt années gaspillées à traquer la poussière chez les autres n'ont pas dépouillée de son élégance. Traquer la poussière est au reste un raccourci bien pudique. Mais, chez les riches, les choses ne s'appellent pas par leur nom.

— Je vide des corbeilles pleines de serviettes hygiéniques, me dit-elle avec son accent doux et chuintant, je ramasse le vomi du chien, je nettoie la cage des oiseaux, on ne croirait pas que des bêtes si petites font autant de caca, je récure les waters. Alors la poussière ? La belle affaire !

Il faut se représenter que lorsqu'elle descend chez moi à quatorze heures, le mardi de chez les Arthens, le jeudi de chez les de Broglie, Manuela a peaufiné au Coton-Tige des chiottes dorées à la feuille qui, en dépit de cela, sont aussi malpropres et puantes que tous les gogues du monde parce que s'il est bien une chose que les riches partagent à leur corps défendant avec les pauvres, ce sont des intestins nauséabonds qui finissent toujours par se débarrasser quelque part de ce qui les empuantit.

Aussi peut-on tirer une révérence à Manuela. Quoique sacrifiée sur l'autel d'un monde où les tâches ingrates sont réservées à certaines tandis que d'autres pincent le nez sans rien faire, elle n'en démord pour autant pas d'une inclination au raffinement qui surpasse de loin toutes les dorures à la feuille, a fortiori sanitaires.

— Pour manger une noix, il faut mettre une nappe, dit Manuela qui extirpe de son vieux cabas une petite bourriche de bois clair dont dépassent des volutes de papier de soie carmin et, nichées dans cet écrin, des tuiles aux amandes. Je prépare un café que nous ne boirons pas mais des effluves duquel nous raffolons toutes deux et nous sirotons en silence une tasse de thé vert en grignotant nos tuiles.

De même que je suis à mon archétype une trahison permanente, Manuela est à celui de la femme de ménage portugaise une félonne qui s'ignore. Car la fille de Faro, née sous un figuier après sept autres et avant six, envoyée aux champs de bonne heure et tout aussi vite mariée à un maçon bientôt expatrié, mère de quatre enfants français par le droit du sol mais portugais par le regard social, la fille de Faro, donc, inclus les bas de contention noirs et le fichu sur la tête, est une aristocrate, une vraie, une grande, de la sorte qui ne souffre aucune contestation parce que, apposée sur le cœur même, elle se rit des étiquettes et des particules. Qu'est-ce qu'une aristocrate ? C'est une femme que la vulgarité n'atteint pas bien qu'elle en soit cernée.

Vulgarité de sa belle-famille, le dimanche, assommant à coups de rires gras la douleur d'être né faible et sans avenir ; vulgarité d'un voisinage marqué de la même désolation blême que les néons de l'usine où les hommes se rendent chaque matin comme on redescend en enfer ; vulgarité des employeuses dont tout l'argent ne sait masquer la vilenie et qui s'adressent à elle comme à un chien croûtant de pelades. Mais il faut avoir vu Manuela m'offrir comme à une reine les fruits de ses élaborations pâtissières pour saisir toute la grâce qui habite cette femme. Oui, comme à une reine. Lorsque Manuela paraît, ma loge se transforme en palais et nos grignotages de parias en festins de monarques. Comme le conteur transforme la vie en un fleuve chatoyant où s'engloutissent la peine et l'ennui, Manuela métamorphose notre existence en épopée chaleureuse et gaie.

— Le petit Pallières m'a dit bonjour dans l'escalier, dit-elle soudain en rompant le silence.

Je grogne avec dédain.

— Il lit Marx, dis-je en haussant les épaules.

— Marx ? interroge-t-elle en prononçant le « x » comme un « ch », un « ch » un peu mouillé qui a le charme des ciels clairs.

— Le père du communisme, réponds-je.

Manuela émet un bruit méprisant.

— La politique, me dit-elle. Un jouet pour les petits riches qu'ils ne prêtent à personne.

Elle réfléchit un instant, sourcils froncés.

— Pas le même genre de livre que d'habitude, dit-elle.

Les illustrés que les jeunes gens cachent sous leur matelas n'échappent pas à la sagacité de Manuela et le petit Pallières semblait un temps en faire une consommation appliquée quoique sélective, comme en témoignait l'usure d'une page au titre explicite : les marquises friponnes.

Nous rions et devisons encore un moment de choses et d'autres, dans la quiétude des vieilles amitiés. Ces moments me sont précieux et j'ai le cœur qui se serre lorsque je songe au jour où Manuela accomplira son rêve et retournera pour toujours au pays, me laissant ici, seule et décrépite, sans compagne pour faire de moi, deux fois la semaine, une reine clandestine. Je me demande aussi avec appréhension ce qu'il adviendra lorsque la seule amie que j'aie jamais eue, la seule à tout savoir sans avoir jamais rien demandé, laissant derrière elle une femme méconnue de tous, l'ensevelira de cet abandon sous un linceul d'oubli.

Des pas se font entendre dans le hall d'entrée puis nous entendons distinctement le bruit sibyllin que fait la main de l'homme sur le bouton d'appel de l'ascenseur, un vieil ascenseur à grille noire et portes battantes, capitonné et boisé où, s'il y en avait eu la place, se serait tenu autrefois un groom. Je connais ce pas ; c'est celui de Pierre Arthens, le critique gastronomique du quatrième, un oligarque de la pire espèce qui, à la manière dont il plisse les yeux quand il se tient sur le seuil de mon logis, doit penser que je vis dans une grotte obscure, bien que ce qu'il en voie lui apprenne le contraire.

Eh bien, je les ai lues, ses fameuses critiques.

— J'y comprends rien, m'a dit Manuela pour qui un bon rôti est un bon rôti et c'est tout.

Il n'y a rien à comprendre. C'est une pitié de voir une plume pareille se gâcher à force de cécité. Écrire sur une tomate des pages à la narration éblouissante — car Pierre Arthens critique comme on raconte une histoire et cela seul aurait dû en faire un génie — sans jamais *voir* ni *saisir* la tomate est un affligeant morceau de bravoure. Peut-on être aussi doué et aussi aveugle à la présence des choses ? me suis-je souvent demandé en le voyant passer devant moi avec son grand nez arrogant. Il semble que oui. Certaines personnes sont incapables de saisir dans ce qu'elles contemplent ce qui en fait la vie et le souffle intrinsèques et passent une existence entière à discourir sur les hommes comme s'il s'était agi d'automates et sur les choses comme si elles n'avaient point d'âme et se résumaient à ce qui peut en être dit, au gré des inspirations subjectives.

Comme par un fait exprès, les pas refluent soudain et Arthens sonne à la loge.

Je me lève en prenant soin de traîner mes pieds enchâssés dans des chaussons si conformes que seule la coalition de la baguette de pain et du béret peut leur lancer le défi des clichés consensuels. Ce faisant, je sais que j'exaspère le Maître, ode vivante à l'impatience des grands prédateurs, et cela n'est pas pour rien dans l'application que je mets à entrebâiller très lentement la porte en y carrant un nez méfiant que j'espère rouge et luisant.

— J'attends un paquet par coursier, me dit-il, yeux plissés et narines pincées. Lorsqu'il arrivera, pourriez-vous me l'apporter immédiatement ?

Cet après-midi, M. Arthens porte une grande lavallière à pois qui flotte autour de son cou de patricien et ne lui sied pas du tout parce que l'abondance de sa chevelure léonine et la bouffance éthérée de la pièce de soie figurent à elles deux une sorte de tutu vaporeux où se perd la virilité dont, à l'accoutumée, l'homme se pare. Et puis diable, cette lavallière m'évoque quelque chose. Je manque de sourire en me le remémorant. C'est celle de Legrandin. Dans la *Recherche du temps perdu*, œuvre d'un certain Marcel, autre concierge notoire, Legrandin est un snob écartelé entre deux mondes, celui qu'il fréquente et celui dans lequel il voudrait pénétrer, un pathétique snob dont, d'espoir en amertume et de servilité en dédain, la lavallière

34

exprime les plus intimes fluctuations. Ainsi, sur la place de Combray, ne désirant point saluer les parents du narrateur mais devant toutefois les croiser, charge-t-il l'écharpe de signifier, en la laissant voler au vent, une humeur mélancolique qui dispense des salutations ordinaires.

Pierre Arthens, qui connaît son Proust mais n'en a conçu à l'endroit des concierges aucune mansuétude spéciale, se racle la gorge avec impatience.

Je rappelle sa question :

— Pourriez-vous me l'apporter immédiatement (le paquet par coursier — les colis de riche n'empruntant pas les voies postales usuelles) ?

— Oui, dis-je, en battant des records de concision, encouragée en cela par la sienne et par l'absence de s'il vous plaît que la forme interrogative et conditionnelle ne saurait, d'après moi, excuser totalement.

— C'est très fragile, ajoute-t-il, faites attention, je vous prie.

La conjugaison de l'impératif et du « je vous prie » n'a pas non plus l'heur de me plaire, d'autant qu'il me croit incapable de telles subtilités syntaxiques et ne les emploie que par goût, sans avoir la courtoisie de supposer que je pourrais m'en sentir insultée. C'est toucher le fond de la mare sociale que d'entendre dans la voix d'un riche qu'il ne s'adresse qu'à lui-même et que, bien que les mots qu'il prononce vous soient techniquement destinés, il n'imagine même pas que vous puissiez les comprendre.

— Fragile comment ? je demande donc d'un ton peu engageant.

Il soupire ostensiblement et je perçois dans son haleine une très légère pointe de gingembre.

— Il s'agit d'un incunable, me dit-il et il plante dans mes yeux, que je tâche de rendre vitreux, son regard satisfait de grand propriétaire.

— Eh bien, grand bien vous fasse, dis-je en prenant un air dégoûté. Je vous l'apporterai dès que le coursier sera là.

Et je lui claque la porte au nez.

La perspective que Pierre Arthens narre ce soir à sa table, au titre de bon mot, l'indignation de sa concierge, parce qu'il a fait mention devant elle d'un incunable et qu'elle y a sans doute vu quelque chose de scabreux, me réjouit fort.

Dieu saura lequel de nous deux s'humilie le plus.

Rester groupé en soi sans perdre son short

C'est très bien d'avoir régulièrement une pensée profonde mais je pense que ça ne suffit pas. Enfin, je veux dire : je vais me suicider et mettre le feu à la maison dans quelques mois alors, évidemment, je ne peux pas considérer que j'ai le temps, il faut que je fasse quelque chose de consistant dans le peu qui me reste. Et puis surtout, je me suis lancé un petit défi : si on se suicide, il faut être sûr de ce qu'on fait et on ne peut pas brûler l'appartement « pour des prunes ». Alors s'il y a quelque chose dans ce monde qui vaut la peine de vivre, je ne dois pas le louper parce qu'une fois qu'on est mort, il est trop tard pour avoir des regrets et parce que mourir parce qu'on s'est trompé, c'est vraiment trop bête.

Alors évidemment, j'ai mes pensées profondes. Mais dans mes pensées profondes, je joue à ce que je suis, hein, finalement, une intello (qui se moque des autres intellos). Pas toujours très glorieux mais très récréatif. Aussi j'ai pensé qu'il fallait compenser ce côté « gloire de l'esprit » par un autre journal qui parlerait du corps ou des choses. Non pas les pensées profondes de l'esprit mais les chefs-d'œuvre de la matière. Quelque chose d'incarné, de tangible. Mais de beau ou d'esthétique aussi. À part l'amour, l'amitié et la beauté de l'Art, je ne vois pas grand-chose d'autre qui puisse nourrir la vie humaine. L'amour et l'amitié, je suis trop jeune encore pour y prétendre vraiment. Mais l'Art... si j'avais dû vivre, ç'aurait été toute ma vie. Enfin, quand je dis l'Art, il faut me comprendre : je ne parle pas que des chefs-d'œuvre de maîtres. Même pour Vermeer, je ne tiens pas à la vie. C'est sublime mais c'est mort. Non, moi je pense à la beauté dans le monde, à ce qui peut nous élever dans le mouvement de la vie. *Le journal du mouvement du monde* sera donc consacré au mouvement des gens, des corps, voire, si vraiment il n'y a rien à dire, des choses, et à y trouver quelque chose qui soit suffisamment esthétique pour donner un prix à la vie. De la grâce, de la beauté, de l'harmonie, de l'intensité. Si j'en trouve, alors je reconsidérerai peut-être les options : si je trouve un beau mouvement des corps, à défaut d'une belle idée pour l'esprit, peut-être alors que je penserai que la vie vaut la peine d'être vécue.

En fait, j'ai eu cette idée d'un double journal (un pour l'esprit, un pour le corps) hier, parce que papa regardait un match de rugby à la télévision. Jusqu'à présent, dans ces cas-là, je regardais surtout papa. J'aime bien le regarder quand il a retroussé ses manches de chemise, enlevé ses chaussures et quand il est bien installé dans le canapé, avec une bière et du saucisson, et qu'il regarde le match en clamant : « Voyez l'homme que je sais être aussi. » Il ne lui vient apparemment pas à l'esprit qu'un stéréotype (Monsieur le très sérieux Ministre de la République) plus un autre stéréotype (bon gars tout de même et aimant la bière fraîche), ça fait du stéréotype puissance 2. Bref, samedi, papa est rentré plus tôt que d'habitude, a lancé sa serviette au petit bonheur la chance, enlevé ses chaussures, retroussé ses manches, pris une bière dans la cuisine et s'est affalé devant la télé en me disant : « Ma chérie, apporte-moi du saucisson s'il te plaît, je ne veux pas rater le haka. » En fait de rater le haka, j'ai eu largement le temps de couper des tranches de saucisson et de les lui apporter et on en était encore aux publicités. Maman était assise en équilibre précaire sur un bras du canapé, pour bien montrer son opposition à la chose (dans la famille stéréotype, je demande la grenouille-intellectuelle-de-gauche), et elle assommait papa avec une histoire de dîner compliquée où il était question d'inviter deux couples fâchés pour les réconcilier. Quand on connaît la subtilité psychologique de maman, le projet a de quoi faire rigoler. Bref, j'ai donné son saucisson à papa et, comme je savais que Colombe était dans sa chambre en train d'écouter de la musique censément avant-garde éclairée du Ve, je me suis dit : après tout, pourquoi pas, faisons-nous un petit haka. Dans mon souvenir, le haka était un genre de danse un peu grotesque que font les joueurs de l'équipe néozélandaise avant le match. Du genre intimidation à la manière des grands singes. Et dans mon souvenir aussi, le rugby, c'est un jeu pesant, avec des gars qui se jettent sans cesse sur l'herbe et se relèvent pour retomber et s'emmêler trois pas plus loin.

Les publicités se sont enfin terminées et après un générique plein de gros malabars vautrés sur l'herbe, on a eu vue sur le stade avec la voix off des commentateurs puis un gros plan des commentateurs (esclaves du cassoulet) puis retour au stade. Les joueurs sont entrés sur le terrain et là, j'ai commencé à être happée. Je n'ai pas bien compris d'abord, c'étaient les mêmes images que d'habitude mais ça me faisait un effet nouveau, un genre de picotement, une attente, un « je retiens mon souffle ». À côté de moi, papa s'était déjà sifflé sa première cervoise et s'apprêtait à poursuivre dans la veine gauloise en demandant à maman qui venait de décoller de son bras de canapé de lui en apporter une autre. Moi, je retenais mon souffle. « Qu'est-ce qui se passe ? » je me demandais en regardant l'écran et je n'arrivais pas à savoir ce que je voyais et qui me picotait comme ça.

J'ai compris quand les joueurs néo-zélandais ont commencé leur haka. Parmi eux, il y avait un très grand joueur maori, un tout jeune. C'est lui que mon œil avait accroché dès le début, sans doute à cause de sa taille au départ mais ensuite à cause de sa manière de bouger. Un genre de mouvement très curieux, très fluide mais surtout très concentré, je veux dire très concentré en lui-même. La plupart des gens, quand ils bougent, eh bien ils bougent en fonction de ce qu'il y a autour d'eux. Juste en ce moment, quand j'écris, il y a Constitution qui passe avec le ventre qui traîne par terre. Cette chatte n'a aucun projet construit dans la vie mais elle se dirige pourtant vers quelque chose, probablement un fauteuil. Et ça se voit dans sa façon de bouger : elle va *vers*. Maman vient de passer en direction de la porte d'entrée, elle sort faire des courses et en fait, elle est déjà dehors, son mouvement s'anticipe lui-même. Je ne sais pas très bien comment expliquer ça mais quand nous nous déplaçons, nous sommes en quelque sorte destructurés par ce mouvement *vers* : on est à la fois là et en même temps pas là parce qu'on est déjà en train d'aller ailleurs, si vous voyez ce que je veux dire. Pour arrêter de se déstructurer, il faut ne plus bouger du tout. Soit tu bouges et tu n'es plus entier, soit tu es entier et tu ne peux pas bouger. Mais ce joueur, déjà, quand je l'avais vu entrer sur le terrain, j'avais senti quelque chose de différent. L'impression de le voir bouger, oui, mais en restant là. Insensé, non ? Quand le haka a commencé, c'est surtout lui que j'ai regardé. C'était clair qu'il n'était pas comme les autres. D'ailleurs, Cassoulet n° 1 a dit : « Et Somu, le redoutable arrière néo-zélandais, nous impressionne toujours autant par sa carrure de colosse ; deux mètres zéro sept, cent dix-huit kilos, onze secondes aux cent mètres, un beau bébé, oui, Madame ! » Tout le monde était hypnotisé par lui mais personne ne semblait vraiment savoir pourquoi. Pourtant, c'est devenu évident dans le haka : il bougeait, il faisait les mêmes gestes que les autres (se taper les paumes de mains sur les cuisses, marteler le sol en cadence, se toucher les coudes, le tout en regardant l'adversaire dans les yeux avec un air de guerrier énervé) mais, alors que les gestes des autres allaient *vers* leurs adversaires et tout le stade qui les regardait, les gestes de ce joueur restaient en lui-même, restaient concentrés sur lui, et ça lui donnait une présence, une intensité incroyables. Et du coup, le haka, qui est un chant guerrier, prenait toute sa force. Ce qui fait la force du soldat, ce n'est pas l'énergie qu'il déploie à intimider l'autre en lui envoyant tout un tas de signaux, c'est la force qu'il est capable de concentrer en lui-même, en restant centré sur soi. Le joueur maori, il devenait un arbre, un grand chêne indestructible avec des racines profondes, un rayonnement puissant, et tout le monde le sentait. Et pourtant, on avait la certitude que le grand chêne, il pouvait aussi voler, qu'il allait être aussi rapide que l'air, malgré ou grâce à ses grandes racines.

Du coup, j'ai regardé le match avec attention en cherchant toujours la même chose : des moments compacts où un joueur devenait son propre mouvement sans avoir besoin de se fragmenter en se dirigeant *vers*. Et j'en ai vu ! J'en ai vu dans toutes les phases de jeu : dans les mêlées, avec un point d'équilibre évident, un joueur qui trouvait ses racines, qui devenait une petite ancre solide qui donnait sa force au groupe ; dans les phases de déploiement, avec un joueur qui trouvait la bonne vitesse en arrêtant de penser au but, en se concentrant sur son propre mouvement et qui courait comme en état de grâce, le ballon collé au corps ; dans la transe des buteurs, qui se coupaient du reste du monde pour trouver le mouvement parfait du pied. Mais aucun n'arrivait à la perfection du grand joueur maori. Quand il a marqué le premier essai néo-zélandais, papa est resté tout bête, la bouche ouverte, en oubliant sa bière. Il aurait dû être fâché parce qu'il soutenait l'équipe française mais au lieu de ça, il a dit : « Quel joueur ! » en se passant une main sur le front. Les commentateurs avaient un peu la gueule de bois mais ils n'arrivaient pas à cacher qu'on avait vraiment vu quelque chose de beau : un joueur qui courait sans bouger en laissant tout le monde derrière lui. C'est les autres qui avaient l'air d'avoir des mouvements frénétiques et maladroits et qui pourtant étaient incapables de le rattraper.

Alors je me suis dit : ça y est, j'ai été capable de repérer dans le monde des mouvements immobiles ; est-ce que ça, ça vaut la peine de continuer ? À ce moment-là, un joueur français a perdu son short dans un maul et, tout d'un coup, je me suis sentie complètement déprimée parce que ça a fait rire tout le monde aux larmes, y compris papa qui s'en est retapé une petite bière, malgré deux siècles de protestantisme familial. Moi, j'avais l'impression d'une profanation.

Alors non, ça ne suffit pas. Il faudra d'autres mouvements pour me convaincre. Mais au moins, ça m'en aura donné l'idée.

2

De guerres et de colonies

Je n'ai pas fait d'études, disais-je en préambule de ces propos. Ce n'est pas tout à fait exact. Mais ma jeunesse studieuse s'est arrêtée au certificat d'études, avant lequel j'avais pris garde qu'on ne me remarque pas — effrayée des soupçons que je savais que M. Servant, l'instituteur, avait conçus depuis qu'il m'avait découverte dévorant avec avidité son journal qui ne parlait que de guerres et de colonies, lors même que je n'avais pas dix ans.

Pourquoi ? Je ne sais pas. Croyez-vous réellement que j'aurais pu ? C'est une question pour les devins d'antan. Disons que l'idée de me battre dans un monde de nantis, moi, la fille de rien, sans beauté ni piquant, sans passé ni ambition, sans entregent ni éclat, m'a fatiguée avant même que d'essayer. Je ne désirais qu'une chose : qu'on me laisse en paix, sans trop exiger de moi, et que je puisse disposer, quelques instants par jour, de la licence d'assouvir ma faim.

À qui ne connaît pas l'appétit, la première morsure de la faim est à la fois une souffrance et une illumination. J'étais une enfant apathique et quasiment infirme, le dos voûté jusqu'à ressembler à une bosse, et qui ne se maintenait dans l'existence que de la méconnaissance qu'il pût exister une autre voie. L'absence de goût chez moi confinait au néant ; rien ne me parlait, rien ne m'éveillait et, fétu débile ballotté au gré d'énigmatiques vagues, j'ignorais même jusqu'au désir d'en finir.

Chez nous, on ne causait guère. Les enfants hurlaient et les adultes vaquaient à leurs tâches comme ils l'auraient fait dans la solitude. Nous mangions à notre faim, quoique frugalement, nous n'étions pas maltraités et nos vêtements de pauvres étaient propres et solidement rafistolés de telle sorte que si nous pouvions en avoir honte, nous ne souffrions pas du froid. Mais nous ne nous parlions pas.

La révélation eut lieu lorsque à cinq ans, me rendant à l'école pour la première fois, j'eus la surprise et l'effroi d'entendre une voix qui s'adressait à moi et disait mon prénom.

— Renée ? interrogeait la voix tandis que je sentais une main amie qui se posait sur la mienne.

C'était dans le couloir où, pour le premier jour d'école et parce qu'il pleuvait, on avait entassé les enfants.

— Renée ? modulait toujours la voix qui

venait d'en haut et la main amicale ne cessait d'exercer sur mon bras — incompréhensible langage — de légères et tendres pressions.

Je levai la tête, en un mouvement insolite qui me donna presque le vertige, et croisai un regard.

Renée. Il s'agissait de moi. Pour la première fois, quelqu'un s'adressait à moi en disant mon prénom. Là où mes parents usaient du geste ou du grondement, une femme, dont je considérais à présent les yeux clairs et la bouche souriante, se frayait un chemin vers mon cœur et, prononçant mon nom, entrait avec moi dans une proximité dont je n'avais pas idée jusqu'alors. Je regardai autour de moi un monde qui, subitement, s'était paré de couleurs. En un éclair douloureux, je perçus la pluie qui tombait au-dehors, les fenêtres lavées d'eau, l'odeur des vêtements mouillés, l'étroitesse du couloir, mince boyau où vibrait l'assemblée des enfants, la patine des portemanteaux aux boutons de cuivre où s'entassaient des pèlerines de mauvais drap — et la hauteur des plafonds, à la mesure du ciel pour un regard d'enfant.

Alors, mes mornes yeux rivés aux siens, je m'agrippai à la femme qui venait de me faire naître.

— Renée, reprit la voix, veux-tu enlever ton suroît ?

Et, me tenant fermement pour que je ne tombe pas, elle me dévêtit avec la rapidité des longues expériences.

On croit à tort que l'éveil de la conscience coïncide avec l'heure de notre première naissance, peut-être parce que nous ne savons pas imaginer d'autre état vivant que celui-là. Il nous semble que nous avons toujours vu et senti et, forts de cette croyance, nous identifions dans la venue au monde l'instant décisif où naît la conscience. Que, pendant cinq années, une petite fille prénommée Renée, mécanisme perceptif opérationnel doué de vision, d'audition, d'olfaction, de goût et de tact, ait pu vivre dans la parfaite inconscience d'elle-même et de l'univers, est un démenti à cette théorie hâtive. Car pour que la conscience advienne, il faut un nom.

Or, par un concours de circonstances malheureux, il apparaît que nul n'avait songé à me donner le mien.

— Voilà de bien jolis yeux, me dit encore l'institutrice et j'eus l'intuition qu'elle ne mentait pas, que mes yeux à cet instant brillaient de toute cette beauté et, reflétant le miracle de ma naissance, scintillaient comme mille feux.

Je me mis à trembler et cherchai dans les siens la complicité qu'engendre toute joie partagée.

Dans son regard doux et bienveillant, je ne lus que de la compassion.

À l'heure où je naissais enfin, on me prenait seulement en pitié.

J'étais possédée.

Puisque ma faim ne pouvait être apaisée dans

le jeu d'interactions sociales que ma condition rendait inconcevables — et je compris cela plus tard, cette compassion dans les yeux de ma sauveuse, car vit-on jamais une pauvresse percer l'ivresse du langage et s'y exercer avec d'autres ? —, elle le serait dans les livres. Pour la première fois, j'en touchai un. J'avais vu les grands de la classe y regarder d'invisibles traces, comme mus par la même force et, s'enfonçant dans le silence, puiser dans le papier mort quelque chose qui semblait vivant.

J'appris à lire à l'insu de tous. La maîtresse ânonnait encore leurs lettres aux autres enfants que je savais depuis longtemps la solidarité qui tisse les signes écrits, leurs combinaisons infinies et les sons merveilleux qui m'avaient adoubée en ces lieux, le premier jour, lorsqu'elle avait dit mon prénom. Personne ne sut. Je lus comme une forcenée, en cachette d'abord, puis, lorsque le temps normal de l'apprentissage me parut dépassé, au vu et su de tous mais en prenant soin de dissimuler le plaisir et l'intérêt que j'en retirais.

L'enfant débile était devenue une âme affamée.

À douze ans, je quittai l'école et travaillai à la maison et aux champs aux côtés de mes parents et de mes frères et sœurs. À dix-sept, je me mariai.

3

Le caniche comme totem

Dans l'imaginaire collectif, le couple de concierges, duo fusionnel composé d'entités tellement insignifiantes que seule leur union les révèle, possède presque à coup sûr un caniche. Comme chacun sait, les caniches sont des genres de chiens frisés détenus par des retraités poujadistes, des dames très seules qui font un report d'affection ou des concierges d'immeuble tapis dans leurs loges obscures. Ils peuvent être noirs ou abricot. Les abricot sont plus teigneux que les noirs, qui sentent moins bon. Tous les caniches aboient hargneusement à la moindre occasion mais spécialement quand il ne se passe rien. Ils suivent leur maître en trottinant sur quatre pattes figées sans bouger le reste de leur petit tronc de saucisse. Surtout, ils ont des petits yeux noirs et fielleux, enfoncés dans des orbites insignifiantes. Les caniches sont laids et bêtes, soumis et vantards. Ce sont les caniches.

Aussi le couple de concierges, métaphorisé par son chien totémique, semble-t-il privé de ces passions que sont l'amour et le désir et, comme le totem lui-même, voué à demeurer laid, bête, soumis et vantard. Si dans certains romans, des princes s'éprennent d'ouvrières ou des princesses de galériens, il ne se produit jamais, entre un concierge et un autre concierge, même de sexe opposé, de romances comme il en arrive aux autres et qui mériteraient d'être contées quelque part.

Non seulement nous ne possédâmes jamais de caniche mais je crois pouvoir dire que notre mariage fut une réussite. Avec mon mari, je fus moi-même. C'est avec nostalgie que je repense aux petits matins du dimanche, ces matins bénis d'être ceux du repos lorsque, dans la cuisine silencieuse, il buvait son café tandis que je lisais.

Je l'avais épousé à dix-sept ans, après une cour rapide mais correcte. Il travaillait à l'usine comme mes frères aînés et s'en revenait parfois le soir avec eux boire un café et une goutte. Hélas, j'étais laide. Pourtant, cela n'eût point été décisif si j'avais été laide à la manière des autres. Mais ma laideur avait cette cruauté qu'elle n'appartenait qu'à moi et que, me dépouillant de toute fraîcheur alors même que je n'étais pas encore femme, elle me faisait déjà ressembler à quinze ans à celle que je serais à cinquante. Mon dos voûté, ma taille épaisse, mes jambes courtes, mes pieds écartés, ma pilosité abondante, mes traits brouillés, enfin, sans contours ni grâce, auraient pu m'être pardonnés au bénéfice du charme que possède toute jeunesse, même ingrate — mais au lieu de cela, à vingt ans, je sentais déjà la rombière.

Aussi, lorsque les intentions de mon futur mari se précisèrent et qu'il ne me fut plus possible de les ignorer, je m'ouvris à lui, parlant pour la première fois avec franchise à quelqu'un d'autre que moi, et lui avouai mon étonnement à l'idée qu'il pût vouloir m'épouser.

J'étais sincère. Je m'étais depuis longtemps accoutumée à la perspective d'une vie solitaire. Être pauvre, laide et, de surcroît, intelligente, condamne, dans nos sociétés, à des parcours sombres et désabusés auxquels il vaut mieux s'habituer de bonne heure. À la beauté, on pardonne tout, même la vulgarité. L'intelligence ne paraît plus une juste compensation des choses, comme un rééquilibrage que la nature offre aux moins favorisés de ses enfants, mais un jouet superfétatoire qui rehausse la valeur du joyau. La laideur, elle, est toujours déjà coupable et j'étais vouée à ce destin tragique avec d'autant plus de douleur que je n'étais point bête.

— Renée, me répondit-il avec tout le sérieux dont il était capable et en épuisant au gré de cette longue tirade toute la faconde qu'il ne déploierait plus jamais ensuite, Renée, je ne veux pas pour femme une de ces ingénues qui font de grandes dévergondées et, sous leur joli minois, n'ont pas plus de cervelle qu'un moineau. Je veux une femme fidèle, bonne épouse, bonne mère et bonne ménagère. Je veux une compagne paisible et sûre qui se tiendra à mes côtés et me soutiendra. En retour, tu peux attendre de moi du sérieux dans le travail, du calme au foyer et de la tendresse au bon moment. Je ne suis pas un mauvais bougre et je ferai de mon mieux.

Et il le fit.

Petit et sec comme une souche d'orme, il avait toutefois une figure agréable, généralement souriante. Il ne buvait pas, ne fumait pas, ne chiquait pas, ne pariait pas. À la maison, après l'ouvrage, il regardait la télévision, feuilletait des magazines de pêche ou bien jouait aux cartes avec ses amis de l'usine. Fort sociable, il invitait facilement. Le dimanche, il s'en allait pêcher. Quant à moi, je tenais le ménage car il était opposé à ce que j'en fisse chez d'autres.

Il n'était pas dépourvu d'intelligence, bien qu'elle ne fût pas de l'espèce que le génie social valorise. Si ses compétences se limitaient aux affaires manuelles, il y déployait un talent qui ne tenait pas que des aptitudes motrices et, bien qu'inculte, abordait toutes choses avec cette ingéniosité qui, dans la bricole, distingue les laborieux des artistes et, dans la conversation, apprend que le savoir n'est pas tout. Résignée très tôt à une existence de nonne, il me semblait donc bien clément que les cieux aient remis entre mes mains d'épousée un compagnon d'aussi agréables façons et qui, pour n'être pas un intellectuel, n'en était pas moins un malin.

J'aurais pu tomber sur un Grelier.

Bernard Grelier est un des rares êtres du 7 rue de Grenelle face auquel je ne crains pas de me trahir. Que je lui dise : « *Guerre et Paix* est la mise en scène d'une vision déterministe de l'histoire » ou : « Feriez bien de graisser les gonds de la réserve à poubelles », il n'y mettra pas plus de sens, et pas moins. Je me demande même par quel inexpliqué miracle la seconde sommation parvient à déclencher chez lui un principe d'action. Comment peut-on faire ce que l'on ne comprend pas ? Sans doute ce type de propositions ne requiert-il pas de traitement rationnel et, comme ces stimuli qui, tournant en boucle dans la moelle épinière, déclenchent le réflexe sans solliciter le cerveau, l'injonction à graisser n'est-elle peut-être qu'une sollicitation mécanique qui met en branle les membres sans que l'esprit y concoure.

Bernard Grelier est le mari de Violette Grelier, la « gouvernante » des Arthens. Entrée trente ans plus tôt à leur service comme simple bonne à tout faire, elle avait pris du grade à mesure qu'ils s'enrichissaient et, désormais gouvernante, régnant sur un dérisoire royaume en les personnes de la femme de ménage (Manuela), du majordome occasionnel (anglais) et de l'homme à tout faire (son mari), elle avait pour le petit peuple le même mépris que ses grands bourgeois de patrons. Tout le jour durant, elle jacassait comme une pie, s'affairait en tous sens, l'air important, réprimandait la valetaille comme au

Versailles des beaux jours et assommait Manuela de pontifiants discours sur l'amour du travail bien fait et la décomposition des bonnes manières.

— Elle n'a pas lu Marx, elle, me dit un jour Manuela.

La pertinence de cette constatation, de la part d'une bonne portugaise pourtant peu versée dans l'étude des philosophes, me frappa. Non, Violette Grelier n'avait certainement pas lu Marx, au motif qu'il ne figurait dans aucune liste de produits nettoyants pour argenterie de riches. Pour prix de cette lacune, elle héritait d'un quotidien émaillé de catalogues interminables qui parlaient d'amidon et de torchons en lin.

J'étais donc bien mariée.

De surcroît, très vite, j'avais avoué à mon mari ma très grande faute.

Pensée profonde n° 2

Le chat ici-bas
Ce totem moderne
Et par intermittence décoratif

En tout cas, chez nous, c'est le cas. Si vous voulez comprendre notre famille, il suffit de regarder les chats. Nos deux chats sont de grosses outres à croquettes de luxe qui n'ont aucune interaction intéressante avec les personnes. Ils se traînent d'un canapé à l'autre en laissant des poils partout et personne ne semble avoir compris qu'ils n'ont pas la moindre affection pour quiconque. Le seul intérêt des chats, c'est qu'ils constituent des objets décoratifs mouvants, un concept que je trouve intellectuellement intéressant, mais les nôtres ont le ventre qui pend trop pour que ça s'applique à eux.

Ma mère, qui a lu tout Balzac et cite Flaubert à chaque dîner, démontre chaque jour à quel point l'instruction est une escroquerie fumante. Il suffit de la regarder avec les chats. Elle est vaguement consciente de leur potentiel décoratif mais elle s'obstine pourtant à leur parler comme à des personnes, ce qui ne lui viendrait pas à l'esprit avec une lampe ou une statuette étrusque. Il paraît que les enfants croient jusqu'à un âge avancé que tout ce qui bouge a une âme et est doué d'intention. Ma mère n'est plus une enfant mais elle n'arrive apparemment pas à considérer que Constitution et Parlement n'ont pas plus d'entendement que l'aspirateur. Je concède que la différence entre l'aspirateur et eux tient à ce qu'un chat peut ressentir le plaisir et la douleur. Mais cela signifie-t-il qu'il a plus d'aptitude à *communiquer* avec l'humain ? Pas du tout. Cela devrait seulement nous inciter à prendre des précautions particulières, comme avec un objet très fragile. Quand j'entends ma mère dire : « Constitution est une petite chatte à la fois très orgueilleuse et très sensible » alors que l'autre est vautrée dans le canapé parce qu'elle a trop mangé, ça me fait bien rire. Mais si on réfléchit à l'hypothèse selon laquelle le chat a pour fonction d'être un totem moderne, une sorte d'incarnation emblématique et protectrice du foyer, reflétant avec bienveillance ce que sont les membres de la maison, cela devient évident. Ma mère fait des chats ce qu'elle voudrait que nous soyons et que nous ne sommes absolument pas. Il n'y a pas moins orgueilleux et sensibles que les trois membres sous-nommés de la famille Josse : papa, maman et Colombe. Ils sont totalement veules et anesthésiés, vidés d'émotions.

Bref, moi je pense que le chat est un totem moderne. On a beau dire, on a beau faire des grands discours sur l'évolution, la civilisation et tout un tas d'autres mots en « tion », l'homme n'a pas beaucoup progressé depuis ses débuts : il croit toujours qu'il n'est pas là par hasard et que des dieux majoritairement bienveillants veillent sur sa destinée.

4

Refusant le combat

J'ai lu tant de livres...

Pourtant, comme tous les autodidactes, je ne suis jamais sûre de ce que j'en ai compris. Il me semble un jour embrasser d'un seul regard la totalité du savoir, comme si d'invisibles ramifications naissaient soudain et tissaient entre elles toutes mes lectures éparses — puis, brutalement, le sens se dérobe, l'essentiel me fuit et j'ai beau relire les mêmes lignes, elles m'échappent chaque fois un peu plus tandis que je me fais l'effet d'une vieille folle qui croit son estomac plein d'avoir lu attentivement le menu. Il paraît que la conjonction de cette aptitude et de cette cécité est la marque réservée de l'autodidactie. Privant le sujet des guides sûrs auxquels toute bonne formation pourvoit, elle lui fait néanmoins l'offrande d'une liberté et d'une synthèse dans la pensée là où les discours officiels posent des cloisons et interdisent l'aventure.

Ce matin, justement, je me tiens, perplexe,

dans la cuisine, un petit livre posé devant moi. Je suis à un de ces moments où la folie de mon entreprise solitaire me saisit et où, à deux doigts de renoncer, je crains d'avoir enfin trouvé mon maître.

Qui a pour nom Husserl, un nom qu'on ne donne guère aux animaux de compagnie ou aux marques de chocolat, au motif qu'il évoque quelque chose de sérieux, de rébarbatif et de vaguement prussien. Mais cela ne me console pas. Je considère que mon destin m'a appris, mieux qu'à quiconque, à résister aux suggestions négatives de la pensée mondiale. Je vais vous dire : si, jusqu'à présent, vous imaginiez que, de laideur en vieillesse et de veuvage en conciergerie, j'étais devenue une chose miteuse résignée à la bassesse de son sort, c'est que vous manquez d'imagination. J'ai fait repli, certes, refusant le combat. Mais, dans la sécurité de mon esprit, il n'est point de défi que je ne puisse relever. Indigente par le nom, la position et l'aspect, je suis en mon entendement une déesse invaincue.

Aussi Edmund Husserl, dont je décide que c'est un nom pour aspirateurs sans sac, menace-t-il la pérennité de mon Olympe privé.

— Bon, bon, bon, bon, dis-je en inspirant un bon coup, à tout problème il y a une solution, n'est-ce pas ? — et je regarde le chat, guettant l'encouragement.

L'ingrat ne répond pas. Il vient d'engloutir une monstrueuse tranche de rillettes et, désormais animé d'une grande bienveillance, colonise le fauteuil.

— Bon, bon, bon, bon, je répète stupidement et, perplexe, je contemple à nouveau le ridicule petit livre.

Méditations cartésiennes — Introduction à la phénoménologie. On comprend vite, au titre de l'ouvrage et à la lecture des premières pages, qu'il n'est pas possible d'aborder Husserl, philosophe phénoménologue, si on n'a pas déjà lu Descartes et Kant. Mais il appert tout aussi vite que dominer son Descartes et son Kant n'ouvre pas pour autant les portes d'accès à la phénoménologie transcendantale.

C'est dommage. Car j'ai pour Kant une ferme admiration, pour les raisons mêlées que sa pensée est un concentré admirable de génie, de rigueur et de folie et que, quelque spartiate qu'en soit la prose, je n'ai guère eu de difficulté à en percer le sens. Les textes kantiens sont de très grands textes et j'en veux pour preuve leur aptitude à passer victorieusement le test de la mirabelle.

Le test de la mirabelle frappe par sa désarmante évidence. Il tire sa force d'une constatation universelle : mordant dans le fruit, l'homme comprend enfin. Que comprend-il ? Tout. Il comprend la lente maturation d'une espèce humaine vouée à la survie puis advenant un beau soir à l'intuition du plaisir, la vanité de tous les appétits factices qui détournent de l'aspiration première aux vertus des choses simples et sublimes, l'inutilité des discours, la lente et terrible dégradation des mondes à laquelle nul n'échappera et, en dépit de cela, la merveilleuse volupté des sens lorsqu'ils conspirent à apprendre aux hommes le plaisir et la terrifiante beauté de l'Art.

Le test de la mirabelle s'effectue dans ma cuisine. Sur la table en formica, je dépose le fruit et le livre et, entamant le premier, me lance aussi dans l'autre. S'ils résistent mutuellement à leurs assauts puissants, si la mirabelle échoue à me faire douter du texte et si le texte ne sait gâcher le fruit, alors je sais que je suis en présence d'une entreprise d'importance et, disons-le, d'exception tant il est peu d'œuvres qui ne se voient dissoutes, ridicules et fates, dans l'extraordinaire succulence des petites boules dorées.

— Je suis dans la mouise, dis-je encore à Léon, parce que mes compétences en matière de kantisme sont bien peu de chose en regard de l'abîme de la phénoménologie.

Je n'ai plus guère d'alternative. Il me faut rallier la bibliothèque et tenter de dénicher une introduction à la chose. D'ordinaire, je me méfie de ces gloses ou raccourcis qui placent le lecteur dans les fers d'une pensée scolastique. Mais la situation est trop grave pour que je m'offre le luxe de tergiverser. La phénoménologie m'échappe et cela m'insupporte.

Pensée profonde n° 3

Les forts
Chez les humains
Ne font rien
Ils parlent
Parlent encore

C'est une pensée profonde à moi mais elle est née d'une autre pensée profonde. C'est un invité de papa, au dîner d'hier, qui l'a dit : « Ceux qui savent faire font, ceux qui ne savent pas faire enseignent, ceux qui ne savent pas enseigner enseignent aux enseignants et ceux qui ne savent pas enseigner aux enseignants font de la politique. » Tout le monde a eu l'air de trouver ça très inspiré mais pour de mauvaises raisons. « C'est tellement vrai » a dit Colombe qui est une spécialiste de la fausse autocritique. Elle fait partie de ceux qui pensent que savoir vaut pouvoir et pardon. Si je sais que je fais partie d'une élite autosatisfaite qui brade le bien commun par excès d'arrogance, j'échappe à la critique et je récolte deux fois plus de prestige. Papa est également enclin à penser pareil, bien qu'il soit moins crétin que ma sœur. Il croit encore qu'il existe quelque chose qui s'appelle le devoir et, bien que ce soit à mon avis chimérique, ça le protège de la débilité du cynisme. Je m'explique : il n'y a pas plus midinette que le cynique. C'est parce qu'il croit encore à toute force que le monde a un sens et parce qu'il n'arrive pas à renoncer aux fadaises de l'enfance qu'il adopte l'attitude inverse. « La vie est une catin, je ne crois plus en rien et j'en jouirai jusqu'à la nausée » est la parole même du naïf contrarié. C'est tout à fait ma sœur. Elle a beau être normalienne, elle croit encore au Père Noël, pas parce qu'elle a bon cœur mais parce qu'elle est totalement infantile. Elle ricanait bêtement quand le collègue de papa a sorti sa belle phrase, dans le genre je maîtrise la mise en abyme, et ça m'a confirmée dans ce que je pense depuis longtemps : Colombe est un total désastre.

Mais moi, je crois que cette phrase est une vraie pensée profonde, justement parce que ce n'est pas vrai, en tout cas pas entièrement vrai. Ça ne veut pas dire ce qu'on croit au départ. Si on s'élevait dans la hiérarchie sociale en proportion de son incompétence, je vous garantis que le monde ne tournerait pas comme il tourne. Mais le problème n'est pas là. Ce que veut dire cette phrase, ce n'est pas que les incompétents ont une place au soleil, c'est que rien n'est plus dur et injuste que la réalité humaine : les hommes vivent dans un monde où ce sont les mots et non les actes qui ont du pouvoir, où la compétence ultime, c'est la maîtrise du langage. C'est terrible, parce que, au fond, nous sommes des primates programmés pour manger, dormir, nous reproduire, conquérir et sécuriser notre territoire et que les plus doués pour ça, les plus animaux d'entre nous, se font toujours avoir par les autres, ceux qui parlent bien alors qu'ils seraient incapables de défendre leur jardin, de ramener un lapin pour le dîner ou de procréer correctement. Les hommes vivent dans un monde où ce sont les faibles qui dominent. C'est une injure terrible à notre nature animale, un genre de perversion, de contradiction profonde.

5

Triste condition

Après un mois de lecture frénétique, je décide avec un intense soulagement que la phénoménologie est une escroquerie. De la même manière que les cathédrales ont toujours éveillé en moi ce sentiment proche de la syncope que l'on éprouve face à la manifestation de ce que les hommes peuvent bâtir à la gloire de quelque chose qui n'existe pas, la phénoménologie harcèle mon incrédulité à la perspective que tant d'intelligence ait pu servir une si vaine entreprise. Comme nous sommes en novembre, je n'ai hélas pas de mirabelles sous la main. En pareil cas, onze mois par an à dire vrai, je me rabats sur du chocolat noir (70 %). Mais je connais par avance le résultat de l'épreuve. Eussé-je le loisir de croquer dans le mètre étalon que je me taperais bruyamment sur les cuisses en lisant et un beau chapitre comme « Révélation du sens final de la science dans l'effort de la "vivre" comme phénomène noématique » ou bien « Les problèmes constitutifs de l'ego transcendantal » pourrait même me faire expirer de rire, foudroyée en plein cœur dans ma bergère moelleuse, du jus de mirabelle ou des filets de chocolat coulant aux commissures.

Quand on veut aborder la phénoménologie, il faut être conscient du fait qu'elle se résume à une double interrogation : de quelle nature est la conscience humaine ? Que connaissons-nous du monde ?

Prenons la première.

Voilà des millénaires que de « connais-toi toi-même » en « je pense donc je suis », on ne cesse de gloser sur cette dérisoire prérogative de l'homme que constitue la conscience qu'il a de sa propre existence et surtout la capacité que cette conscience a de se prendre elle-même pour objet. Lorsque ça le gratte quelque part, l'homme se gratte et a conscience d'être en train de se gratter. Lui demande-t-on : que fais-tu ? qu'il répond : je me gratte. Pousse-t-on plus loin l'investigation (es-tu conscient que tu es conscient du fait que tu te grattes ?) qu'il répond encore oui, et de même à tous les es-tu-conscient qui se puissent rajouter. L'homme est-il pour autant moins démangé de savoir qu'il se gratte et qu'il en est conscient ? La conscience réflexive influe-t-elle bénéfiquement sur l'ordre des démangeaisons ? Que nenni. Savoir que ça gratte et être conscient du fait qu'on est conscient de le savoir ne change strictement rien au fait que ça gratte. Handicap supplémentaire, il faut endurer la lucidité qui découle de cette triste condition et je parie dix livres de mirabelles que cela augmente un désagrément que, chez mon chat, un simple mouvement de la patte antérieure congédie. Mais il paraît aux hommes tellement extraordinaire, parce que nul autre animal ne le peut et qu'ainsi nous échappons à la bestialité, qu'un être puisse se savoir se sachant en train de se gratter, que cette préséance de la conscience humaine semble à beaucoup la manifestation de quelque chose de divin, qui échapperait en nous au froid déterminisme auquel sont soumises toutes les choses physiques.

Toute la phénoménologie est assise sur cette certitude : notre conscience réflexive, marque de notre dignité ontologique, est la seule entité en nous qui vaille qu'on l'étudie parce qu'elle nous sauve du déterminisme biologique.

Personne ne semble conscient du fait que, puisque *nous sommes* des animaux soumis au froid déterminisme des choses physiques, tout ce qui précède est caduc.

6

Robes de bure

Alors la seconde question : que connaissons-nous du monde ?

À cette question, les idéalistes comme Kant répondent.

Que répondent-ils ?

Ils répondent : pas grand-chose.

L'idéalisme, c'est la position qui considère que nous ne pouvons connaître que ce qui apparaît à notre conscience, cette entité semi-divine qui nous sauve de la bestialité. Nous connaissons du monde ce que notre conscience peut en dire parce que ça lui apparaît — et pas plus.

Prenons un exemple, au hasard un sympathique chat prénommé Léon. Pourquoi ? Parce que je trouve que c'est plus facile avec un chat. Et je vous demande : comment pouvez-vous être certain qu'il s'agit bien d'un chat et même connaître ce qu'est un chat ? Une réponse saine consisterait à mettre en avant le fait que votre perception de la bête, complétée de quelques mécanismes conceptuels et langagiers, vous amène à former cette connaissance. Mais la réponse idéaliste consiste à faire état de l'impossibilité qu'il y a à savoir si ce que nous percevons et concevons du chat, si ce qui apparaît comme chat à notre conscience, est bien conforme à ce qu'est le chat en son intimité profonde. Peut-être mon chat, que j'appréhende présentement comme un quadrupède obèse à moustaches frémissantes et que je range en mon esprit dans un tiroir étiqueté « chat », est-il en vérité et en son essence même une boule de glu verte qui ne fait pas miaou. Mais mes sens sont conformés de telle sorte que cela ne m'apparaît pas et que l'immonde tas de colle verte, trompant mon dégoût et ma candide confiance, se présente à ma conscience sous l'apparence d'un animal domestique glouton et soyeux.

Voilà l'idéalisme kantien. Nous ne connaissons du monde que l'*idée* qu'en forme notre conscience. Mais il existe une théorie plus déprimante que celle-ci, une théorie qui ouvre des perspectives plus effrayantes encore que celle de caresser sans s'en rendre compte un morceau de bave verte ou, le matin, d'enfoncer dans une caverne pustuleuse vos tartines que vous croyiez destinées au grille-pain.

Il existe l'idéalisme de Edmund Husserl, qui m'évoque désormais une marque de robes de bure pour prêtres séduits par un obscur schisme de l'Église baptiste.

Dans cette dernière théorie n'existe que l'appréhension du chat. Et le chat ? Eh bien on s'en passe. Nul besoin du chat. Pour quoi faire ? Quel chat ? Désormais, la philosophie s'autorise à ne plus se vautrer que dans le stupre du pur esprit. Le monde est une réalité inaccessible qu'il serait vain de tenter de connaître. Que connaissons-nous du monde ? Rien. Toute connaissance n'étant que l'auto-exploration de la conscience réflexive par elle-même, on peut donc envoyer le monde au diable.

Telle est la phénoménologie : la « science de ce qui apparaît à la conscience ». Comment se passe la journée d'un phénoménologue ? Il se lève, a conscience de savonner sous la douche un corps dont l'existence est sans fondement, d'avaler des tartines néantisées, d'enfiler des vêtements qui sont comme des parenthèses vides, de se rendre à son bureau et de se saisir d'un chat.

Peu lui chaut que ce chat existe ou n'existe pas et ce qu'il est en son essence même. Ce qui est indécidable ne l'intéresse pas. En revanche, il est indéniable qu'à sa conscience apparaît un chat et c'est cet apparaître qui préoccupe notre homme.

Un apparaître au reste bien complexe. Que l'on puisse à ce point détailler le fonctionnement de l'appréhension par la conscience d'une chose dont l'existence en soi est indifférente est proprement remarquable. Savez-vous que notre conscience ne perçoit pas tout de go mais effectue des séries compliquées de synthèses qui, au moyen de profilages successifs, parviennent à faire apparaître à nos sens des objets divers comme, par exemple, un chat, un balai ou une tapette à mouches et Dieu sait si c'est utile ? Faites l'exercice de regarder votre chat et de vous demander comme il se produit que vous sachiez comment il est fait devant, derrière, en dessous et au-dessus alors que présentement, vous ne le percevez que de face. Il a bien fallu que votre conscience, synthétisant sans même que vous y preniez garde les multiples perceptions de votre chat sous tous les angles possibles, ait fini par créer cette image complète du chat que votre vision actuelle ne vous livre jamais. C'est pareil pour la tapette à mouches, que vous ne percevez jamais que dans un sens bien que vous puissiez la visualiser tout entière en votre esprit et que, miracle, vous connaissiez sans même la retourner comment elle est faite de l'autre côté.

On conviendra que ce savoir est bien utile. On n'imagine pas Manuela se servir d'une tapette à mouches sans immédiatement mobiliser le savoir qu'elle a des divers profilages qui sont nécessaires à son appréhension. D'ailleurs, on n'imagine pas Manuela se servir d'une tapette à mouches pour la bonne raison qu'il n'y a jamais de mouches dans les appartements des riches. Ni mouches, ni vérole, ni mauvaises odeurs, ni secrets de famille. Chez les riches, tout est propre, lisse, sain et conséquemment préservé de la tyrannie des tapettes à mouches et de l'opprobre public.

Voici donc la phénoménologie : un monologue solitaire et sans fin de la conscience avec elle-même, un autisme pur et dur qu'aucun vrai chat n'importune jamais.

7

Dans le Sud confédéré

— Qu'est-ce que vous lisez là ? me demande Manuela qui arrive, essoufflée, de chez une Dame de Broglie que le dîner qu'elle donne ce soir a rendue phtisique. Recevant du livreur sept boîtes de caviar Petrossian, elle respirait comme Dark Vador.

— Une anthologie de poèmes folkloriques, dis-je, et je referme pour toujours le chapitre Husserl.

Aujourd'hui, Manuela est de bonne humeur, je le vois bien. Elle déballe avec entrain une petite bourriche saturée de financiers encore sertis des corolles blanches dans lesquelles ils ont cuit, s'assied, lisse soigneusement la nappe du plat de la main, prélude à une déclaration qui la transporte.

Je dispose les tasses, m'assieds à mon tour et attends.

— Mme de Broglie n'est pas contente de ses truffes, commence-t-elle.

— Ah bon ? dis-je poliment.

— Elles ne sentent pas, poursuit-elle d'un air mauvais, comme si cette défaillance lui était une offense personnelle et majeure.

Nous savourons cette information à sa juste valeur et j'ai plaisir à imaginer Bernadette de Broglie dans sa cuisine, hagarde et échevelée, s'évertuant à vaporiser sur les contrevenantes une décoction de jus de cèpes et de girolles dans l'espoir dérisoire mais fou qu'elles finiront bien par exhaler quelque chose qui puisse évoquer la forêt.

— Et Neptune a fait pipi sur la jambe de M. Saint-Nice, poursuit Manuela. La pauvre bête devait se retenir depuis des heures et quand Monsieur a sorti la laisse, elle n'a pas pu attendre, elle a fait dans l'entrée sur son bas de pantalon.

Neptune est le cocker des propriétaires du troisième droite. Le deuxième et le troisième sont les seuls étages divisés en deux appartements (de deux cents mètres carrés chacun). Au premier, il y a les de Broglie, au quatrième les Arthens, au cinquième les Josse et au sixième les Pallières. Au deuxième, il y a les Meurisse et les Rosen. Au troisième, il y a les Saint-Nice et les Badoise. Neptune est le chien des Badoise ou plus exactement de Mlle Badoise, qui fait son droit à Assas et organise des rallyes avec d'autres propriétaires de cockers qui font leur droit à Assas.

J'ai pour Neptune une grande sympathie. Oui, nous nous apprécions beaucoup, sans doute par la grâce de la connivence née de ce que les sentiments de l'un sont immédiatement accessibles à l'autre. Neptune sent que je l'aime ; ses diverses envies me sont transparentes. Le savoureux de l'affaire tient dans le fait qu'il s'obstine à être un chien quand sa maîtresse voudrait en faire un gentleman. Lorsqu'il sort dans la cour, au bout, tout au bout de sa laisse de cuir fauve, il regarde avec convoitise les flaques d'eau boueuse qui paressent là. Sa maîtresse tire-t-elle d'un coup sec sur son joug qu'il abaisse l'arrière-train jusqu'à terre et, sans plus de cérémonie, se lèche les attributs. Athéna, la ridicule whippet des Meurisse, lui fait tirer la langue comme à un satyre lubrique et ahaner par avance, la tête farcie de fantasmes. Ce qui est spécialement drôle chez les cockers, c'est, lorsqu'ils sont d'humeur badine, la manière chaloupée dont ils progressent ; on dirait que, chevillés sous leurs pattes, des petits ressorts les projettent vers le haut — mais en douceur, sans cahot. Cela agite aussi les pattes et les oreilles comme le roulis le bateau, et le cocker, petit navire aimable chevauchant la terre ferme, apporte en ces lieux urbains une touche maritime dont je suis friande.

Neptune, enfin, est un gros goinfre prêt à tout pour un vestige de navet ou un croûton de pain rassis. Lorsque sa maîtresse passe devant le local à poubelles, il tire comme un fou en direction dudit, langue pendante et queue déchaînée. Pour Diane Badoise, c'est le désespoir. À cette âme distinguée, il semble que son chien aurait dû être comme les jeunes filles de la bonne société de Savannah, dans le Sud confédéré d'avant la guerre, qui ne pouvaient trouver mari que si elles feignaient de n'avoir point d'appétit.

Au lieu de cela, Neptune fait son yankee affamé.

Du Bacon pour le cocker

Dans l'immeuble, il y a deux chiens : la whippet des Meurisse qui ressemble à un squelette recouvert de croûte de cuir beige et un cocker roux qui appartient à Diane Badoise, la fille de l'avocat très prout prout, une blonde anorexique qui porte des imperméables Burberry. La whippet s'appelle Athéna et le cocker Neptune. Juste au cas où vous n'auriez pas compris dans quel genre de résidence j'habite. Pas de Kiki ni de Rex chez nous. Bon, hier, dans le hall, les deux chiens se sont croisés et j'ai eu l'occasion d'assister à un ballet très intéressant. Je passe sur les chiens qui se sont reniflé le derrière. Je ne sais pas si Neptune sent mauvais du sien mais Athéna a fait un bond en arrière tandis que lui, il avait l'air de renifler un bouquet de roses dans lequel il y aurait eu un gros steak saignant.

Non, ce qui était intéressant, c'étaient les deux humaines au bout des deux laisses. Parce que, en ville, ce sont les chiens qui tiennent leur maître en laisse, quoique personne ne semble comprendre que le fait de s'être volontairement encombré d'un chien qu'il faut promener deux fois par jour, qu'il pleuve qu'il vente ou qu'il neige, revient à s'être soi-même passé une laisse autour du cou. Bref, Diane Badoise et Anne-Hélène Meurisse (même modèle à vingt-cinq ans d'intervalle) se sont croisées dans le hall chacune au bout de sa laisse. Dans ces cas-là, c'est tout un pataquès ! Elles sont aussi empotées que si elles avaient des palmes aux mains et aux pieds parce qu'elles ne peuvent pas faire la seule chose qui serait efficace dans cette situation : reconnaître ce qui se passe pour pouvoir l'empêcher. Mais comme elles font mine de croire qu'elles promènent des peluches distinguées sans aucune pulsion déplacée, elles ne peuvent pas beugler à leurs chiens d'arrêter de se renifler le cul ou de se lécher les coucougnettes.

Donc voilà ce qui s'est passé : Diane Badoise est sortie de l'ascenseur avec Neptune et Anne-Hélène Meurisse attendait juste devant avec Athéna. Elles ont donc pour ainsi dire jeté leurs chiens l'un sur l'autre et, évidemment, ça n'a pas loupé, Neptune est devenu fou. Sortir pépère de l'ascenseur et se retrouver la truffe sur le derrière d'Athéna, ça n'arrive pas tous les jours. Colombe nous bassine depuis des lustres avec le *kairos*, un concept grec qui signifie à peu près le « moment propice », cette chose que d'après elle Napoléon savait saisir puisque bien sûr ma sœur est une spécialiste de stratégie militaire. Bon, le kairos, c'est l'intuition du moment, quoi. Eh bien je peux vous dire que Neptune, il avait son kairos en plein devant la truffe et il n'a pas tergiversé, il a fait son hussard ancienne manière : il est monté dessus. « Oh mon Dieu ! » a dit Anne-Hélène Meurisse comme si elle était elle-même la victime de l'outrage. « Oh non ! » s'est exclamée Diane Badoise, comme si toute la honte retombait sur elle alors que je vous parie un Michoko que ça ne lui serait pas venu à l'esprit de monter sur l'arrière-train d'Athéna. Et elles ont commencé en même temps à tirer sur leurs chiens par l'intermédiaire des laisses mais il y a eu un problème et c'est ça qui a donné lieu à un mouvement intéressant.

En fait, Diane aurait dû tirer vers le haut et l'autre vers le bas, ce qui aurait décollé les deux chiens mais, au lieu de ça, elles sont parties latéralement et comme c'est étroit devant la cage de l'ascenseur, elles se sont très vite heurtées à un obstacle : l'une à la grille de l'ascenseur, l'autre au mur de gauche et, du coup, Neptune, qui avait été déstabilisé par la première traction, a retrouvé un nouveau souffle et s'est arrimé de plus belle à Athéna qui roulait des yeux affolés en hurlant. À ce moment-là, les humaines ont changé de stratégie en tentant de traîner leurs chiens vers des espaces plus larges pour pouvoir refaire la manœuvre plus confortablement. Mais il y avait urgence : tout le monde sait bien qu'il arrive un moment où les chiens deviennent indécollables. Elles ont donc mis le turbo en criant ensemble « Oh mon Dieu Oh mon Dieu » et en tirant sur leurs laisses comme si leur vertu en dépendait. Mais dans la pré-cipitation, Diane Badoise a légèrement glissé et s'est tordu la cheville. Et voilà le mouvement intéressant : sa cheville s'est tordue vers l'extérieur et, en même temps, tout son corps s'est déporté dans la même direction, sauf sa queue-de-cheval qui est partie dans l'autre.

Je vous assure que c'était magnifique : on aurait dit un Bacon. Ça fait des lustres qu'il y a un Bacon encadré dans les W.-C. de mes parents avec quelqu'un qui est sur des W.-C., justement, et à la Bacon, quoi, genre torturé et pas très ragoûtant. J'ai toujours pensé que ça avait probablement un effet sur la sérénité des actions mais bon, ici, tout le monde a ses W.-C. à soi, donc je ne me suis jamais plainte. Mais quand Diane Badoise s'est complètement désarticulée en se tordant la cheville, en faisant avec ses genoux, ses bras et sa tête des angles bizarres et le tout couronné par la queue-de-cheval à l'horizontale, ça m'a immédiatement fait penser au Bacon. Pendant un très petit instant, elle a ressemblé à un pantin désarticulé, ça a fait un grand couac corporel et, pendant quelques millièmes de seconde (parce que ça s'est passé très vite mais, comme je suis attentive maintenant aux mouvements du corps, je l'ai vu comme au ralenti), Diane Badoise a ressemblé à un personnage de Bacon. De là à me dire que ce truc est dans les W.-C. depuis toutes ces années juste pour me permettre de bien apprécier ce mouvement bizarre, il n'y a qu'un pas. Ensuite, Diane est tombée sur les chiens et ça a résolu le problème puisque Athéna, en s'écrasant au sol, a échappé à Neptune. A suivi un petit ballet compliqué, Anne-Hélène voulant porter de l'aide à Diane tout en tenant sa chienne à distance du monstre lubrique et Neptune, complètement indifférent aux cris et à la douleur de sa maîtresse, continuant à tirer en direction de son steak à la rose. Mais à ce moment-là, Mme Michel est sortie de sa loge et moi j'ai attrapé la laisse de Neptune et je l'ai amené plus loin.

Il était bien déçu, le pauvre. Du coup, il s'est assis et il s'est mis à se lécher les coucougnettes en faisant beaucoup de « slurps », ce qui a rajouté au désespoir de la pauvre Diane. Mme Michel a appelé le SAMU parce que sa cheville commençait à ressembler à une pastèque et puis a ramené Neptune chez lui pendant que Anne-Hélène Meurisse restait avec Diane. Moi, je suis rentrée chez moi en me disant : bon, un Bacon en vrai, est-ce que ça en vaut la peine ?

J'ai décidé que non : parce que non seulement Neptune n'a pas eu sa gâterie mais, en plus, il n'a pas eu sa promenade.

8

Prophète des élites modernes

Ce matin, en écoutant France Inter, j'ai eu la surprise de découvrir que je n'étais pas ce que je croyais être. J'avais jusqu'alors attribué à ma condition d'autodidacte prolétaire les raisons de mon éclectisme culturel. Comme je l'ai déjà évoqué, j'ai passé chaque seconde de mon existence qui pouvait être distraite au travail à lire, regarder des films et écouter de la musique. Mais cette frénésie dans la dévoration des objets culturels me semblait souffrir d'une faute de goût majeure, celle du mélange brutal entre des œuvres respectables et d'autres qui l'étaient beaucoup moins.

C'est sans doute dans le champ de la lecture que mon éclectisme est le moins grand, quoique ma diversité d'intérêts y soit la plus extrême. J'ai lu des ouvrages d'histoire, de philosophie, d'économie politique, de sociologie, de psychologie, de pédagogie, de psychanalyse et, bien sûr et avant tout, de littérature. Les premières m'ont intéressée ; la dernière est toute ma vie.

Mon chat, Léon, se prénomme ainsi parce que Tolstoï. Le précédent s'appelait Dongo parce que Fabrice del. Le premier avait pour nom Karénine parce que Anna mais je ne l'appelais que Karé, de crainte qu'on ne me démasque. Hormis l'infidélité stendhalienne, mes goûts se situent très nettement dans la Russie d'avant 1910, mais je me flatte d'avoir dévoré une part somme toute appréciable de la littérature mondiale si l'on prend en compte le fait que je suis une fille de la campagne dont les espérances de carrière se sont surpassées jusqu'à mener à la conciergerie du 7 rue de Grenelle, et alors qu'on aurait pu croire qu'une telle destinée voue au culte éternel de Barbara Cartland. J'ai bien une inclination coupable pour les romans policiers — mais je tiens ceux que je lis pour de la haute littérature. Il m'est particulièrement pénible, certains jours, de devoir m'extirper de la lecture d'un Connelly ou d'un Mankell pour aller répondre au coup de sonnette de Bernard Grelier ou de Sabine Pallières, dont les préoccupations ne sont pas congruentes aux méditations de Harry Bosch, le flic amateur de jazz du LAPD, spécialement lorsqu'ils me demandent :

— Pourquoi les ordures sentent jusque dans la cour ?

Que Bernard Grelier et l'héritière d'une vieille famille de la Banque puissent se soucier des mêmes choses triviales et ignorer conjointement l'utilisation du pronom personnel postverbe que la forme interrogative requiert jette sur l'humanité un éclairage nouveau.

Au chapitre cinématographique, en revanche, mon éclectisme s'épanouit. J'aime les *blockbusters* américains et les œuvres du cinéma d'auteur. En fait, j'ai longtemps consommé préférentiellement du cinéma de divertissement américain ou anglais, à l'exception de quelques œuvres sérieuses que je considérais avec mon œil esthétisant, l'œil passionnel et empathique n'ayant d'accointances qu'avec le divertissement. Greenaway suscite en moi admiration, intérêt et bâillements tandis que je pleure comme une madeleine spongieuse chaque fois que Melly et Mama montent l'escalier des Butler après la mort de Bonnie Blue et tiens *Blade Runner* pour un chef-d'œuvre de la distraction haut de gamme. Pendant longtemps, j'ai considéré comme une fatalité que le septième art soit beau, puissant et soporifique et que le cinéma de divertissement soit futile, réjouissant et bouleversant.

Tenez, par exemple, aujourd'hui, je frétille d'impatience à l'idée du cadeau que je me suis offert. C'est le fruit d'une exemplaire patience, l'assouvissement longtemps différé du désir de revoir un film que j'ai vu pour la première fois à la Noël 1989.

9

Octobre rouge

À la Noël 1989, Lucien était très malade. Si nous ne savions pas encore quand la mort viendrait, nous étions noués par la certitude de son imminence, noués en nous-mêmes et noués l'un à l'autre par cet invisible lien. Lorsque la maladie entre dans un foyer, elle ne s'empare pas seulement d'un corps mais tisse entre les cœurs une sombre toile où s'ensevelit l'espoir. Tel un fil arachnéen s'enroulant autour de nos projets et de notre respiration, la maladie, jour après jour, avalait notre vie. Lorsque je rentrais du dehors, j'avais le sentiment de pénétrer dans un caveau et j'avais froid tout le temps, un froid que rien n'apaisait au point que, les derniers temps, lorsque je dormais aux côtés de Lucien, il me semblait que son corps aspirait toute la chaleur que le mien avait pu dérober ailleurs.

La maladie, diagnostiquée au printemps 1988, le rongea pendant dix-sept mois et l'emporta à la veille de Noël. Une collecte fut organisée par la vieille Mme Meurisse auprès des résidents de l'hôtel et on déposa à ma loge une belle couronne de fleurs, ceinte d'un ruban qui ne portait aucune mention. Seule, elle vint aux obsèques. C'était une femme pieuse, froide et pincée, mais il y avait dans ses façons austères et un peu brusques quelque chose de sincère et lorsqu'elle mourut, un an après Lucien, je me fis la réflexion que c'était une femme de bien et qu'elle me manquerait, quoique, en quinze ans, nous n'ayons guère échangé de paroles.

— Elle a pourri la vie de sa belle-fille jusqu'au bout. Paix à son âme, c'était une sainte femme, avait ajouté Manuela — qui vouait à la jeune Mme Meurisse une haine racinienne — en guise d'oraison funèbre.

Hors Cornélia Meurisse, ses voilettes et ses chapelets, la maladie de Lucien n'apparut à personne comme quelque chose qui fût digne d'intérêt. Aux riches, il semble que les petites gens, peut-être parce que leur vie est raréfiée, privée de l'oxygène de l'argent et de l'entregent, ressentent les émotions humaines avec une intensité moindre et une plus grande indifférence. Puisque nous étions des concierges, il paraissait acquis que la mort était pour nous comme une évidence dans la marche des choses alors qu'elle eût revêtu pour les nantis les vêtements de l'injustice et du drame. Un concierge qui s'éteint, c'est un léger creux dans le cours du quotidien, une certitude biologique à laquelle n'est associée nulle tragédie et, pour les propriétaires qui le croisaient chaque jour dans l'escalier ou sur le seuil de la loge, Lucien était une non-existence qui retournait à un néant dont elle n'était jamais sortie, un animal qui, parce qu'il vivait une demi-vie, sans faste ni artifices, devait sans doute au moment de la mort n'éprouver aussi qu'une demi-révolte. Que, comme chacun, nous puissions endurer l'enfer et que, le cœur étreint de rage à mesure que la souffrance dévastait notre existence, nous achevions de nous décomposer en nous-mêmes, dans le tumulte de la peur et de l'horreur que la mort inspire à chacun, n'effleurait l'esprit de personne en ces lieux.

Un matin, trois semaines avant Noël, alors que je revenais des courses avec un cabas bourré de navets et de mou pour le chat, je trouvai Lucien habillé, prêt pour sortir. Il avait même noué son écharpe et, debout, m'attendait. Après les déambulations harassées d'un mari que le trajet de la chambre à la cuisine vidait de toute force et ensevelissait d'une effrayante pâleur, après des semaines à ne le point voir quitter un pyjama qui me semblait l'habit même du trépas, le découvrir l'œil brillant et la mine polissonne, le col de son manteau d'hiver bien remonté jusqu'à des joues étrangement roses, manqua de me faire défaillir.

— Lucien ! m'exclamai-je et j'allais faire le mouvement d'aller vers lui pour le soutenir, l'asseoir, le déshabiller, que sais-je encore, tout

ce que la maladie m'avait appris de gestes in-
connus et qui, ces derniers temps, étaient devenus les seuls que je savais faire, j'allais poser
mon cabas, l'étreindre, le serrer contre moi, le
porter, et toutes ces choses encore, lorsque, le
souffle court, avec au cœur une étrange sensation de dilatation, je m'arrêtai.

— Il y a juste le temps, me dit Lucien, la
séance est à une heure.

Dans la chaleur de la salle, au bord des
larmes, heureuse comme jamais je ne l'avais
été, je lui tins une main tiède pour la première
fois depuis des mois. Je savais qu'un afflux ines-
péré d'énergie l'avait levé de son lit, lui avait
donné la force de s'habiller, la soif de sortir, le
désir que nous partagions une fois encore ce
plaisir conjugal et je savais aussi que c'était le
signe qu'il restait peu de temps, l'état de grâce
qui précède la fin, mais cela ne m'importait pas
et je voulais seulement profiter de cela, de ces
instants dérobés au joug de la maladie, de sa
main tiède dans la mienne et des vibrations
de plaisir qui nous parcouraient tous deux
parce que, grâce en soit rendue au ciel, c'était
un film dont nous pouvions partager ensemble
la saveur.

Je pense qu'il mourut tout de suite après.
Son corps résista trois semaines encore mais
son esprit s'en était allé à la fin de la séance,
parce qu'il savait que c'était mieux ainsi, parce
qu'il m'avait dit adieu dans la salle obscure,
sans regrets trop poignants, parce qu'il avait

trouvé la paix ainsi, confiant dans ce que nous nous étions dit en nous passant de mots, en regardant de concert l'écran illuminé où se racontait une histoire.

Je l'acceptai.

À *la poursuite d'Octobre rouge* était le film de notre dernière étreinte. Pour qui veut comprendre l'art du récit, il n'est que de le voir ; on se demande pourquoi l'Université s'obstine à enseigner les principes narratifs à coups de Propp, Greimas ou autres pensums au lieu d'investir dans une salle de projection. Prémices, intrigue, actants, péripéties, quête, héros et autres adjuvants : il vous suffit d'un Sean Connery en uniforme de sous-marinier russe et de quelques porte-avions bien placés.

Or, disais-je, j'ai appris ce matin sur France Inter que cette contamination de mes aspirations à la culture légitime par d'autres inclinations à la culture illégitime ne constitue pas un stigmate de ma basse extraction et de mon accès solitaire aux lumières de l'esprit mais une caractéristique contemporaine des classes intellectuellement dominantes. Comment l'ai-je appris ? De la bouche d'un sociologue, dont j'aurais passionnément aimé savoir s'il aurait lui-même aimé savoir qu'une concierge en chaussons Scholl venait de faire de lui une icône sacrée. Étudiant l'évolution des pratiques culturelles d'intellectuels autrefois baignés de haute éducation du lever au coucher et désormais pôles de syncrétisme par où la frontière entre la vraie et la fausse culture se trouvait irrémédiablement brouillée, il décrivait un titulaire de l'agrégation de lettres classiques qui eût autrefois écouté du Bach, lu du Mauriac et regardé des films d'art et d'essai, et qui, aujourd'hui, écoute Haendel et MC Solaar, lit Flaubert et John Le Carré, s'en va voir un Visconti et le dernier *Die Hard* et mange des hamburgers à midi et des sashimis le soir.

Il est toujours très troublant de découvrir un habitus social dominant là où on croyait voir la marque de sa singularité. Troublant et peut-être même vexant. Que moi, Renée, cinquante-quatre ans, concierge et autodidacte, je sois, en dépit de ma claustration dans une loge conforme, en dépit d'un isolement qui aurait dû me protéger des tares de la masse, en dépit, encore, de cette quarantaine honteuse ignorante des évolutions du vaste monde en laquelle je me suis confinée, que moi, Renée, je sois le témoin de la même transformation qui agite les élites actuelles — composées de petits Pallières khâgneux qui lisent Marx et s'en vont en bande voir *Terminator* ou de petites Badoise qui font leur droit à Assas et sanglotent devant *Coup de foudre à Notting Hill* — est un choc dont je peine à me remettre. Car il apparaît très nettement, pour qui prête attention à la chronologie, que je ne singe pas ces jouvenceaux mais que, dans mes pratiques éclectiques, je les ai devancés.

Renée, prophète des élites contemporaines.

— Eh bien, eh bien, pourquoi pas, me dis-je en extirpant de mon cabas la tranche de foie de veau du chat puis en exhumant, au-dessous, bien emballés dans un plastique anonyme, deux petits filets de rougets barbets que je compte laisser mariner et conséquemment cuire dans un jus de citron saturé de coriandre.

C'est alors que la chose se produit.

Pensée profonde n° 4

*Soigne
Les plantes
Les enfants*

Il y a une femme de ménage, ici, qui vient trois heures par jour mais les plantes, c'est maman qui s'en occupe. Et c'est un cirque pas croyable. Elle a deux arrosoirs, un pour l'eau avec engrais, un pour l'eau sans calcaire, et un vaporisateur avec plusieurs positions pour des pulvérisations « ciblées », « en pluie » ou « brumisantes ». Tous les matins, elle passe en revue les vingt plantes vertes de l'appartement et leur administre le traitement ad hoc. Et elle marmonne tout un tas de choses, complètement indifférente au reste du monde. Vous pouvez dire n'importe quoi à maman pendant qu'elle s'occupe de ses plantes, elle n'y prête strictement aucune attention. Par exemple : « Je compte me droguer aujourd'hui et faire une overdose » obtient pour réponse : « Le kentia jaunit au bout des feuilles, trop d'eau, ça, ce n'est pas bon du tout. »

Déjà, on tient le début du paradigme : si tu veux

gâcher ta vie à force de ne rien entendre de ce que les autres te disent, occupe-toi des plantes vertes. Mais ça ne s'arrête pas là. Quand maman pulvérise de l'eau sur les feuilles des plantes, je vois bien l'espoir qui l'anime. Elle pense que c'est une sorte de baume qui va pénétrer dans la plante et qui va lui apporter ce dont elle a besoin pour prospérer. Pareil pour l'engrais, qu'elle met en petits bâtonnets dans la terre (en fait dans le mélange terre — terreau — sable — tourbe qu'elle fait composer spécialement pour chaque plante à la jardinerie de la porte d'Auteuil). Donc, maman nourrit ses plantes comme elle a nourri ses enfants : de l'eau et de l'engrais pour le kentia, des haricots verts et de la vitamine C pour nous. Ça, c'est le cœur du paradigme : concentrez-vous sur l'objet, apportez-lui des éléments nutritifs qui vont de l'extérieur vers l'intérieur et, en progressant au-dedans, le font grandir et lui font du bien. Un coup de pschitt sur les feuilles et voilà la plante armée pour affronter l'existence. On la regarde avec un mélange d'inquiétude et d'espoir, on est conscient de la fragilité de la vie, inquiet des accidents qui peuvent survenir mais, en même temps, il y a la satisfaction d'avoir fait ce qu'il fallait, d'avoir joué son rôle nourricier : on se sent rassuré, on est en sécurité pour un temps. C'est comme ça que maman voit la vie : une succession d'actes conjuratoires, aussi inefficaces qu'un coup de pschitt, qui donnent l'illusion brève de la sécurité.

Ce serait tellement mieux si on partageait ensemble notre insécurité, si on se mettait tous ensemble à l'intérieur de nous-mêmes pour se dire que les haricots verts et la vitamine C, même s'ils nourrissent la bête, ne sauvent pas la vie et ne sustentent pas l'âme.

10

Un chat nommé Grevisse

Chabrot sonne à ma loge.

Chabrot est le médecin personnel de Pierre Arthens. C'est une espèce de vieux beau perpétuellement bronzé, qui se tortille devant le Maître comme le ver de terre qu'il est et, en vingt ans, ne m'a jamais saluée ni n'a même manifesté que je lui apparaissais. Une expérience phénoménologique intéressante consisterait à interroger les fondements du non-apparaître à la conscience de certains de ce qui apparaît à la conscience des autres. Que mon image puisse conjointement s'imprimer dans le crâne de Neptune et faire faux bond à celui de Chabrot est en effet bien captivant.

Mais ce matin, Chabrot a l'air tout débronzé. Il a les joues qui pendent, la main tremblante et le nez... mouillé. Oui, mouillé. Chabrot, le médecin des puissants, a le nez qui coule. De surcroît, il prononce mon nom.

— Madame Michel.

Il ne s'agit peut-être pas de Chabrot mais

d'une sorte d'extraterrestre transformiste qui dispose d'un service de renseignements qui laisse à désirer parce que le vrai Chabrot ne s'encombre pas l'esprit d'informations qui concernent des subalternes par définition anonymes.

— Madame Michel, reprend l'imitation ratée de Chabrot, madame Michel.

Eh bien, on le saura. Je m'appelle madame Michel.

— Un terrible malheur est arrivé, reprend Nez qui Coule qui, saperlipopette, au lieu de se moucher renifle.

Ça alors. Il renifle bruyamment, renvoyant la coulure nasale là d'où elle n'est même jamais venue et je suis contrainte par la rapidité de l'action à assister aux contractions fébriles de sa pomme d'Adam en vue de faciliter le passage de ladite. C'est répugnant mais surtout déconcertant.

Je regarde à droite, à gauche. Le hall est désert. Si mon E.T. a des intentions hostiles, je suis perdue.

Il se reprend, se répète.

— Un terrible malheur, oui, un terrible malheur. M. Arthens est mourant.

— Mourant, dis-je, vraiment mourant ?

— Vraiment mourant, madame Michel, vraiment mourant. Il lui reste quarante-huit heures.

— Mais je l'ai vu hier matin, il se portait comme un charme ! dis-je, abasourdie.

— Hélas, madame, hélas. Lorsque le cœur

lâche, c'est un couperet. Le matin, vous bondissez comme un cabri, le soir vous êtes dans la tombe.

— Il va mourir chez lui, il ne va pas à l'hôpital ?

— Oooooh, madame Michel, me dit Chabrot en me regardant avec le même air que Neptune quand il est en laisse, qui voudrait mourir à l'hôpital ?

Pour la première fois en vingt ans, j'éprouve un vague sentiment de sympathie à l'endroit de Chabrot. Après tout, me dis-je, c'est un homme aussi et, à la fin, nous sommes tous semblables.

— Madame Michel, reprend Chabrot et je suis tout étourdie de cette débauche de madame Michel après vingt années de rien, beaucoup de gens vont sans doute vouloir voir le Maître avant... avant. Mais il ne veut recevoir personne. Il ne souhaite voir que Paul. Pouvez-vous éconduire les fâcheux ?

Je suis très partagée. Je note, comme à l'accoutumée, qu'on ne fait mine de remarquer ma présence que pour me donner de l'ouvrage. Mais après tout, me dis-je, je suis là pour ça. Je note aussi que Chabrot s'exprime d'une façon dont je raffole — pouvez-vous éconduire les fâcheux ? — et cela me trouble. Cette désuétude polie me plaît. Je suis esclave de la grammaire, me dis-je, j'aurais dû appeler mon chat Grevisse. Ce type m'indispose mais sa langue est délectable. Enfin, qui voudrait mourir à l'hôpital ? a demandé le vieux beau. Personne. Ni Pierre Arthens, ni Chabrot, ni moi, ni Lucien. Posant cette question anodine, Chabrot nous a tous faits hommes.

— Je vais faire ce que je peux, dis-je. Mais je ne peux pas les poursuivre jusque dans l'escalier non plus.

— Non, me dit-il, mais vous pouvez les décourager. Dites-leur que le Maître a fermé sa porte.

Et il me regarde bizarrement.

Il faut que je fasse attention, il faut que je fasse très attention. Ces derniers temps, je me relâche. Il y a eu l'incident du petit Pallières, cette façon saugrenue de citer l'*Idéologie allemande* qui, s'il avait été moitié aussi intelligent qu'une huître, aurait pu lui souffler à l'oreille bien des choses embarrassantes. Et voilà que, parce qu'un géronte toasté aux UV se fend de tournures surannées, je me pâme devant lui et en oublie toute rigueur.

Je noie dans mes yeux l'étincelle qui y avait jailli et prends le regard vitreux de toute bonne concierge qui s'apprête à faire de son mieux sans toutefois poursuivre les gens jusque dans l'escalier.

L'air bizarre de Chabrot disparaît.

Pour effacer toute trace de mes méfaits, je m'autorise une petite hérésie.

— C'est *un* espèce d'infarctus ? je demande.

— Oui, me dit Chabrot, c'est un infarctus.

Un silence.

— Merci, me dit-il.

— Pas de quoi, je lui réponds, et je ferme ma porte.

Pensée profonde n° 5

La vie
De tous
Ce service militaire

Je suis très fière de cette pensée profonde. C'est Colombe qui m'a permis de l'avoir. Elle aura donc eu au moins une fois une utilité dans ma vie. Je n'aurais pas cru pouvoir dire ça avant de mourir.

Depuis le début, Colombe et moi, c'est la guerre parce que, pour Colombe, la vie, c'est une bataille permanente où il faut vaincre en détruisant l'autre. Elle ne peut pas se sentir en sécurité si elle n'a pas écrasé l'adversaire et réduit son territoire à la portion congrue. Un monde dans lequel il y a de la place pour les autres est un monde dangereux selon ses critères de guerrière à la noix. En même temps, elle a juste besoin d'eux pour une petite tâche essentielle : il faut bien que quelqu'un reconnaisse sa force. Donc non seulement elle passe son temps à tenter de m'écraser par tous les moyens possibles, mais en plus, elle voudrait que je lui dise, l'épée sous le menton, qu'elle est la meilleure et que je l'aime. Ça donne des journées qui me rendent folle.

Cerise sur le gâteau, pour une obscure raison, Colombe, qui n'a pas une once de discernement, a compris que ce que je redoute le plus, dans la vie, c'est le bruit. Je pense que c'est une découverte qu'elle a faite par hasard. Il ne lui serait jamais venu à l'esprit spontanément que quelqu'un puisse avoir besoin de silence. Que le silence serve à aller à l'*intérieur*, qu'il soit nécessaire pour ceux qui ne sont pas intéressés que par la vie au-dehors, je ne crois pas qu'elle puisse le comprendre parce que son intérieur à elle est aussi chaotique et bruyant que l'extérieur de la rue. Mais en tout cas, elle a compris que j'avais besoin de silence et, par malheur, ma chambre est à côté de la sienne. Alors, à longueur de journée, elle fait du bruit. Elle hurle au téléphone, elle met de la musique très fort (et ça, ça me tue réellement), elle claque les portes, elle commente à voix haute tout ce qu'elle fait, y compris des choses passionnantes comme se brosser les cheveux ou chercher un crayon dans un tiroir. Bref, comme elle ne peut rien envahir d'autre parce que je lui suis humainement totalement inaccessible, elle envahit mon espace sonore et elle me pourrit la vie du matin jusqu'au soir. Remarquez qu'il faut avoir une conception du territoire très pauvre pour en arriver là ; moi, je me fiche de l'endroit où je suis, pourvu que j'aie le loisir d'aller sans encombre dans ma tête. Mais Colombe, elle, ne se contente pas d'ignorer le fait ; elle le transforme en philosophie : « Mon emmerdeuse de sœur est une petite personne intolérante et neurasthénique qui déteste les autres et qui préférerait habiter dans un cimetière où tout le monde est mort — tandis que moi, je suis une nature ouverte, joyeuse et pleine de vie. » S'il y a bien une chose que je déteste, c'est quand les gens transforment leurs impuissances ou leurs aliénations en credo. Avec Colombe, je suis vernie.

Mais Colombe, depuis quelques mois, ne se contente pas d'être la sœur la plus épouvantable de l'univers. Elle a aussi le mauvais goût d'avoir des comportements inquiétants. Je n'ai vraiment pas besoin de ça : une purge agressive pour sœur et, en plus, le spectacle de ses petites misères. Depuis quelques mois, Colombe est obsédée par deux choses : l'ordre et la propreté. Conséquence bien agréable : du zombie que j'étais, je deviens une malpropre ; elle passe son temps à me crier dessus parce que j'ai laissé des miettes dans la cuisine ou parce que, dans la douche ce matin, il y avait un cheveu. Cela dit, elle ne s'en prend pas qu'à moi. Tout le monde est harcelé du matin au soir parce qu'il y a du désordre et des miettes. Sa chambre, qui était un souk pas possible, est devenue clinique : tout au carré, pas un grain de poussière, les objets avec une place bien définie et malheur à Mme Grémond si elle ne les remet pas exactement pareil une fois qu'elle a fait le ménage. On dirait un hôpital. À la limite, ça ne me dérangerait pas que Colombe soit devenue si maniaque. Mais ce que je ne supporte pas, c'est qu'elle continue à jouer à la fille cool. Il y a un problème mais tout le monde fait semblant de ne pas le voir et Colombe continue de se prétendre la seule de nous deux à prendre la vie « en épicurienne ». Je vous garantis pourtant qu'il n'y a rien d'épicurien à prendre trois douches par jour et à crier comme une démente parce qu'une lampe de chevet a bougé de trois centimètres.

Quel est le problème de Colombe ? Ça, je n'en

sais rien. Peut-être qu'à force de vouloir écraser tout le monde, elle s'est transformée en soldat, au sens propre du terme. Alors, elle fait tout au carré, elle astique, elle nettoie, comme à l'armée. Le soldat est obsédé par l'ordre et la propreté, c'est connu. Il faut ça pour lutter contre le désordre de la bataille, la saleté de la guerre et tous ces bouts d'hommes qu'elle laisse derrière elle. Mais je me demande en fait si Colombe n'est pas un cas exacerbé qui révèle la norme. Est-ce que nous n'abordons pas tous la vie comme on fait son service militaire ? En faisant ce qu'on peut en attendant la quille ou le combat ? Certains récurent la chambrée, d'autres tirent au flanc, passent le temps en jouant aux cartes, trafiquent, intriguent. Les officiers commandent, les bidasses obéissent mais personne n'est dupe de cette comédie à huis clos : un matin, il faudra bien aller mourir, les officiers comme les soldats, les abrutis comme les petits malins qui font du marché noir de cigarettes ou du trafic de PQ.

En passant, je vous fais l'hypothèse du psy de base : Colombe est tellement chaotique au-dedans, vide et encombrée à la fois, qu'elle essaye de mettre de l'ordre en elle-même en rangeant et en nettoyant son intérieur. Rigolo, hein ? Ça fait longtemps que j'ai compris que les psys sont des comiques qui croient que la métaphore, c'est un truc de grand sage. En fait, c'est à la portée du premier sixième venu. Mais il faut entendre les gorges chaudes que les amis psys de maman font à propos du moindre jeu de mots et il faut entendre aussi les idioties que maman rapporte, parce qu'elle raconte à tout le monde ses séances avec son psy, comme si elle était allée à Disneyland : attraction « ma vie de famille », palais des glaces « ma vie avec ma mère », grand 8 « ma vie sans ma mère », musée de l'horreur « ma vie sexuelle » (en baissant la voix pour que je n'entende pas) et pour finir, le tunnel de la mort, « ma vie de femme préménopausée ».

Mais moi, ce qui me fait peur avec Colombe, souvent, c'est que j'ai l'impression qu'elle n'éprouve rien. Tout ce que Colombe montre, comme sentiment, c'est tellement joué, tellement faux, que je me demande si elle ressent quelque chose. Et des fois, ça me fait peur. Elle est peut-être complètement malade, elle cherche peut-être à tout prix à ressentir quelque chose d'authentique, alors elle va peut-être accomplir un acte insensé. Je vois d'ici les titres des journaux : « Le Néron de la rue de Grenelle : une jeune femme met le feu à l'appartement familial. Interrogée sur les raisons de son acte, elle répond : je voulais éprouver une émotion. »

Bon, d'accord, j'exagère un peu. Et puis je suis mal placée pour dénoncer la pyromanie. Mais en attendant, en l'écoutant crier ce matin parce qu'il y avait des poils de chat sur son manteau vert, je me suis dit : ma pauvre, le combat est perdu d'avance. Tu irais mieux si tu le savais.

11

Désolation des révoltes mongoles

On frappe doucement à la porte de la loge.
C'est Manuela, à laquelle on vient de donner
son congé pour la journée.

— Le Maître est mourant, me dit-elle sans
que je puisse déterminer ce qu'elle mêle d'iro-
nie à la reprise du lamento de Chabrot. Vous
n'êtes pas occupée, nous prendrions le thé
maintenant ?

Cette désinvolture dans la concordance des
temps, cet usage du conditionnel à la forme
interrogative sans inversion du verbe, cette
liberté que Manuela prend avec la syntaxe
parce qu'elle n'est qu'une pauvre Portugaise
contrainte à la langue de l'exil, ont le même
parfum de désuétude que les formules contrô-
lées de Chabrot.

— J'ai croisé Laura dans l'escalier, dit-elle en
s'asseyant, sourcils froncés. Elle se tenait à la
rampe comme si elle avait envie de faire pipi.
Quand elle m'a vue, elle est partie.

Laura est la fille cadette des Arthens, une

gentille fille aux visites peu fréquentes. Clémence, l'aînée, est une incarnation douloureuse de la frustration, une bigote consacrée à ennuyer mari et enfants jusqu'à la fin de mornes jours émaillés de messes, de fêtes paroissiales et de broderie au point de croix. Quant à Jean, le benjamin, c'est un drogué qui vire à l'épave. Enfant, c'était un beau gosse aux yeux émerveillés qui trottinait toujours derrière son père comme si sa vie en dépendait mais, lorsqu'il a commencé à se droguer, le changement a été spectaculaire : il ne bougeait plus. Après une enfance gaspillée à courir en vain derrière Dieu, ses mouvements s'étaient comme empêtrés et il se déplaçait désormais par saccades, faisant dans les escaliers, devant l'ascenseur et dans la cour des arrêts de plus en plus prolongés, jusqu'à s'endormir parfois sur mon paillasson ou devant la réserve à poubelles. Un jour qu'il stationnait avec une application stuporeuse devant la plate-bande des roses thé et des camélias nains, je lui avais demandé s'il avait besoin d'aide et je m'étais fait la réflexion qu'il ressemblait de plus en plus à Neptune, avec ses cheveux bouclés et mal entretenus qui lui dégoulinaient sur les tempes et ses yeux larmoyants au-dessus d'un nez humide et frémissant.

— Eh eh non, m'avait-il répondu en scandant son propos des mêmes pauses qui jalonnaient ses déplacements.

— Voulez-vous au moins vous asseoir ? lui avais-je suggéré.

— Vous asseoir ? avait-il répété, étonné. Eh eh non, pourquoi ?

— Pour vous reposer un peu, avais-je dit.

— Ah vouiiiii, avait-il répondu. Eh bien, eh eh non.

Je le laissai donc en compagnie des camélias et le surveillai de la fenêtre. Au bout d'un très long moment, il s'arracha à sa contemplation florale et rallia ma loge à petite vitesse. J'ouvris avant qu'il n'échoue à sonner.

— Je vais bouger un peu, me dit-il sans me voir, ses oreilles soyeuses un peu emmêlées devant les yeux. Puis, au prix d'un effort mani-feste : ces fleurs... c'est quoi leur nom ?

— Les camélias ? demandai-je, surprise.

— Des camélias... reprit-il lentement, des ca-mélias... Eh bien merci, madame Michel, finit-il par dire d'une voix étonnamment raffermie.

Et il tourna les talons. Je ne le revis pas pen-dant des semaines, jusqu'à ce matin de novembre où, alors qu'il passait devant ma loge, je ne le reconnus pas tant il avait chu. Oui, la chute... Tous, nous y sommes voués. Mais qu'un homme jeune atteigne avant l'heure le point duquel il ne se relèvera pas, et elle est alors si visible et si crue que le cœur en est étreint de pitié. Jean Arthens n'était plus qu'un corps supplicié qui se traînait dans une vie sur le fil. Je me deman-dai avec effroi comment il parviendrait à accom-plir les gestes simples que réclame le maniement de l'ascenseur lorsque l'apparition subite de Bernard Grelier, se saisissant de lui et le soulevant comme une plume, m'épargna d'intervenir. J'eus la brève vision de cet homme mûr et débile qui portait dans ses bras un corps d'enfant massacré, puis ils disparurent dans le gouffre de l'escalier.

— Mais Clémence va venir, dit Manuela qui, c'est insensé, suit toujours le fil de mes pensées muettes.

— Chabrot m'a demandé de la prier de s'en aller, dis-je, méditative. Il ne veut voir que Paul.

— De chagrin, la baronne s'est mouchée dans un torchon, ajoute Manuela en parlant de Violette Grelier.

Je ne suis pas étonnée. Aux heures de toutes les fins, il faut bien que la vérité advienne. Violette Grelier est du torchon comme Pierre Arthens est de la soie et chacun, emprisonné dans son destin, doit lui faire face sans plus d'échappatoire et être à l'épilogue ce qu'il a toujours été au fond, de quelque illusion qu'il ait voulu se bercer. Côtoyer le linge fin n'y donne pas plus droit qu'au malade la santé.

Je sers le thé et nous le dégustons en silence. Nous ne l'avons jamais pris ensemble le matin et cette brisure dans le protocole de notre rituel a une étrange saveur.

— C'est agréable, murmure Manuela.

Oui, c'est agréable car nous jouissons d'une double offrande, celle de voir consacrée par cette rupture dans l'ordre des choses l'immuabilité d'un rituel que nous avons façonné ensemble pour que, d'après-midi en après-midi, il s'enkyste dans la réalité au point de lui donner sens et consistance et qui, d'être ce matin transgressé, prend soudain toute sa force — mais nous goûtons aussi comme nous l'eussions fait d'un nectar précieux le don merveilleux de cette matinée incongrue où les gestes machinaux prennent un nouvel essor, où humer, boire, reposer, servir encore, siroter revient à vivre une nouvelle naissance. Ces instants où se révèle à nous la trame de notre existence, par la force d'un rituel que nous reconduirons avec plus de plaisir encore de l'avoir enfreint, sont des parenthèses magiques qui mettent le cœur au bord de l'âme, parce que, fugitivement mais intensément, un peu d'éternité est soudain venu féconder le temps. Au-dehors, le monde rugit ou s'endort, les guerres s'embrasent, les hommes vivent et meurent, des nations périssent, d'autres surgissent qui seront bientôt englouties et, dans tout ce bruit et toute cette fureur, dans ces éruptions et ces ressacs, tandis que le monde va, s'enflamme, se déchire et renaît, s'agite la vie humaine.

Alors, buvons une tasse de thé.

Comme Kakuzo Okakura, l'auteur du *Livre du Thé*, qui se désolait de la révolte des tribus mongoles au XIIIe siècle non parce qu'elle avait entraîné mort et désolation mais parce qu'elle avait détruit, parmi les fruits de la culture Song, le plus précieux d'entre eux, l'art du thé, je sais qu'il n'est pas un breuvage mineur. Lorsqu'il devient rituel, il constitue le cœur de l'aptitude à voir de la grandeur dans les petites choses. Où se trouve la beauté ? Dans les grandes choses qui, comme les autres, sont condamnées à mourir, ou bien dans les petites qui, sans prétendre à rien, savent incruster dans l'instant une gemme d'infini ?

Le rituel du thé, cette reconduction précise des mêmes gestes et de la même dégustation, cette accession à des sensations simples, authentiques et raffinées, cette licence donnée à chacun, à peu de frais, de devenir un aristocrate du goût parce que le thé est la boisson des riches comme elle est celle des pauvres, le rituel du thé, donc, a cette vertu extraordinaire d'introduire dans l'absurdité de nos vies une brèche d'harmonie sereine. Oui, l'univers conspire à la vacuité, les âmes perdues pleurent la beauté, l'insignifiance nous encercle. Alors, buvons une tasse de thé. Le silence se fait, on entend le vent qui souffle au-dehors, les feuilles d'automne bruissent et s'envolent, le chat dort dans une chaude lumière. Et, dans chaque gorgée, se sublime le temps.

Pensée profonde n° 6

Que bois-tu
Que lis-tu
Au petit déjeuner
Et je sais qui
Tu es

Tous les matins, au petit déjeuner, papa boit un café et lit le journal. Plusieurs journaux, en fait : *Le Monde*, *Le Figaro*, *Libération* et, une fois la semaine, *L'Express*, *Les Échos*, *Time Magazine* et *Courrier international*. Mais je vois bien que sa plus grande satisfaction, c'est la première tasse de café avec *Le Monde* devant lui. Il s'absorbe dans sa lecture pendant une bonne demi-heure. Pour pouvoir profiter de cette demi-heure, il doit se lever vraiment très tôt parce que ses journées sont très remplies. Mais chaque matin, même s'il y a eu une séance nocturne et qu'il n'a dormi que deux heures, il se lève à six heures et il lit son journal en buvant son café bien fort. C'est comme ça que papa se bâtit chaque jour. Je dis « se bâtit » parce que je pense que c'est à chaque fois une nouvelle construction, comme si tout avait été réduit en cendres pendant la nuit et qu'il fallait repartir de zéro. Ainsi vit-on sa vie d'homme, dans notre univers : il faut sans cesse reconstruire son identité d'adulte, cet assemblage bancal et éphémère, si fragile, qui habille le désespoir et, à soi devant sa glace, raconte le mensonge auquel on a besoin de croire. Pour papa, le journal et le café sont les baguettes magiques qui le transforment en homme d'importance. Comme une citrouille en carrosse. Notez qu'il y trouve une grande satisfaction : je ne le vois jamais aussi calme et détendu que devant son café de six heures. Mais le prix à payer ! Le prix à payer quand on mène une fausse vie ! Quand les masques tombent, parce qu'une crise survient — et elle survient toujours chez les mortels — la vérité est terrible ! Regardez M. Arthens, le critique gastronomique du sixième, qui est en train de mourir. Ce midi, maman est rentrée des courses comme une tornade et, sitôt dans l'entrée, elle a lancé à la cantonade : « Pierre Arthens est mourant ! » La cantonade, c'était Constitution et moi. Autant vous dire que ça a fait un flop. Maman, qui était un peu décoiffée, a eu l'air déçu. Quand papa est rentré, ce soir, elle lui a sauté dessus pour lui apprendre la nouvelle. Papa a semblé surpris : « Le cœur ? Comme ça, si vite ? » a-t-il demandé.

Je dois dire que M. Arthens, c'est un vrai méchant. Papa, lui, c'est juste un gamin qui joue à la grande personne pas marrante. Mais M. Arthens... un méchant premier choix. Quand je dis méchant, je ne veux pas dire malveillant, cruel ou despotique, quoique ce soit un peu ça aussi. Non, quand je dis « c'est un vrai méchant », je veux dire que c'est un homme qui a tellement renié tout ce qu'il peut y avoir de bon en lui qu'on dirait un cadavre alors

110

qu'il est encore vivant. Parce que les vrais méchants, ils détestent tout le monde, c'est sûr, mais surtout eux-mêmes. Vous ne le sentez pas, vous, quand quelqu'un a la haine de soi ? Ça le conduit à devenir mort tout en étant vivant, à anesthésier les mauvais sentiments mais aussi les bons pour ne pas ressentir la nausée d'être soi.

Pierre Arthens, c'est sûr, c'était un vrai méchant. On dit que c'était le pape de la critique gastronomique et le champion dans le monde de la cuisine française. Alors ça, ça ne m'étonne pas. Si vous voulez mon avis, la cuisine française, c'est une pitié. Autant de génie, de moyens, de ressources pour un résultat aussi lourd... Et des sauces et des farces et des pâtisseries à s'en faire péter la panse ! C'est d'un mauvais goût... Et quand ce n'est pas lourd, c'est chichiteux au possible : on meurt de faim avec trois radis stylisés et deux coquilles Saint-Jacques en gelée d'algues, dans des assiettes faussement zen avec des serveurs qui ont l'air aussi joyeux que des croque-morts. Samedi, on est allés dans un restaurant très chic comme ça, le Napoléon's Bar. C'était une sortie en famille, pour fêter l'anniversaire de Colombe. Qui a choisi les plats avec la même grâce que d'habitude : des trucs prétentieux avec des châtaignes, de l'agneau avec des herbes au nom imprononçable, un sabayon avec du Grand Marnier (le comble de l'horreur). Le sabayon, c'est l'emblème de la cuisine française : un truc qui se veut léger et qui étouffe le premier chrétien venu. Moi, je n'ai rien pris en entrée (je vous épargne les remarques de Colombe sur mon anorexie d'emmerdeuse) et ensuite, j'ai mangé pour soixante-trois euros des filets de rouget au curry (avec des dés croquants de

courgettes et de carottes sous les poissons) et ensuite, pour trente-quatre euros, ce que j'ai trouvé de
moins pire dans la carte : un fondant au chocolat
amer. Je vais vous dire : à ce prix-là, j'aurais préféré
un abonnement à l'année chez McDo. Au moins,
c'est sans prétention dans le mauvais goût. Et je ne
brode même pas sur la décoration de la salle et de
la table. Quand les Français veulent se démarquer
de la tradition « Empire » avec tentures bordeaux et
dorures à gogo, ils font dans le style hôpital. On
s'assied sur des chaises Le Corbusier (« de Corbu »,
dit maman), on mange dans de la vaisselle blanche
aux formes géométriques très bureaucratie sovié-
tique et on s'essuie les mains aux W.-C. dans des
serviettes-éponges tellement fines qu'elles n'absor-
bent rien.

L'épure, la simplicité, ce n'est pas ça. « Mais qu'est-
ce que tu aurais voulu manger ? » m'a demandé
Colombe d'un air exaspéré parce que je n'ai pas
réussi à finir mon premier rouget. Je n'ai pas répondu. Parce que je ne sais pas. Je ne suis qu'une
petite fille, tout de même. Mais dans les mangas, les
personnages ont l'air de manger autrement. Ça a
l'air simple, raffiné, mesuré, délicieux. On mange
comme on regarde un beau tableau ou comme on
chante dans une belle chorale. C'est ni trop ni pas
assez : mesuré, au bon sens du terme. Peut-être que
je me trompe complètement ; mais la cuisine française, ça me semble vieux et prétentieux, alors que
la cuisine japonaise, ça a l'air... eh bien, ni jeune ni
vieux. Éternel et divin.

Bref, M. Arthens est mourant. Je me demande ce
qu'il faisait, le matin, pour rentrer dans son rôle de
vrai méchant. Peut-être un café serré en lisant la

concurrence ou bien un petit déjeuner américain avec des saucisses et des patates sautées. Que faisons-nous le matin ? Papa lit le journal en buvant du café, maman boit du café en feuilletant des catalogues, Colombe boit du café en écoutant France Inter et moi, je bois du chocolat en lisant des mangas. En ce moment, je lis des mangas de Taniguchi, un génie qui m'apprend beaucoup de choses sur les hommes.

Mais hier, j'ai demandé à maman si je pouvais boire du thé. Mamie boit du thé noir au petit déjeuner, du thé parfumé à la bergamote. Même si je ne trouve pas ça terrible, ça a toujours l'air plus gentil que le café, qui est une boisson de méchant. Mais au restaurant, hier soir, maman a commandé un thé au jasmin et elle m'a fait goûter. J'ai trouvé ça tellement bon, tellement « moi » que, ce matin, j'ai dit que c'était ce que je voulais boire dorénavant au petit déjeuner. Maman m'a regardée d'un air bizarre (son air « somnifère mal évacué ») puis a dit oui oui ma puce tu as l'âge maintenant.

Thé et manga contre café et journal : l'élégance et l'enchantement contre la triste agressivité des jeux de pouvoir adultes.

12

Comédie fantôme

Après le départ de Manuela, je vaque à toutes
sortes d'occupations captivantes : ménage, coup
de serpillière dans le hall, sortie des poubelles
dans la rue, ramassage des prospectus, arrosage des fleurs, préparation de la pitance du
chat (dont une tranche de jambon avec une
couenne hypertrophiée), confection de mon
propre repas — des pâtes chinoises froides à la
tomate, au basilic et au parmesan —, lecture du
journal, repli dans mon antre pour lire un très
beau roman danois, gestion de crise dans le hall
parce que Lotte, la petite fille des Arthens, l'aînée de Clémence, pleure devant ma loge que
Granpy ne veut pas la voir.

À vingt et une heures, j'en ai terminé et je
me sens soudain vieille et très déprimée. La
mort ne m'effraie pas, encore moins celle de
Pierre Arthens, mais c'est l'attente qui est insupportable, ce creux suspendu du pas encore
par où nous ressentons l'inutilité des batailles.
Je m'assieds dans la cuisine, dans le silence,

sans lumière, et je goûte le sentiment amer de l'absurdité. Mon esprit dérive lentement. Pierre Arthens... Despote brutal, assoiffé de gloire et d'honneurs et s'efforçant pourtant jusqu'à la fin de poursuivre de ses mots une insaisissable chimère, déchiré entre l'aspiration à l'Art et la faim de pouvoir... Où est le vrai, au fond ? Et où est l'illusion ? Dans le pouvoir ou dans l'Art ? N'est-ce pas par la force de discours bien appris que nous portons aux nues les créations de l'homme tandis que nous dénonçons du crime de vanité illusoire la soif de domination qui nous agite tous — oui, tous, y compris une pauvre concierge dans sa loge étriquée qui, d'avoir renoncé au pouvoir visible, n'en poursuit pas moins en son esprit des rêves de puissance ?

Ainsi, comment se passe la vie ? Nous nous efforçons bravement, jour après jour, de tenir notre rôle dans cette comédie fantôme. En primates que nous sommes, l'essentiel de notre activité consiste à maintenir et entretenir notre territoire de telle sorte qu'il nous protège et nous flatte, à grimper ou ne pas descendre dans l'échelle hiérarchique de la tribu et à forniquer de toutes les manières que nous pouvons — fût-ce en fantasme — tant pour le plaisir que pour la descendance promise. Aussi usons-nous une part non négligeable de notre énergie à intimider ou séduire, ces deux stratégies assurant à elles seules la quête territoriale, hiérarchique et sexuelle qui anime notre conatus. Mais rien de cela ne vient à notre conscience. Nous parlons d'amour, de bien et de mal, de philosophie et de civilisation et nous accrochons à ces icônes respectables comme la tique assoiffée à son gros chien tout chaud.

Parfois, cependant, la vie nous apparaît comme une comédie fantôme. Comme tirés d'un rêve, nous nous regardons agir et, glacés de constater la dépense vitale que requiert la maintenance de nos réquisits primitifs, nous demandons avec ahurissement ce qu'il en est de l'Art. Notre frénésie de grimaces et d'œillades nous semble soudain le comble de l'insignifiance, notre petit nid douillet, fruit d'un endettement de vingt ans, une vaine coutume barbare, et notre position dans l'échelle sociale, si durement acquise et si éternellement précaire, d'une fruste vanité. Quant à notre descendance, nous la contemplons d'un œil neuf et horrifié parce que, sans les habits de l'altruisme, l'acte de se reproduire paraît profondément déplacé. Ne restent que les plaisirs sexuels ; mais, entraînés dans le fleuve de la misère primale, ils vacillent à l'avenant, la gymnastique sans l'amour n'entrant pas dans le cadre de nos leçons bien apprises.

L'éternité nous échappe.

Ces jours-là, où chavirent sur l'autel de notre nature profonde toutes les croyances romantiques, politiques, intellectuelles, métaphysiques et morales que des années d'instruction et d'éducation ont tenté d'imprimer en nous, la société, champ territorial traversé de grandes ondes hiérarchiques, s'enfonce dans le néant du Sens. Exit les riches et les pauvres, les penseurs, les chercheurs, les décideurs, les esclaves, les gentils et les méchants, les créatifs et les consciencieux, les syndicalistes et les individualistes, les progressistes et les conservateurs ; ce ne sont plus qu'hominiens primitifs dont grimaces et sourires, démarches et parures, langage et codes, inscrits sur la carte génétique du primate moyen, ne signifient que cela : tenir son rang ou mourir.

Ces jours-là, vous avez désespérément besoin d'Art. Vous aspirez ardemment à renouer avec votre illusion spirituelle, vous souhaitez passionnément que quelque chose vous sauve des destins biologiques pour que toute poésie et toute grandeur ne soient pas évincées de ce monde.

Alors vous buvez une tasse de thé ou bien vous regardez un film d'Ozu, pour vous retirer de la ronde des joutes et batailles qui sont les us réservés de notre espèce dominatrice et donner à ce théâtre pathétique la marque de l'Art et de ses œuvres majeures.

13

Éternité

À vingt et une heures, j'enclenche donc dans le magnétoscope la cassette d'un film d'Ozu, *Les Sœurs Munakata*. C'est mon dixième Ozu du mois. Pourquoi ? Parce que Ozu est un génie qui me sauve des destins biologiques.

Tout est venu de ce que j'ai confié un jour à Angèle, la petite bibliothécaire, que j'aimais bien les premiers films de Wim Wenders et elle m'a dit : ah, et avez-vous vu *Tokyo-Ga* ? Et quand on a vu *Tokyo-Ga*, qui est un extraordinaire documentaire consacré à Ozu, on a évidemment envie de découvrir Ozu. J'ai donc découvert Ozu et, pour la première fois de ma vie, l'Art cinématographique m'a fait rire et pleurer comme un vrai divertissement.

J'enclenche la cassette, je sirote du thé au jasmin. De temps en temps, je reviens en arrière, grâce à ce rosaire laïc qu'on appelle télécommande.

Et voici une scène extraordinaire.

Le père, joué par Chishu Ryu, acteur fétiche

d'Ozu, fil d'Ariane de son œuvre, homme merveilleux, rayonnant de chaleur et d'humilité, le père, donc, qui va bientôt mourir, devise avec sa fille Setsuko de la promenade qu'ils viennent de faire dans Kyoto. Ils boivent du saké.

LE PÈRE

Et ce temple de la Mousse ! La lumière rehaussait encore la mousse.

SETSUKO

Et aussi ce camélia posé dessus.

LE PÈRE

Oh, tu l'avais remarqué ? Que c'était beau ! (*Pause.*) Dans l'ancien Japon, il y a de belles choses. (*Pause.*) Cette façon de décréter tout cela mauvais me semble outrancière.

Puis le film avance et, tout à la fin, il y a cette dernière scène, dans un parc, lorsque Setsuko, l'aînée, converse avec Mariko, sa fantasque cadette.

SETSUKO, *le visage radieux.*

Dis-moi, Mariko, pourquoi les monts de Kyoto sont-ils violets ?

MARIKO, *espiègle.*

C'est vrai. On dirait du flan d'azuki.

SETSUKO, *souriante.*

C'est une bien jolie couleur.

Dans le film, il est question d'amour déçu, de mariages arrangés, de filiation, de fratrie, de la mort du père, de l'ancien et du nouveau Japon et aussi de l'alcool et de la violence des hommes.

Mais il est surtout question de quelque chose qui nous échappe, à nous autres Occidentaux, et que seule la culture japonaise éclaire. Pourquoi ces deux scènes brèves et sans explication, que rien dans l'intrigue ne motive, suscitent-elles une si puissante émotion et tiennent-elles tout le film dans leurs parenthèses ineffables ?

Et voici la clé du film.

SETSUKO.
La vraie nouveauté, c'est ce qui ne vieillit pas, malgré le temps.

Le camélia sur la mousse du temple, le violet des monts de Kyoto, une tasse de porcelaine bleue, cette éclosion de la beauté pure au cœur des passions éphémères, n'est-ce pas ce à quoi nous aspirons tous ? Et ce que nous autres, Civilisations de l'Ouest, ne savons atteindre ?

La contemplation de l'éternité dans le mouvement même de la vie.

Mais rattrape-la donc !

Quand je pense qu'il y a des gens qui n'ont pas la télévision ! Comment font-ils ? Moi, j'y passerais des heures. Je coupe le son et je regarde. J'ai l'impression de voir les choses avec des rayons X. Si vous enlevez le son, en fait, vous enlevez le paquet d'emballage, le beau papier de soie qui enveloppe une cochonnerie à deux euros. Si vous regardez les reportages du journal télévisé comme ça, vous verrez : les images n'ont aucun rapport les unes avec les autres, la seule chose qui les relie, c'est le commentaire, qui fait passer une succession chronologique d'images pour une succession réelle de faits.

Enfin bref, j'adore la télé. Et cet après-midi, j'ai vu un mouvement du monde intéressant : un concours de plongeons. En fait, plusieurs concours. C'était une rétrospective du championnat du monde de la discipline. Il y avait des plongeons individuels avec des figures imposées ou des figures libres, des plongeurs hommes ou femmes mais surtout, ce qui m'a bien intéressée, c'étaient les plongeons à deux. En plus de la prouesse individuelle avec tout un tas de vrilles, de saltos et de retournements, il faut que les plongeurs soient synchrones. Pas à peu près ensemble, non : parfaitement ensemble, au millième de seconde près.

Le plus rigolo, c'est quand les plongeurs ont des morphologies très différentes : un petit trapu avec un grand filiforme. On se dit : ça ne va pas coller, en terme de physique, ils ne peuvent pas partir et arriver en même temps mais ils y arrivent, figurez-vous. Leçon de la chose : dans l'univers, tout est compensation. Quand on va moins vite, on pousse plus fort. Mais là où j'ai trouvé de quoi alimenter mon *Journal*, c'est quand deux jeunes Chinoises se sont présentées sur le plongeoir. Deux déesses longilignes avec des tresses noires luisantes et qui auraient pu être des jumelles tellement elles se ressemblaient, mais le commentateur a bien précisé qu'elles n'étaient même pas sœurs. Bref, elles sont arrivées sur le plongeoir et là, je pense que tout le monde a dû faire comme moi : j'ai retenu mon souffle.

Après quelques impulsions gracieuses, elles ont sauté. Les premières microsecondes, c'était parfait. J'ai ressenti cette perfection dans mon corps ; il paraît que c'est une affaire de « neurones miroirs » : quand on regarde quelqu'un faire une action, les mêmes neurones que ceux qu'il active pour le faire s'activent dans notre tête, sans qu'on fasse rien. Un plongeon acrobatique sans bouger du canapé et en mangeant des chips : c'est pour ça qu'on aime regarder le sport à la télé. Bref, les deux grâces sautent et, tout au début, c'est l'extase. Et puis, horreur ! On a d'un coup l'impression qu'il y a un très très très léger décalage entre elles. On scrute l'écran, l'estomac serré : pas de doute, il y a un décalage.

Je sais que ça paraît fou de raconter ça comme ça alors que le saut ne doit pas durer plus de trois secondes au total mais, justement parce qu'il ne dure que trois secondes, on en regarde toutes les phases comme si elles duraient un siècle. Et voilà que c'est évident, on ne peut plus se voiler la face : elles sont décalées ! L'une va entrer dans l'eau avant l'autre ! C'est horrible !

Je me suis retrouvée à crier à la télévision : mais rattrape-la, rattrape-la donc ! J'ai ressenti une colère incroyable envers celle qui avait lambiné. Je me suis renfoncée dans le canapé, dégoûtée. Alors quoi ? C'est ça le mouvement du monde ? Un décalage infime qui vient pourrir pour toujours la possibilité de la perfection ? J'ai passé trente minutes au moins dans une humeur massacrante. Et puis soudain, je me suis demandé : mais pourquoi est-ce qu'on voulait tellement qu'elle la rattrape ? Pourquoi est-ce que ça fait si mal quand le mouvement n'est pas synchrone ? Ce n'est pas très dur à deviner : toutes ces choses qui passent, que nous manquons d'un iota et qui sont ratées pour l'éternité... Toutes ces paroles que nous aurions dû dire, ces gestes que nous aurions dû faire, ces kairos fulgurants qui ont un jour surgi, qu'on n'a pas su saisir et qui se sont enfoncés pour toujours dans le néant... L'échec à un pouce près... Mais c'est surtout une autre idée qui m'est venue, à cause des « neurones miroirs ». Une idée troublante, d'ailleurs, et sans doute vaguement proustienne (ce qui m'énerve). Et si la littérature, c'était une télévision dans laquelle on regarde pour activer ses neurones miroirs et se donner à peu de frais les frissons de l'action ? Et si, pire encore, la littérature, c'était une télévision qui nous montre tout ce qu'on rate ?

Bonjour le mouvement du monde ! Ça aurait pu être la perfection et c'est le désastre. Ça devrait se vivre vraiment et c'est toujours une jouissance par procuration.

Alors je vous le demande : pourquoi rester dans ce monde ?

Alors, l'ancien Japon

Le lendemain matin, Chabrot sonne à ma loge. Il semble s'être repris, la voix ne tremble pas, le nez est sec, hâlé. Mais on dirait un fantôme.

— Pierre est mort, me dit-il d'une voix métallique.

— Je suis désolée, dis-je.

Je le suis sincèrement pour lui parce que si Pierre Arthens ne souffre plus, il va falloir à Chabrot apprendre à vivre en étant comme mort.

— Les pompes funèbres vont arriver, ajoute Chabrot de son ton spectral. Je vous serais très reconnaissant de bien vouloir les guider jusqu'à l'appartement.

— Bien sûr, dis-je.

— Je reviens dans deux heures, pour m'occuper d'Anna.

Il me regarde un instant en silence.

— Merci, dit-il — deuxième fois en vingt ans.

Je suis tentée de répondre conformément

aux traditions ancestrales des concierges mais, je ne sais pas pourquoi, les mots ne sortent pas. Peut-être est-ce parce que Chabrot ne reviendra plus, parce que devant la mort les forteresses se brisent, parce que je pense à Lucien, parce que la décence, enfin, interdit une méfiance qui ferait offense aux défunts.

Aussi, je ne dis pas :

— Pas de quoi.

Mais :

— Vous savez... tout vient à son heure.

Cela peut sonner comme un proverbe populaire, bien que ce soient aussi les paroles que le maréchal Koutouzov, dans *Guerre et Paix*, adresse au prince André. *M'a-t-on fait assez de reproches, et pour la guerre, et pour la paix... Mais tout est venu en son temps... Tout vient à son heure pour qui sait attendre...*

Je donnerais cher pour lire dans le texte. Ce qui m'a toujours plu dans ce passage, c'est la césure, le balancement de la guerre et de la paix, ce flux et ce reflux dans l'évocation, comme la marée sur la grève emporte et rapporte les fruits de l'océan. Est-ce une lubie du traducteur, enjolivant un style russe très sage — *on m'a fait assez de reproches pour la guerre et pour la paix* — et renvoyant, dans cette fluidité de la phrase qu'aucune virgule ne rompt, mes élucubrations maritimes au chapitre des extravagances sans fondement, ou bien est-ce l'essence même de ce texte superbe qui, aujourd'hui encore, m'arrache des larmes de joie ?

126

Chabrot hoche la tête, doucement, puis s'en va.

Le reste de la matinée se passe dans la morosité. Je n'ai aucune sympathie posthume pour Arthens mais je traîne comme une âme en peine sans même parvenir à lire. La parenthèse heureuse ouverte dans la crudité du monde par le camélia sur la mousse du temple s'est refermée sans espoir et la noirceur de toutes ces chutes ronge mon cœur amer.

Alors, l'Ancien Japon s'en mêle. D'un des appartements descend une mélodie, clairement et joyeusement distincte. Quelqu'un joue au piano une pièce classique. Ah, douce heure impromptue déchirant le voile de la mélancolie... En une fraction d'éternité, tout change et se transfigure. Un morceau de musique échappé d'une pièce inconnue, un peu de perfection dans le flux des choses humaines — je penche doucement la tête, je songe au camélia sur la mousse du temple, à une tasse de thé tandis que le vent, au-dehors, caresse les frondaisons, la vie qui s'enfuit se fige en un joyau sans lendemain ni projets, le destin des hommes, sauvé de la pâle succession des jours, s'auréole enfin de lumière et, dépassant le temps, embrase mon cœur quiet.

Devoir des riches

La Civilisation, c'est la violence maîtrisée, la victoire toujours inachevée sur l'agressivité du primate. Car primates nous fûmes, primates nous restons, quelque camélia sur mousse dont nous apprenions à jouir. C'est là toute la fonction de l'éducation. Qu'est-ce qu'éduquer ? C'est proposer inlassablement des camélias sur mousse comme dérivatifs à la pulsion de l'espèce, parce qu'elle ne cesse jamais et menace continuellement le fragile équilibre de la survie.

Je suis très camélia sur mousse. Rien d'autre, si on y songe, ne saurait expliquer ma réclusion en cette loge maussade. Convaincue dès l'aube de mon existence de son inanité, j'aurais pu choisir la révolte et, prenant les cieux à témoin de l'iniquité de mon sort, puiser dans les ressources de violence que notre condition recèle. Mais l'école fit de moi une âme que la vacuité de son destin ne conduisit qu'au renoncement et à la claustration. L'émerveillement de ma seconde naissance avait préparé en moi le terrain de la maîtrise pulsionnelle ; puisque l'école m'avait fait naître, je lui devais allégeance et je me conformai donc aux intentions de mes éducateurs en devenant avec docilité un être civilisé. De fait, lorsque la lutte contre l'agressivité du primate s'empare de ces armes prodigieuses que sont les livres et les mots, l'entreprise est aisée et c'est ainsi que je devins une âme éduquée puisant dans les signes écrits la force de résister à sa propre nature.

Aussi ai-je été fort surprise de ma réaction lorsque, Antoine Pallières ayant sonné impérieusement trois fois à ma loge et, sans me saluer, entrepris avec une vindicte faconde de me narrer la disparition de sa trottinette chromée, je lui ai claqué la porte au nez, manquant dans le même mouvement d'amputer de sa queue mon chat, qui se faufilait là.

Pas si camélia sur mousse, me suis-je dit.

Et comme il fallait que je permette à Léon de regagner ses quartiers, j'ai ouvert la porte sitôt après l'avoir claquée.

— Excusez-moi, ai-je dit, un courant d'air.

Antoine Pallières m'a regardée de l'air du type qui se demande s'il a bien vu ce qu'il a vu. Mais comme il est entraîné à considérer que n'arrive que ce qui doit arriver, de même que les riches se convainquent que leur vie suit un sillon céleste que le pouvoir de l'argent creuse naturellement pour eux, il a pris la décision de me croire. La faculté que nous avons de nous manipuler nous-mêmes pour que ne vacille point le socle de nos croyances est un phénomène fascinant.

— Oui, bon, de toute façon, a-t-il dit, je venais surtout pour vous donner ça de la part de ma mère.

Et il m'a tendu une enveloppe blanche.

— Merci, ai-je dit, et je lui ai claqué une seconde fois la porte au nez.

Et me voici dans ma cuisine, avec l'enveloppe dans la main.

— Mais qu'est-ce que j'ai ce matin ? je demande à Léon.

La mort de Pierre Arthens flétrit mes camélias.

J'ouvre l'enveloppe et je lis ce petit mot inscrit au dos d'une carte de visite si glacée que l'encre, triomphant de buvards consternés, a bavé légèrement sous chaque lettre.

Madame Michel,
Pourriez-vous, réceptionner les paquets du pressing
cet après-midi ?
Je passerai les prendre à votre loge ce soir.
Par avance merci,
Signature griffonnée

Je ne m'attendais pas à une telle sournoiserie dans l'attaque. De saisissement, je me laisse tomber sur la chaise la plus proche. Je me demande d'ailleurs si je ne suis pas un peu folle. Est-ce que ça vous fait le même effet, à vous, quand ça vous arrive ?

Tenez :

Le chat dort.

La lecture de cette petite phrase anodine n'a éveillé en vous aucun sentiment de douleur, aucun flamboiement de souffrance ? C'est légitime.

Maintenant :

Le chat, dort.

Je répète, pour qu'aucune ambiguïté ne demeure :

Le chat virgule dort.

Le chat, dort.

Pourriez-vous, réceptionner.

D'un côté, nous avons ce prodigieux usage de la virgule qui, prenant des libertés avec la langue parce que d'ordinaire on n'en place point avant une conjonction de coordination, en magnifie la forme :

M'a-t-on fait assez de reproches, et pour la guerre, et pour la paix...

Et de l'autre, nous avons les bavouilleries sur vélin de Sabine Pallières transperçant la phrase d'une virgule devenue poignard.

Pourriez-vous, réceptionner les paquets du pressing ?

Sabine Pallières eût-elle été une bonne portugaise née sous un figuier de Faro, une concierge fraîchement émigrée de Puteaux ou bien une déficiente mentale tolérée par sa charitable famille que j'aurais pu pardonner de bon cœur cette nonchalance coupable. Mais Sabine Pallières est une riche. Sabine Pallières

131

est la femme d'un grand ponte de l'industrie d'armement, Sabine Pallières est la mère d'un crétin en duffle-coat vert sapin qui, après ses deux khâgnes et Sciences-Po, ira probablement diffuser la médiocrité de ses petites pensées dans un cabinet ministériel de droite, et Sabine Pallières est en sus la fille d'une garce en manteau de fourrure qui fait partie du comité de lecture d'une très grande maison d'édition et est si harnachée de bijoux que, certaines fois, je guette l'affaissement.

Pour toutes ces raisons, Sabine Pallières est inexcusable. Les faveurs du sort ont un prix. Pour qui bénéficie des indulgences de la vie, l'obligation de rigueur dans la considération de la beauté n'est pas négociable. La langue, cette richesse de l'homme, et ses usages, cette élaboration de la communauté sociale, sont des œuvres sacrées. Qu'elles évoluent avec le temps, se transforment, s'oublient et renaissent tandis que, parfois, leur transgression devient la source d'une plus grande fécondité, ne change rien au fait que pour prendre avec elles ce droit du jeu et du changement, il faut au préalable leur avoir déclaré pleine sujétion. Les élus de la société, ceux que la destinée excepte de ces servitudes qui sont le lot de l'homme pauvre, ont partant cette double mission d'adorer et de respecter la splendeur de la langue. Enfin, qu'une Sabine Pallières mésuse de la ponctuation est un blasphème d'autant plus grave que dans le même temps, des poètes merveilleux nés dans des caravanes puantes ou des cités poubelles ont pour elle cette sainte révérence qui est due à la Beauté.

Aux riches, le devoir du Beau. Sinon, ils méritent de mourir.

C'est à ce point précis de mes réflexions indignées que quelqu'un sonne à la loge.

Construire
Tu vis
Tu meurs
Ce sont
Des conséquences

Plus le temps passe, plus je suis résolue à mettre le feu ici. Sans parler de me suicider. Il faut se rendre compte : je me suis pris un savon par papa parce que j'ai repris un de ses invités qui disait une chose fausse. En fait, c'était le père de Tibère. Tibère, c'est le copain de ma sœur. Il fait Normale sup comme elle, mais en maths. Quand je pense qu'on appelle ça l'élite... La seule différence que je vois entre Colombe, Tibère, leurs copains et une bande de jeunes « du peuple », c'est que ma sœur et ses potes sont plus bêtes. Ça boit, ça fume, ça parle comme dans les cités et ça s'échange des paroles du type : « Hollande a flingué Fabius avec son référendum, vous avez vu ça, un vrai killer, le keum » (véridique) ou bien : « Tous les DR (les directeurs de recherche) qui sont nommés depuis deux ans sont des fachos de base, la droite verrouille, faut pas merder avec son directeur de thèse » (tout frais d'hier). Un niveau en dessous, on a droit à : « En fait, la blonde que J.-B. mate, c'est une angliciste, une blonde, quoi » (idem) et un niveau au-dessus : « La conf. de Marian, c'était de la balle quand il a dit que l'existence n'est pas l'attribut premier de Dieu » (idem, juste après la clôture du dossier blonde angliciste). Que voulez-vous que j'en pense ? Le pompon, le voilà (au mot près) : « C'est pas parce qu'on est athée qu'on n'est pas capable de voir la puissance de l'ontologie métaphysique. Ouais, ce qui compte, c'est la puissance conceptuelle, pas la vérité. Et Marian, ce sale curé, il assure, le bougre, hein, ça calme. »

Les perles blanches
Sur mes manches tombées quand le cœur encore
   plein
Nous nous quittâmes
Je les emporte
Comme un souvenir de vous.

(Kokinshu)

Je me suis mis les boules Quies en mousse jaune de maman et j'ai lu des hokkus dans l'*Anthologie de la poésie japonaise classique* de papa, pour ne pas entendre leur conversation de dégénérés. Après, Colombe et Tibère sont restés seuls et ont fait des bruits immondes en sachant très bien que je les entendais. Comble de malheur, Tibère est resté à dîner parce que maman avait invité ses parents. Le père de Tibère est producteur de cinéma, sa mère a une galerie d'art quai de Seine. Colombe est complètement folle des parents de Tibère, elle part avec eux le week-end prochain à Venise, bon débarras, je vais être tranquille pendant trois jours.

Donc, au dîner, le père de Tibère a dit : « Comment, vous ne connaissez pas le go, ce fantastique jeu japonais ? Je produis en ce moment une adaptation du roman de Sa Shan, *La Joueuse de go*, c'est un jeu fa-bu-leux, l'équivalent japonais des échecs. Voilà encore une invention que nous devons aux Japonais, c'est fa-bu-leux, je vous assure ! » Et il s'est mis à expliquer les règles du go. C'était n'importe quoi. Et d'une, ce sont les Chinois qui ont inventé le go. Je le sais parce que j'ai lu le manga culte sur le go. Ça s'appelle *Hikaru No Go*. Et de deux, ce n'est pas un équivalent japonais des échecs. À part le fait que c'est un jeu de plateau et que deux adversaires s'affrontent avec des pièces noires et blanches, c'est aussi différent qu'un chien d'un chat. Aux échecs, il faut tuer pour gagner. Au go, il faut construire pour vivre. Et de trois, certaines des règles énoncées par monsieur-je-suis-le-père-d'un-crétin étaient fausses. Le but du jeu n'est pas de manger l'autre mais de construire un plus grand territoire. La règle de prise des pierres stipule qu'on peut se « suicider » si c'est pour prendre des pierres adverses et non qu'on a interdiction formelle d'aller là où on est automatiquement pris. Etc.

Alors quand monsieur-j'ai-mis-au-monde-une-pustule a dit : « Le système de classement des joueurs commence à 1 kyu et ensuite on monte jusqu'à 30 kyu puis après on passe aux dans : 1er dan, puis 2e, etc. », je n'ai pas pu me retenir, j'ai dit : « Non, c'est dans l'ordre inverse : ça commence à 30 kyu et après on monte jusqu'à 1. »

Mais monsieur-pardonnez-moi-je-ne-savais-pas-ceque-je-faisais s'est obstiné d'un air mauvais : « Non, chère demoiselle, je crois bien que j'ai raison. » J'ai fait non de la tête pendant que papa fronçait les sourcils en me regardant. Le pire, c'est que j'ai été sauvée par Tibère. « Mais si, papa, elle a raison, 1er kyu, c'est le plus fort. » Tibère est un matheux, il joue aux échecs et au go. Je déteste cette idée. Les belles choses devraient appartenir aux belles gens. Mais toujours est-il que le père de Tibère avait tort et que papa, après le dîner, m'a dit avec colère : « Si tu n'ouvres la bouche que pour ridiculiser nos invités, abstiens-toi. » Qu'est-ce que j'aurais dû faire ? Ouvrir la bouche comme Colombe pour dire : « La programmation des Amandiers me laisse perplexe » alors qu'elle serait bien incapable de citer un vers de Racine, sans parler d'en voir la beauté ? Ouvrir la bouche pour dire, comme maman : « Il paraît que la Biennale de l'an passé était très décevante » alors qu'elle se tuerait pour ses plantes en laissant brûler tout Vermeer ? Ouvrir la bouche pour dire, comme papa : « L'exception culturelle française est un paradoxe subtil », ce qui est au mot près ce qu'il a dit aux seize dîners précédents ? Ouvrir la bouche comme la mère de Tibère pour dire : « Aujourd'hui, dans Paris, vous ne trouvez presque plus de bons fromagers », sans contradiction, cette fois, avec sa nature profonde de commerçante auvergnate ?

Quand je pense au go... Un jeu dont le but est de construire du territoire, c'est forcément beau. Il peut y avoir des phases de combat mais elles ne sont que des moyens au service de la fin, faire vivre ses territoires. Une des plus belles réussites du jeu de go, c'est qu'il est prouvé que, pour gagner, il faut vivre mais aussi laisser vivre l'autre. Celui qui est trop avide perd la partie : c'est un subtil jeu d'équilibre où il faut réaliser l'avantage sans écraser l'autre. Finalement, la vie et la mort n'y sont que la conséquence d'une construction bien ou mal bâtie. C'est ce que dit un des personnages de Taniguchi : tu vis, tu meurs, ce sont des conséquences. C'est un proverbe de go et un proverbe de vie.

Vivre, mourir : ce ne sont que des conséquences de ce qu'on a construit. Ce qui compte, c'est de bien construire. Alors voilà, je me suis donné une nouvelle astreinte. Je vais arrêter de défaire, de déconstruire, je vais me mettre à construire. Même Colombe, j'en ferai quelque chose de positif. Ce qui compte, c'est ce qu'on fait au moment où on meurt et, le 16 juin prochain, je veux mourir en construisant.

16

Le spleen de Constitution

Le quelqu'un ayant frappé se trouve être la ravissante Olympe Saint-Nice, la fille du diplomate du deuxième. J'aime bien Olympe Saint-Nice. Je trouve qu'il faut une force de caractère considérable pour survivre à un prénom aussi ridicule, surtout lorsqu'on sait qu'il destine la malheureuse à d'hilarants « Eh, Olympe, je peux grimper sur ton mont ? » tout au long d'une adolescence qui semble interminable. De surcroît, Olympe Saint-Nice ne désire apparemment pas devenir ce que sa naissance lui offre. Elle n'aspire ni au riche mariage, ni aux allées du pouvoir, ni à la diplomatie, encore moins au vedettariat. Olympe Saint-Nice veut devenir vétérinaire.

— En province, m'a-t-elle confié un jour que nous causions chats devant mon paillasson. À Paris, il n'y a que des petits animaux. Je veux aussi des vaches et des cochons.

Olympe ne fait pas non plus mille manières, comme certains résidents de l'immeuble, pour signifier qu'elle cause avec la concierge parce qu'elle est bien-élevée-de-gauche-sans-préjugés. Olympe me parle parce que j'ai un chat, ce qui nous intègre toutes deux dans une communauté d'intérêt, et j'apprécie à son juste prix cette aptitude à faire fi des barrières que la société place sans cesse sur nos risibles chemins.

— Il faut que je vous raconte ce qui est arrivé à Constitution, me dit-elle lorsque je lui ouvre la porte.

— Mais entrez donc, lui dis-je, vous avez bien cinq minutes ?

Non seulement elle a cinq minutes mais elle est tellement heureuse de trouver quelqu'un à qui parler chats et petites misères de chats qu'elle reste une heure pendant laquelle elle boit cinq tasses de thé d'affilée.

Oui, j'aime vraiment bien Olympe Saint-Nice.

Constitution est une ravissante petite chatte au poil caramel, à la truffe rose tendre, aux moustaches blanches et aux coussinets lilas qui appartient aux Josse et, comme toutes les bêtes à poil de l'hôtel, est soumise à Olympe au moindre pet de travers. Or, cette chose inutile mais passionnante, âgée de trois ans, a récemment miaulé toute la nuit, ruinant le sommeil de ses propriétaires.

— Pourquoi ? je demande au bon moment, parce que nous sommes absorbées par la connivence d'un récit où chacune a envie de jouer son rôle à la perfection.

— Une cystite ! dit Olympe. Une cystite !

Olympe n'a que dix-neuf ans et attend avec une folle impatience d'entrer à l'École vétérinaire. En attendant, elle travaille d'arrache-pied et se désole tout en s'en réjouissant des maux qui affligent la faune de l'immeuble, la seule sur laquelle elle puisse expérimenter.

Aussi m'annonce-t-elle le diagnostic de cystite de Constitution comme s'il s'agissait d'un filon diamantifère.

— Une cystite ! je m'exclame avec enthousiasme.

— Oui, une cystite, souffle-t-elle, les yeux brillants. Pauvre bibiche, elle faisait pipi partout et — elle reprend haleine avant d'entamer le meilleur — ses urines étaient faiblement hémorragiques !

Mon Dieu comme c'est bon. Si elle avait dit : il y avait du sang dans son pipi, l'affaire aurait été vite entendue. Mais Olympe, revêtant avec émotion ses habits de docteur des chats, en a également endossé la terminologie. J'ai toujours eu grand plaisir à entendre parler ainsi. « Ses urines étaient faiblement hémorragiques » est pour moi une phrase récréative, qui sonne bien à l'oreille et évoque un monde singulier qui délasse de la littérature. C'est pour la même raison que j'aime lire les notices de médicaments, pour le répit né de cette précision dans le terme technique qui donne l'illusion de la rigueur, le frisson de la simplicité et convoque une dimension spatio-temporelle de laquelle sont absents l'effort vers le beau, la souffrance créatrice et l'aspiration sans fin et sans espoir à des horizons sublimes.

— Il y a deux étiologies possibles pour les cystites, reprend Olympe. Soit un germe infectieux, soit un dysfonctionnement rénal. J'ai tâté sa vessie d'abord, pour vérifier qu'elle ne se mettait pas en globe.

— En globe ? je m'étonne.

— Quand il y a un dysfonctionnement rénal et que le chat ne peut plus uriner, sa vessie se remplit et forme un genre de « globe vésical » qu'on peut sentir en lui palpant l'abdomen, explique Olympe. Mais ce n'était pas le cas. Et elle n'avait pas l'air d'avoir mal quand je l'auscultais. Seulement, elle continuait à faire pipi partout.

J'ai une pensée pour le living-room de Solange Josse transformé en litière géante tendance ketchup. Mais pour Olympe, ce ne sont que des dégâts collatéraux.

— Alors Solange a fait faire des analyses d'urines.

Seulement Constitution n'a rien. Pas de calcul rénal, pas de germe insidieux planqué dans sa petite vessie de cacahuète, pas d'agent bactériologique infiltré. Pourtant, malgré les anti-inflammatoires, les antispasmodiques et les antibiotiques, Constitution s'obstine.

— Mais qu'a-t-elle donc ? je demande.

— Vous n'allez pas me croire, dit Olympe. Elle a une cystite idiopathique interstitielle.

— Mon Dieu mais qu'est-ce ? dis-je, tout allé-chée.

— Eh bien c'est comme qui dirait que Constitution est une grosse hystérique, répond Olympe hilare. Interstitielle, ça veut dire qui concerne l'inflammation de la paroi vésicale et idiopathique sans cause médicale assignée. En bref, quand elle stresse, elle a des cystites inflammatoires. Exactement comme chez la femme.

— Mais pour quelle raison stresse-t-elle ? je m'interroge tout haut, car si Constitution, dont le quotidien de grosse feignasse décorative n'est perturbé que d'expérimentations vétérinaires bienveillantes qui consistent à lui tâter la vessie, a des motifs de stresser, le reste du genre animal s'en va sombrer dans l'attaque de panique.

— La vétérinaire a dit : seule la chatte le sait.

Et Olympe a une petite moue contrariée.

— Récemment, Paul (Josse) lui a dit qu'elle était grosse. On ne sait pas. Ça peut être n'importe quoi.

— Et comment soigne-t-on ça ?

— Comme avec les humains, rigole Olympe. On donne du Prozac.

— Sans rire ? dis-je.

— Sans rire, me répond-elle.

Je vous le disais bien. Bêtes nous sommes, bêtes nous resterons. Qu'une chatte de nantis souffre des mêmes maux qui affligent les femmes civilisées ne doit point faire crier à la maltraitance sur félins ou à la contamination par l'homme d'une innocente race domestique mais indiquer, tout au contraire, la profonde solidarité qui tisse les destins animaux. Des mêmes appétits nous vivons, des mêmes maux nous souffrons.

— En tout cas, me dit Olympe, ça me fera réfléchir quand je soignerai des animaux que je ne connais pas.

Elle se lève, prend congé gentiment.

— Eh bien merci, madame Michel, il n'y a qu'avec vous que je peux parler de tout ça.

— Mais de rien, Olympe, lui dis-je, ça m'a fait plaisir.

Et je m'apprête à refermer la porte lorsqu'elle me dit :

— Oh, vous savez, Anna Arthens va vendre son appartement. J'espère que les nouveaux auront des chats, eux aussi.

17

Un cul de perdrix

Anna Arthens vend !

— Anna Arthens vend ! dis-je à Léon.

— Ça alors, me répond-il — ou du moins en ai-je l'impression.

Je vis ici depuis vingt-sept ans et jamais un appartement n'a changé de famille. La vieille Mme Meurisse a laissé place à la jeune Mme Meurisse et de même, à peu de chose près, pour les Badoise, les Josse et les Rosen. Les Arthens sont arrivés en même temps que nous ; nous avons en quelque sorte vieilli ensemble. Quant aux Broglie, ils étaient là depuis fort longtemps et occupent toujours les lieux. Je ne sais quel est l'âge de Monsieur le Conseiller, mais jeune, il semblait déjà vieux, ce qui crée la situation que, bien que très vieux, il paraisse encore jeune.

Anna Arthens est donc la première, sous ma conciergerie, à vendre un bien qui va changer de mains et de nom. Curieusement, cette perspective m'effraie. Suis-je donc si habituée à cet

145

éternel recommencement du même que la perspective d'un changement encore hypothétique, me plongeant dans le fleuve du temps, me rappelle à sa course ? Nous vivons chaque jour comme s'il devait renaître demain et le statu quo feutré du 7 rue de Grenelle, reconduisant matin après matin l'évidence de la pérennité, m'apparaît soudain comme un îlot harcelé de tempêtes.

Fort ébranlée, je me saisis de mon cabas à roulettes et, abandonnant là Léon qui ronfle légèrement, me dirige d'un pas vacillant vers le marché. Au coin de la rue de Grenelle et de la rue du Bac, locataire imperturbable de ses cartons usés, Gégène me regarde approcher comme la mygale sa proie.

— Eh, la mère Michel, z'avez encore perdu votre chat ? me lance-t-il et il rigole.

Voilà au moins une chose qui ne change pas. Gégène est un clochard qui, depuis des années, passe l'hiver ici, sur ses cartons miteux, dans une vieille redingote qui sent son négociant russe fin de siècle et a, comme celui qui la porte, étonnamment traversé les âges.

— Vous devriez aller au foyer, lui dis-je comme à l'accoutumée, il va faire froid cette nuit.

— Ah ah, glapit-il, au foyer, je voudrais bien vous y voir. Il fait meilleur ici.

Je passe mon chemin puis, saisie de remords, je reviens vers lui.

— Je voulais vous dire... M. Arthens est mort cette nuit.

— Le critique ? me demande Gégène, l'œil soudain vif, redressant le museau comme chien de chasse flairant un cul de perdrix.

— Oui, oui, le critique. Le cœur a lâché d'un coup.

— Ah mazette, ah mazette, répète Gégène, manifestement ému.

— Vous le connaissiez ? je demande, pour dire quelque chose.

— Ah mazette, ah mazette, réitère le clochard, faut-il que les meilleurs partent en premier !

— Il a eu une belle vie, je me risque à dire, surprise de la tournure que prennent les choses.

— Mère Michel, me répond Gégène, des gars comme ça, on n'en fait plus. Ah mazette, reprend-il, il va me manquer, le bougre.

— Vous donnait-il quelque chose, peut-être une somme pour Noël ?

Gégène me regarde, renifle, crache à ses pieds.

— Rien, en dix ans pas une piécette, que croyez-vous ? Ah, y'a pas à dire, c'était un sacré caractère. On n'en fait plus, on n'en fait plus, non.

Ce petit échange me perturbe et tandis que j'arpente les allées du marché, Gégène emplit tout entier mes pensées. Je n'ai jamais crédité les pauvres de grandeur d'âme sous prétexte qu'ils sont pauvres et au fait des injustices de la vie. Mais je les croyais au moins unis dans la haine des grands propriétaires. Gégène me détrompe et m'apprend cela : s'il y a bien une chose que les pauvres détestent, ce sont les autres pauvres.

Au fond, ce n'est pas absurde.

Je parcours distraitement les allées, rallie le coin des fromagers, achète du parmesan à la coupe et un beau morceau de soumaintrain.

18

Riabinine

Lorsque je suis angoissée, je me rends au refuge. Nul besoin de voyager ; m'en aller rejoindre les sphères de ma mémoire littéraire suffit à l'affaire. Car quelle plus noble distraction, n'est-ce pas, quelle plus distrayante compagnie, quelle plus délicieuse transe que celle de la littérature ?

Me voici donc subitement devant un éventaire d'olives, à penser à Riabinine. Pourquoi Riabinine ? Parce que Gégène porte une redingote désuète, avec de longs pans ornés de boutons très bas par-derrière, qui m'a fait penser à celle de Riabinine. Dans *Anna Karénine*, Riabinine, négociant en bois portant redingote, vient conclure chez Lévine, l'aristocrate campagnard, une vente avec Stépane Oblonski, l'aristocrate moscovite. Le négociant jure par ses grands dieux qu'Oblonski gagne à la transaction tandis que Lévine l'accuse de dépouiller son ami d'un bois qui vaut trois fois plus. La scène est précédée d'un dialogue où Lévine demande à Oblonski s'il a compté les arbres de son bois.

— Comment cela, compter les arbres ? s'exclame le gentilhomme, autant compter les sables de la mer !

— Sois certain que Riabinine les a comptés, rétorque Lévine.

J'affectionne tout particulièrement cette scène, d'abord parce qu'elle se déroule à Pokrovskoie, dans la campagne russe. Ah, la campagne russe... Elle a ce charme si spécial des contrées sauvages et cependant unies à l'homme par la solidarité de cette terre dont nous sommes tous faits... La plus belle scène d'*Anna Karénine* se passe à Pokrovskoie. Lévine, sombre et mélancolique, tente d'oublier Kitty. C'est le printemps, il s'en va aux champs faucher avec ses paysans. La tâche lui semble d'abord trop rude. Bientôt, il va crier grâce, quand le vieux paysan qui mène la ligne ordonne un répit. Puis le fauchage reprend. De nouveau, Lévine tombe d'épuisement mais, une seconde fois, le vieux lève la faux. Repos. Et la ligne se remet en marche, quarante gars abattant les andains et avançant vers la rivière tandis que le soleil se lève. Il fait de plus en plus chaud, les bras et les épaules de Lévine sont inondés de sueur mais au gré des arrêts et des reprises, ses gestes d'abord gauches et douloureux se font de plus en plus fluides. Une bienheureuse fraîcheur nappe soudain son dos. Pluie d'été. Peu à peu, il déleste ses mouvements de l'entrave de sa volonté, entre dans la transe légère qui donne aux gestes la perfection des actes mécaniques et conscients, sans réflexion ni calcul, et la faux semble se manier d'elle-même tandis que Lévine se délecte de cet oubli dans le mouvement qui rend le plaisir de faire merveilleusement étranger aux efforts de la volonté.

Ainsi en va-t-il de bien des moments heureux de notre existence. Déchargés du fardeau de la décision et de l'intention, voguant sur nos mers intérieures, nous assistons comme aux actions d'un autre à nos divers mouvements et en admirons pourtant l'involontaire excellence. Quelle autre raison pourrais-je avoir d'écrire ceci, ce dérisoire journal d'une concierge vieillissante, si l'écriture ne tenait pas elle-même de l'art du fauchage ? Lorsque les lignes deviennent leurs propres démiurges, lorsque j'assiste, tel un miraculeux insu, à la naissance sur le papier de phrases qui échappent à ma volonté et, s'inscrivant malgré moi sur la feuille, m'apprennent ce que je ne savais ni ne croyais vouloir, je jouis de cet accouchement sans douleur, de cette évidence non concertée, de suivre sans labeur ni certitude, avec le bonheur des étonnements sincères, une plume qui me guide et me porte.

Alors, j'accède, dans la pleine évidence et texture de moi-même, à un oubli de moi qui confine à l'extase, je goûte la bienheureuse quiétude d'une conscience spectatrice.

Enfin, remontant en charrette, Riabinine se plaint ouvertement à son commis des façons des beaux messieurs.

— Et par rapport à l'achat, Mikhaïl Ignatitch ?
lui demande le gaillard.

— Hé, hé !... répond le négociant.

Comme nous concluons vite, de l'apparence
et de la position, à l'intelligence des êtres... Riabinine, comptable des sables de la mer, habile
comédien et manipulateur brillant, n'a cure
des préjugés qui portent sur sa personne. Né
intelligent et paria, la gloire ne l'attire pas ;
seules le jettent sur les routes la promesse du
profit et la perspective de s'en aller détrousser
poliment les seigneurs d'un système imbécile
qui le tient en mépris mais ne sait le freiner.
Ainsi suis-je, pauvre concierge résignée à l'absence de faste — mais anomalie d'un système
qui s'en révèle grotesque et dont je me gausse
doucement, chaque jour, en un for intérieur
que personne ne pénètre.

Pensée profonde n° 8

Si tu oublies le futur
Tu perds
Le présent

Aujourd'hui, nous sommes allés à Chatou voir mamie Josse, la mère de papa, qui est depuis deux semaines dans une maison de retraite. Papa est allé avec elle quand elle s'y est installée et là, on y est allés tous ensemble. Mamie ne peut plus vivre toute seule dans sa grande maison de Chatou : elle est quasiment aveugle, elle a de l'arthrose et ne peut presque plus marcher ni tenir quelque chose dans ses mains et elle a peur dès qu'elle est toute seule. Ses enfants (papa, mon oncle François et ma tante Laure) ont bien essayé de gérer l'affaire avec une infirmière privée mais elle ne pouvait quand même pas rester 24 heures sur 24, sans compter que les amies de mamie étaient elles aussi déjà en maison de retraite et que ça semblait donc une bonne solution.

La maison de retraite de mamie, c'est quelque chose. Je me demande combien ça coûte par mois, un mouroir de luxe ? La chambre de mamie est grande et claire, avec des beaux meubles, des beaux rideaux, un petit salon attenant et une salle de bains avec une baignoire en marbre. Maman et Colombe se sont extasiées devant la baignoire en marbre, comme si ça avait le moindre intérêt pour mamie que la baignoire soit en marbre alors que ses doigts sont en béton... En plus, le marbre, c'est moche. Papa, lui, n'a pas dit grand-chose. Je sais qu'il se sent coupable que sa mère soit dans une maison de retraite. « On ne va quand même pas la prendre avec nous ? » a dit maman quand ils croyaient tous les deux que je n'entendais pas (mais j'entends tout, spécialement ce qui ne m'est pas destiné). « Non, Solange, bien sûr que non... » a répondu papa sur un ton qui voulait dire : « Je fais comme si je pensais le contraire tout en disant "non, non" d'un air las et résigné, en bon mari qui se soumet et comme ça je garde le beau rôle. » Je connais bien ce ton-là chez papa. Il signifie : « Je sais que je suis lâche mais que personne ne s'avise de me le dire. » Évidemment, ça n'a pas loupé : « Tu es vraiment lâche », a dit maman en balançant rageusement un torchon dans l'évier. Dès qu'elle est en colère, c'est curieux, il faut qu'elle jette quelque chose. Une fois, elle a même jeté Constitution. « Tu n'en as pas plus envie que moi », a-t-elle repris en récupérant le torchon et en l'agitant sous le nez de papa. « De toute façon, c'est fait », a dit papa, ce qui est une parole de lâche puissance dix.

Moi, je suis bien contente que mamie ne vienne pas habiter avec nous. Pourtant, dans quatre cents mètres carrés, ce ne serait pas vraiment un problème. Je trouve que les vieux, ils ont bien le droit à un peu de respect, quand même. Et être dans une maison de retraite, c'est sûr, c'est la fin du respect. Quand on y va, ça veut dire : « Je suis fini(e), je ne suis plus rien, tout le monde, y compris moi, n'attend plus qu'une chose : la mort, cette triste fin de l'ennui. » Non, la raison pour laquelle je n'ai pas envie que mamie vienne chez nous, c'est que je n'aime pas mamie. C'est une sale vieille, après avoir été une méchante jeune. Ça aussi, je trouve que c'est une injustice profonde : prenez, quand il est devenu très vieux, un sympathique chauffagiste, qui n'a jamais fait que du bien autour de lui, a su créer de l'amour, en donner, en recevoir, tisser des liens humains et sensibles. Sa femme est morte, ses enfants n'ont pas le sou mais ont eux-mêmes plein d'enfants qu'il faut nourrir et élever. En plus, ils habitent à l'autre bout de la France. On le met donc en maison de retraite près du patelin où il est né, où ses enfants ne peuvent venir le voir que deux fois l'an — une maison de retraite pour pauvres, où il faut partager sa chambre, où la bouffe est dégueulasse et où le personnel combat sa certitude de subir un jour le même sort en maltraitant les résidents. Prenez maintenant ma grand-mère, qui n'a jamais rien fait d'autre de sa vie qu'une longue suite de réceptions, grimaces, intrigues et dépenses futiles et hypocrites, et considérez le fait qu'elle a droit à une chambre coquette, un salon privé et à des coquilles Saint-Jacques à déjeuner le midi. Est-ce cela, le prix à payer pour l'amour, une fin de vie sans espoir dans une promiscuité sordide ? Est-ce cela, la récompense de l'anorexie affective, une baignoire en marbre dans une bonbonnière ruineuse ?

Donc, je n'aime pas mamie qui ne m'aime pas beaucoup non plus. En revanche, elle adore Colombe qui le lui rend bien c'est-à-dire en guettant l'héritage avec ce détachement tout authentique de la fille-qui-ne-guette-pas-l'héritage. Je croyais donc que cette journée à Chatou allait être une corvée pas possible et bingo : Colombe et maman qui s'extasient sur la baignoire, papa qui a l'air d'avoir avalé son parapluie, des vieux grabataires desséchés qu'on balade dans les couloirs avec toutes leurs perfusions, une folle (« Alzheimer », a dit Colombe d'un air docte — sans rire !) qui m'appelle « Clara jolie » et hurle deux secondes après qu'elle veut son chien tout de suite en manquant de m'éborgner avec sa grosse bague de diamants, et même une tentative d'évasion ! Les pensionnaires encore valides ont un bracelet électronique autour du poignet : quand ils tentent de sortir de l'enceinte de la résidence, ça bipe à la réception et le personnel se rue dehors pour rattraper le fuyard qui se fait évidemment choper après un cent mètres laborieux et qui proteste avec vigueur qu'on n'est pas au goulag, demande à parler au directeur et gesticule bizarrement jusqu'à ce qu'on le colle dans un fauteuil roulant. La dame qui a piqué son sprint s'était changée après le déjeuner : elle avait revêtu sa tenue d'évasion, une robe à pois avec des volants partout, très pratique pour escalader les clôtures. Bref, à quatorze heures, après la baignoire, les coquilles Saint-Jacques et l'évasion spectaculaire d'Edmond Dantès, j'étais mûre pour le désespoir.

Mais tout d'un coup, je me suis souvenue que j'avais décidé de construire et non de défaire. J'ai regardé autour de moi en cherchant quelque chose de positif et en évitant de regarder Colombe. Je n'ai rien trouvé. Tous ces gens qui attendent la mort en ne sachant que faire... Et puis, miracle, c'est Colombe qui m'a donné la solution, oui, Colombe. Quand on est partis, après avoir embrassé mamie et promis de revenir bientôt, ma sœur a dit : « Bon, mamie a l'air bien installée. Pour le reste... on va s'empresser d'oublier ça très vite. » N'ergotons pas sur le « s'empresser très vite », ce qui serait mesquin, et concentrons-nous sur l'idée : oublier ça très vite.

Au contraire, il ne faut surtout pas oublier ça. Il ne faut pas oublier les vieux au corps pourri, les vieux tout près d'une mort à laquelle les jeunes ne veulent pas penser (alors ils confient à la maison de retraite le soin d'y amener leurs parents sans esclandre ni tracas), l'inexistante joie de ces dernières heures dont il faudrait profiter à fond et qu'on subit dans l'ennui, l'amertume et le ressassement. Il ne faut pas oublier que le corps dépérit, que les amis meurent, que tous vous oublient, que la fin est solitude. Pas oublier non plus que ces vieux ont été jeunes, que le temps d'une vie est dérisoire, qu'on a vingt ans un jour et quatre-vingts le lendemain. Colombe croit qu'on peut « s'empresser d'oublier » parce que c'est encore tellement loin pour elle, la perspective de la vieillesse, que c'est comme si ça n'allait jamais lui arriver. Moi, j'ai compris très tôt qu'une vie, ça passe en un rien de temps, en regardant les adultes autour de moi, si pressés, si stressés par l'échéance, si avides de maintenant pour ne pas penser à demain... Mais si on redoute le lendemain, c'est parce qu'on ne sait pas construire le présent et quand on ne sait pas construire le présent, on se raconte qu'on le pourra demain et c'est fichu parce que demain finit toujours par devenir aujourd'hui, vous voyez ?

Donc il ne faut surtout pas oublier tout ça. Il faut

vivre avec cette certitude que nous vieillirons et que ce ne sera pas beau, pas bon, pas gai. Et se dire que c'est maintenant qui importe : construire, maintenant, quelque chose, à tout prix, de toutes ses forces. Toujours avoir en tête la maison de retraite pour se dépasser chaque jour, le rendre impérissable. Gravir pas à pas son Everest à soi et le faire de telle sorte que chaque pas soit un peu d'éternité.

Le futur, ça sert à ça : à construire le présent avec des vrais projets de vivants.

De la grammaire

1

Infinitésimale

Ce matin, Jacinthe Rosen m'a présenté le nouveau propriétaire de l'appartement des Arthens.

Il s'appelle Kakuro Quelque Chose. Je n'ai pas bien entendu parce que Mâdâme Rosen parle toujours comme si elle avait une blatte dans la bouche et que la grille de l'ascenseur s'est ouverte à cet instant précis pour laisser le passage à M. Pallières père, tout de morgue habillé. Il nous a salués brièvement et s'est éloigné de son pas saccadé d'industriel pressé.

Le nouveau est un monsieur d'une soixantaine d'années, fort présentable et fort japonais. Il est plutôt petit, mince, le visage ridé mais très net. Toute sa personne respire la bienveillance mais je sens aussi de la décision, de la gaieté et une belle volonté.

Pour l'heure, il endure sans sourciller le caquetage pithiatique de Jacinthe Rosen. On dirait une poule devant une montagne de grain.

— Bonjour madame, ont été ses premiers et seuls mots, dans un français sans accent.

J'ai endossé mon habit de concierge semi-débile. Il s'agit là d'un nouveau résident que la force de l'habitude ne contraint pas encore à la certitude de mon ineptie et avec lequel je dois faire des efforts pédagogiques spéciaux. Je me borne donc à des oui, oui, oui asthéniques en réponse aux salves hystériques de Jacinthe Rosen.

— Vous montrerez à monsieur Quelque Chose (Chou ?) les communs.

— Pouvez-vous expliquer à monsieur Quelque Chose (Pschou ?) la distribution du courrier ?

— Des décorateurs vont venir vendredi. Pourriez-vous les guetter pour M. Quelque Chose (Opchou ?) entre dix heures et dix heures et demie ?

Etc.

M. Quelque Chose ne montre aucune impatience et attend poliment en me regardant avec un gentil sourire. Je considère que tout se passe très bien. Il n'est que d'attendre que Mme Rosen se lasse et je pourrai réintégrer mon antre.

Et puis voilà.

— Le paillasson qui était devant la porte des Arthens n'a pas été nettoyé. Pouvez-vous pallier *à* ça ? me demande la poule.

Pourquoi faut-il toujours que la comédie se mue en tragédie ? Certes, il m'arrive à moi aussi d'user de la faute, bien que ce soit comme d'une arme.

— C'est *un* espèce d'infarctus ? avais-je demandé à Chabrot pour faire diversion de mes manières saugrenues.

Je ne suis donc pas si sensible qu'un écart mineur me fasse perdre raison. Il faut concéder aux autres ce que l'on s'autorise à soi-même ; en outre, Jacinthe Rosen et sa blatte dans la bouche sont nées à Bondy dans une barre d'immeubles aux cages d'escalier pas propres et j'ai partant pour elle des indulgences que je n'ai pas pour madame pourriez-vous-virgule-réceptionner.

Et pourtant, voici la tragédie : j'ai sursauté au *pallier à ça* au moment même où M. Quelque Chose sursautait aussi, tandis que nos regards se croisaient. Depuis cette infinitésimale portion de temps où, j'en suis certaine, nous avons été frères de langue dans la souffrance conjointe qui nous transperçait et, faisant tressaillir notre corps, rendait visible notre désarroi, M. Quelque Chose me regarde avec un œil tout différent.

Un œil à l'affût.

Et voilà qu'il me parle.

— Connaissiez-vous les Arthens ? On m'a dit que c'était une famille bien extraordinaire, me dit-il.

— Non, réponds-je sur mes gardes, je ne les connaissais pas spécialement, c'était une famille comme les autres ici.

163

— Oui, une famille heureuse, dit Mme Rosen, qui s'impatiente visiblement.

— Vous savez, toutes les familles heureuses se ressemblent, je marmonne pour me débarrasser de l'affaire, il n'y a rien à en dire.

— Mais les familles malheureuses le sont chacune à leur façon, me dit-il en me regardant d'un air bizarre et, tout d'un coup quoique de nouveau, je tressaille.

Oui, je vous le jure. Je tressaille — mais comme à mon insu. Cela m'a échappé, c'était plus fort que moi, j'ai été débordée.

Un malheur ne venant jamais seul, Léon choisit cet instant précis pour filer entre nos jambes, en effleurant amicalement au passage celles de M. Quelque Chose.

— J'ai deux chats, me dit-il. Puis-je savoir comment s'appelle le vôtre ?

— Léon, répond pour moi Jacinthe Rosen qui, brisant là, glisse son bras sous le sien et, m'ayant remerciée sans me regarder, entreprend de le guider vers l'ascenseur. Avec une infinie délicatesse, il pose la main sur son avant-bras et l'immobilise en douceur.

— Merci madame, me dit-il, et il se laisse emporter par sa possessive volaille.

2

Dans un moment de grâce

Savez-vous ce que c'est que l'insu ? Les psychanalystes en font le fruit des manœuvres insidieuses d'un inconscient caché. Quelle vaine théorie, en vérité. L'insu est la marque la plus éclatante de la force de notre volonté consciente qui, lorsque notre émotion s'y oppose, use de toutes les ruses pour parvenir à ses fins.

— Il faut croire que je veux être démasquée, dis-je à Léon qui vient de réintégrer ses quartiers et, j'en jurerais, a conspiré avec l'univers pour accomplir mon désir.

Toutes les familles heureuses se ressemblent mais les familles malheureuses le sont chacune à leur façon est la première phrase d'*Anna Karénine* que, comme toute bonne concierge, je ne saurais avoir lu, non plus qu'il ne m'est accordé d'avoir sursauté par hasard à la seconde partie de cette phrase, dans un moment de grâce, sans savoir qu'elle venait de Tolstoï, car si les petites gens sont sensibles sans la connaître à la grande littérature, elle ne peut prétendre à la hauteur de vue où les gens instruits la placent.

Je passe la journée à tenter de me persuader que je m'affole pour rien et que M. Quelque Chose, qui dispose d'un portefeuille suffisamment garni pour acheter le quatrième étage, a d'autres sujets de préoccupation que les tressautements parkinsoniens d'une concierge arriérée.

Et puis, vers dix-neuf heures, un jeune homme sonne à ma loge.

— Bonjour madame, me dit-il en articulant à la perfection, je m'appelle Paul N'Guyen, je suis le secrétaire particulier de M. Ozu.

Il me tend une carte de visite.

— Voici mon numéro de téléphone portable. Des artisans vont venir travailler chez M. Ozu et nous ne voudrions pas que cela vous octroie une charge de travail supplémentaire. Aussi, au moindre problème, appelez-moi, je viendrai au plus vite.

Vous aurez noté à ce point de l'intrigue que la saynète est dépourvue de dialogues, qu'on reconnaît d'ordinaire au fait que les tirets se succèdent au gré des tours de parole.

Il aurait dû y avoir quelque chose comme :

— Enchantée, monsieur.

Puis :

— Très bien, je n'y manquerai pas.

Mais il n'y a manifestement pas.

C'est que, sans avoir besoin de m'y astreindre, je suis muette. J'ai bien conscience d'avoir la bouche ouverte mais aucun son ne s'en échappe et j'ai pitié de ce beau jeune homme contraint de contempler une grenouille de soixante-dix kilos qui s'appelle Renée.

C'est à ce point de la rencontre que, usuellement, le protagoniste demande :

— Parlez-vous français ?

Mais Paul N'Guyen me sourit et attend.

Au prix d'un effort herculéen, je parviens à dire quelque chose.

En fait, c'est tout d'abord un genre de :

— Grmblll.

Mais il attend toujours avec la même magnifique abnégation.

— M. Ozu ? je finis par dire péniblement, avec une voix qui sent son Yul Brynner.

— Oui, M. Ozu, me dit-il. Vous ignoriez son nom ?

— Oui, dis-je difficilement, je ne l'avais pas bien compris. Comment ça s'écrit ?

— O, z, u, me dit-il, mais on prononce le « u » ou.

— Ah, dis-je, très bien. C'est japonais ?

— Tout à fait, madame, me dit-il. M. Ozu est japonais.

Il prend congé avec affabilité, je marmonne un bonsoir poitrinaire, referme la porte et m'effondre sur une chaise, écrabouillant Léon.

M. Ozu. Je me demande si je ne suis pas en train de faire un rêve dément, avec suspense, emboîtement machiavélique des actions, pluie de coïncidences et dénouement final en chemise de nuit avec un chat obèse sur les pieds et un réveil crachotant réglé sur France Inter.

Mais nous savons bien, au fond, que le rêve et la veille n'ont pas le même grain et, par l'auscultation de mes perceptions sensorielles, je connais avec certitude que je suis bien éveillée.

M. Ozu ! Le fils du cinéaste ? Son neveu ? Un lointain cousin ?

Ça alors.

Si tu sers à une dame ennemie
Des macarons de chez Ladurée
Ne crois pas
Que tu pourras voir
Au-delà

Le monsieur qui a racheté l'appartement des Arthens est japonais ! Il s'appelle Kakuro Ozu ! C'est bien ma veine, il faut que ça arrive juste avant que je meure ! Douze ans et demi dans le dénuement culturel et alors qu'un Japonais débarque, il faut plier bagage... C'est vraiment trop injuste.

Mais je vois au moins le côté positif des choses : il est là et bien là et, en plus, nous avons eu hier une conversation très intéressante. D'abord, il faut dire que tous les résidents ici sont complètement fous de M. Ozu. Ma mère ne parle que de ça, mon père l'écoute, pour une fois, alors que, d'habitude, il pense à autre chose quand elle fait bla-bla-bla sur les petites affaires de l'immeuble, Colombe m'a chipé mon manuel de japonais et, fait inédit dans les annales du 7 rue de Grenelle, Mme de Broglie est venue prendre le thé à la maison. Nous habitons au cinquième, juste au-dessus de l'ex-appartement des Arthens et ces derniers temps, c'était en travaux — mais alors des travaux gigantesques ! Il était clair que M. Ozu avait décidé de tout changer et tout le monde bavait d'envie de voir les changements. Dans un monde de fossiles, le moindre glissement de caillou sur la pente de la falaise manque déjà de provoquer des crises cardiaques en série — alors quand quelqu'un fait exploser la montagne ! Bref, Mme de Broglie mourait d'envie de jeter un œil au quatrième et elle a donc réussi à se faire inviter par maman quand elle l'a croisée la semaine dernière dans le hall. Et vous savez le prétexte ? C'est vraiment drôle. Mme de Broglie est la femme de M. de Broglie, le conseiller d'État qui habite au premier, qui est entré au Conseil d'État sous Giscard et est tellement conservateur qu'il ne salue pas les personnes divorcées. Colombe l'appelle « le vieux facho » parce qu'elle n'a jamais rien lu sur les droites françaises, et papa le tient pour un exemple parfait de la sclérose des idées politiques. Sa femme est conforme : tailleur, collier de perles, lèvres pincées et une flopée de petits-enfants qui s'appellent tous Grégoire ou Marie. Jusque-là, elle saluait à peine maman (qui est socialiste, a les cheveux teints et des chaussures à bout pointu). Mais, la semaine dernière, elle a sauté sur nous comme si sa vie en dépendait. On était dans le hall, on revenait des courses et maman était de très bonne humeur parce qu'elle avait trouvé une nappe en lin couleur ficelle à deux cent quarante euros. Alors là, j'ai cru avoir des hallucinations auditives. Après les « Bonjour madame » d'usage, Mme de Broglie a dit à maman : « J'ai quelque chose à vous demander », ce qui a déjà dû lui faire très mal à la bouche. « Mais je vous en prie » a dit maman en souriant (rapport à la nappe et aux antidépresseurs). « Voilà, ma petite belle-fille, la femme d'Étienne, ne va pas très bien et je pense qu'il faudrait envisager une thérapie. » « Ah oui ? » a dit maman en souriant encore plus. « Oui, euh, vous voyez, un genre de psychanalyse. » Mme de Broglie avait l'air d'un escargot en plein Sahara mais elle tenait quand même bon. « Oui, je vois très bien », a dit maman « et en quoi puis-je vous être utile, chère madame ? » « Eh bien, je me suis laissé dire que vous connaissiez bien ce genre de... enfin... ce genre d'approche... alors j'aurais bien aimé en discuter avec vous, voilà. » Maman n'en revenait pas de sa bonne fortune : une nappe en lin ficelle, la perspective de débiter toute sa science sur la psychanalyse et Mme de Broglie lui faisant la danse des sept voiles — ah, oui, vraiment, une bonne journée ! Elle n'a quand même pas pu résister parce qu'elle savait très bien où l'autre voulait en venir. Ma mère a beau être rustique côté subtilité intellectuelle, on ne la lui fait quand même pas. Elle savait très bien que le jour où les Broglie s'intéresseront à la psychanalyse, les gaullistes chanteront *L'Internationale* et que son succès soudain avait pour nom « le palier du cinquième se trouve juste au-dessus de celui du quatrième ». Pourtant, elle a décidé de se montrer magnanime, pour prouver à Mme de Broglie l'étendue de sa bonté et la largesse d'esprit des socialistes — mais avec au préalable un petit bizutage. « Mais bien volontiers, chère madame. Voulez-vous que je passe chez vous, un soir, pour que nous en discutions ? » a-t-elle demandé. L'autre a eu l'air constipé, elle n'avait pas prévu ce coup-là mais elle s'est très vite ressaisie et, en femme du monde, elle a dit : « Mais non, mais non, je ne veux pas vous faire descendre, c'est moi qui monterai vous voir. » Maman avait eu sa petite satisfaction, elle n'a pas insisté. « Eh bien, je suis là cet après-midi, a-t-elle dit, pourquoi ne viendriez-vous pas prendre une tasse de thé vers dix-sept heures ? »

La séance thé a été parfaite. Maman avait fait les choses comme il faut : le service à thé offert par mamie avec des dorures et des papillons verts et roses, des macarons de chez Ladurée et, quand même, du sucre roux (un truc de gauche). Mme de Broglie, qui venait de passer un bon quart d'heure sur le palier du dessous, avait l'air un peu embar-rassé mais tout de même satisfait. Et un peu sur-pris aussi. Je pense qu'elle imaginait chez nous autrement. Maman lui a joué toute la partition des bonnes manières et de la conversation mondaine, incluant un commentaire expert des bonnes maisons de café, avant de pencher la tête de côté d'un air compassionnel et de dire : « Alors, chère madame, vous vous faites du souci pour votre belle-fille ? » « Hum, ah, oui », a dit l'autre qui en avait presque oublié son prétexte et se creusait maintenant pour trouver quelque chose à dire. « Eh bien, elle dé-prime » est la seule chose qui lui est venue. Maman est alors passée à la vitesse supérieure. Après toutes ces largesses, il était temps de présenter l'addition. Mme de Broglie a eu droit à un cours entier sur le freudisme, incluant quelques anecdotes croustillantes sur les mœurs sexuelles du messie et de ses apôtres (avec un passage trash sur Melanie Klein) et émaillé de quelques références au MLF et à la laïcité de l'en-seignement français. La totale. Mme de Broglie a réagi en bonne chrétienne. Elle a enduré l'affront avec un admirable stoïcisme, tout en se convainquant d'expier ainsi à peu de frais son péché de curiosité. Toutes deux se sont quittées satisfaites, mais pour des raisons différentes, et à table, le soir, maman a dit : « Mme de Broglie est une bigote, soit, mais elle peut être charmante. »

Bref, M. Ozu excite tout le monde. Olympe Saint-Nice a dit à Colombe (qui la déteste et l'appelle la « sainte-nitouche des cochons ») qu'il a deux chats et qu'elle meurt d'envie de les voir. Jacinthe Rosen ne cesse de commenter les allées et venues au quatrième et ça la met en transe à chaque fois. Et moi, il me passionne aussi mais pas pour les mêmes raisons. Voici ce qui s'est passé.

Je suis montée dans l'ascenseur avec M. Ozu et il est resté bloqué entre le deuxième et le troisième pendant dix minutes parce qu'un bulot avait mal refermé la grille avant de renoncer à le prendre et de descendre par l'escalier. Dans ces cas-là, il faut attendre que quelqu'un s'en rende compte ou bien, si ça dure trop longtemps, on doit ameuter le voisinage en criant mais en essayant tout de même de rester distingué, ce qui n'est pas facile. Nous, on n'a pas crié. On a donc eu le temps de se présenter et de faire connaissance. Toutes les dames se seraient damnées pour être à ma place. Moi, j'étais contente parce que mon gros côté japonais est forcément content de parler avec un vrai monsieur japonais. Mais surtout, ce qui m'a bien plu, c'est le contenu de la conversation. D'abord, il m'a dit : « Ta maman m'a dit que tu étudiais le japonais au collège. Quel est ton niveau ? » J'ai noté au passage que maman a encore bavassé pour faire son intéressante et puis

173

j'ai répondu en japonais : « Oui monsieur, je connais un peu le japonais mais pas très bien. » Il m'a dit en japonais : « Est-ce que tu veux que je corrige ton accent ? » et il a traduit tout de suite en français. Ça, déjà, j'ai apprécié. Beaucoup de gens auraient dit : « Oh, comme tu parles bien, bravo, c'est magnifique ! » alors que je dois avoir une prononciation de vache landaise. J'ai répondu en japonais : « Je vous en prie monsieur », il a corrigé une inflexion et il m'a dit, toujours en japonais : « Appelle-moi Kakuro. » J'ai répondu en japonais « Oui Kakuro-san » et on a rigolé. Ensuite, c'est là que la conversation (en français) est devenue passionnante. Il m'a dit tout de go : « Je m'intéresse beaucoup à notre concierge, Mme Michel. Je voudrais avoir ton avis. » J'en connais des tas qui auraient essayé de me tirer les vers du nez, l'air de rien. Mais il y a été franco. « Je crois qu'elle n'est pas ce qu'on croit », a-t-il ajouté.

Ça fait un moment que j'ai aussi des soupçons à son propos. De loin, c'est bien une concierge. De près... eh bien de près... il y a quelque chose de bizarre. Colombe la déteste et pense que c'est un rebut de l'humanité. Pour Colombe, de toute façon, est un rebut de l'humanité quiconque ne correspond pas à sa norme culturelle, et la norme culturelle de Colombe, c'est le pouvoir social plus des chemisiers agnès b. Mme Michel... Comment dire ? Elle respire l'intelligence. Et pourtant, elle s'efforce, hein, ça se voit qu'elle fait tout son possible pour jouer à la concierge et pour paraître débile. Mais moi, je l'ai déjà observée quand elle parlait à Jean Arthens, quand elle parle à Neptune dans le dos de Diane, quand elle regarde les dames de la résidence qui passent devant elle sans la saluer. Mme Michel, elle a l'élégance du hérisson : à l'extérieur, elle est bardée de piquants, une vraie forteresse, mais j'ai l'intuition qu'à l'intérieur, elle est aussi simplement raffinée que les hérissons, qui sont des petites bêtes faussement indolentes, farouchement solitaires et terriblement élégantes.

Bon, cela dit, je l'avoue, je ne suis pas extralucide. S'il ne s'était pas passé quelque chose, j'aurais quand même vu la même chose que tout le monde, une concierge la plupart du temps mal lunée. Mais il s'est passé quelque chose il n'y a pas longtemps et c'est drôle que la question de M. Ozu soit arrivée juste maintenant. Il y a quinze jours, Antoine Pallières a renversé le cabas de Mme Michel qui était en train d'ouvrir sa porte. Antoine Pallières est le fils de M. Pallières, l'industriel du sixième, un type qui fait des leçons de morale à papa sur la manière de gérer la France et qui vend des armes à des délinquants internationaux. Le fils est moins dangereux parce qu'il est vraiment crétin mais on ne sait jamais : la nocivité, c'est souvent un capital familial. Bref, Antoine Pallières a renversé le cabas de Mme Michel. Les betteraves, les nouilles, les bouillons Kub et le savon de Marseille sont tombés et, dépassant du cabas qui était par terre, j'ai entraperçu un livre. Je dis entraperçu parce que Mme Michel s'est précipitée pour tout ramasser en regardant Antoine avec colère (il ne comptait visiblement pas bouger le petit doigt) mais aussi avec une pointe d'inquiétude. Lui, il n'a rien vu mais moi je n'ai pas eu besoin de plus de temps pour savoir quel était le livre ou plutôt le type de livre dans le cabas de Mme Michel, parce qu'il y en a plein du même genre sur le bureau de Colombe depuis qu'elle fait de la philo. C'était un livre des éditions Vrin, l'éditeur ultraspécialisé en philosophie universitaire. Qu'est-ce qu'une concierge fait avec un bouquin de chez Vrin dans son cabas ? est évidemment la question que je me suis posée, contrairement à Antoine Pallières.

« Je crois ça aussi », ai-je dit à M. Ozu et, de voisins, nous sommes immédiatement passés à une relation plus intime, celle de conspirateurs. On s'est échangé nos impressions sur Mme Michel, M. Ozu m'a dit qu'il faisait le pari que c'était une princesse clandestine et érudite et on s'est quittés en se promettant d'enquêter.

Voilà donc ma pensée profonde du jour : c'est la première fois que je rencontre quelqu'un qui cherche les gens et qui voit au-delà. Ça peut paraître trivial mais je crois quand même que c'est profond. Nous ne voyons jamais au-delà de nos certitudes et, plus grave encore, nous avons renoncé à la rencontre, nous ne faisons que nous rencontrer nous-mêmes sans nous reconnaître dans ces miroirs permanents. Si nous nous en rendions compte, si nous prenions conscience du fait que nous ne regardons jamais que nous-même en l'autre, que nous sommes seuls dans le désert, nous deviendrions fous. Quand ma mère offre des macarons de chez Ladurée à Mme de Broglie, elle se raconte à elle-même l'histoire de sa vie et ne fait que grignoter sa propre saveur ; quand papa boit son café et lit son journal, il se contemple dans une glace tendance méthode Coué ; quand Colombe parle des conférences de Marian, elle déblatère sur son propre reflet et quand les gens passent devant la concierge, ils ne voient que le vide parce que ce n'est pas eux.

Moi, je supplie le sort de m'accorder la chance de voir au-delà de moi-même et de rencontrer quelqu'un.

3

Sous l'écorce

Puis, quelques jours passent.

Comme tous les mardis, Manuela vient à ma loge. J'ai le temps, avant qu'elle ne referme la porte, d'entendre Jacinthe Rosen qui converse avec la jeune Mme Meurisse devant un ascenseur qui joue les Arlésiennes.

— Mon fils dit que les Chinois sont intraitables !

Cancrelat buccal oblige, Mâdâme Rosen ne dit pas : les Chinois mais les Chunois.

J'ai toujours rêvé de visiter la Chune. C'est quand même plus intéressant que de se rendre en Chine.

— Il a congédié la baronne — m'annonce Manuela qui a les joues roses et l'œil brillant —, et le reste avec.

Je prends l'air même de l'innocence.

— Qui ? je demande.

— Mais M. Ozu ! s'exclame Manuela en me regardant avec réprobation.

Il faut dire que, depuis quinze jours, l'immeuble ne bruit que de l'emménagement de M. Ozu dans l'appartement de feu Pierre Arthens. Dans ce lieu figé, emprisonné dans les glaces du pouvoir et de l'oisiveté, l'arrivée d'un nouveau résident et les actes insensés auxquels se sont livrés sous ses ordres des professionnels en nombre si impressionnant que même Neptune a renoncé à les renifler tous — cette arrivée, donc, a suscité un vent d'excitation et de panique mêlées. Car l'aspiration convenue au maintien des traditions et la réprobation conséquente pour tout ce qui, de près ou de loin, évoque la nouvelle richesse — dont l'ostentation dans les travaux de décoration, l'achat de matériel hi-fi ou l'abus de mets de traiteur — le disputait à une soif plus profonde, chevillée aux tripes de toutes ces âmes aveuglées d'ennui : celle de la nouveauté. Aussi le 7 rue de Grenelle vibra-t-il pendant quinze jours au rythme des allées et venues des peintres, menuisiers, plombiers, cuisinistes, livreurs de meubles, de tapis, de matériel électronique et, pour finir, déménageurs, que M. Ozu avait embauchés pour, à l'évidence, transformer de fond en comble un quatrième étage que tous mouraient d'envie de visiter. Les Josse et les Pallières n'empruntèrent plus l'ascenseur et, se découvrant une nouvelle vigueur, déambulèrent à toute heure sur le palier du quatrième par lequel, comme de juste, ils devaient transiter pour sortir de chez eux et, conséquemment, y rentrer. Ils furent l'objet de toutes les convoitises. Bernadette de Broglie intrigua pour prendre le thé chez Solange Josse, pourtant socialiste, tandis que Jacinthe Rosen se porta volontaire pour livrer à Sabine Pallières un colis qui venait d'être déposé à la loge et que, trop heureuse d'échapper à la corvée, je lui confiai avec force simagrées hypocrites.

Car, seule de tous, j'évitais soigneusement M. Ozu. Nous nous croisâmes à deux reprises dans le hall mais il était toujours en compagnie et il ne fit que me saluer poliment, à quoi je répondis de même. Rien chez lui ne trahissait d'autres sentiments que la courtoisie et une indifférente bienveillance. Mais de même que les enfants flairent sous l'écorce des convenances la vraie étoffe dont sont faits les êtres, mon radar interne, s'affolant subitement, m'apprenait que M. Ozu me considérait avec une patiente attention.

Cependant, son secrétaire pourvoyait à toutes les tâches qui requéraient un contact avec moi. Je gage que Paul N'Guyen n'était pas pour rien dans la fascination que l'arrivée de M. Ozu exerçait sur les autochtones. C'était le plus beau des jeunes hommes. À l'Asie, dont son père vietnamien était originaire, il avait emprunté la distinction et la mystérieuse sérénité. De l'Europe et de sa mère (une Russe blanche), il tenait sa haute taille et ses pommettes slaves, ainsi que des yeux clairs et très légèrement bridés. En lui se mariaient la virilité et la délicatesse, se réalisait la synthèse de la beauté masculine et de la douceur orientale.

J'avais appris son ascendance alors que, à la fin d'un après-midi dense en remue-ménage où je l'avais vu fort occupé et comme il avait sonné à ma loge pour me prévenir de l'arrivée tôt le lendemain d'une nouvelle fournée de livreurs, je lui avais proposé une tasse de thé qu'il avait acceptée avec simplicité. Nous conversâmes dans une exquise nonchalance. Qui eût pu croire qu'un homme jeune, beau et compétent — car, par tous les dieux, il l'était, comme nous avions pu en juger en le voyant organiser les travaux et, sans jamais sembler débordé ou fatigué, les mener à leur terme dans le calme — serait également si dénué de snobisme ? Lorsqu'il partit, en me remerciant avec chaleur, je réalisai que j'avais oublié avec lui jusqu'à l'idée de dissimuler qui j'étais.

Mais je reviens à la nouvelle du jour.

— Il a congédié la baronne, et le reste avec.

Manuela ne cache pas son ravissement. Anna Arthens, quittant Paris, avait fait serment à Violette Grelier de la recommander auprès du nouveau propriétaire. M. Ozu, respectueux des désirs de la veuve à laquelle il achetait un bien et arrachait le cœur, avait accepté de recevoir ses gens et de s'entretenir avec eux. Les Grelier, patronnés par Anna Arthens, auraient pu trouver une place de choix dans une bonne maison, mais Violette caressait le fol espoir de demeurer là où, selon ses propres mots, elle avait passé ses plus belles années.

— Partir, ce serait comme mourir, avait-elle confié à Manuela. Enfin, je ne parle pas pour vous, ma fille. Il faudra bien vous y résoudre.

— M'y résoudre, taratata, dit Manuela qui, depuis que, sur mes conseils, elle a vu *Autant en emporte le vent*, se prend pour la Scarlett d'Argenteuil. Elle part et moi je reste !

— M. Ozu vous embauche ? je demande.

— Vous ne devinerez jamais, me dit-elle. Il m'embauche pour douze heures, payée comme princesse !

— Douze heures ! dis-je. Comment allez-vous faire ?

— Je vais laisser tomber Mme Pallières, répond-elle au bord de l'extase, je vais laisser tomber Mme Pallières.

Et, parce qu'il faut abuser des choses vraiment bonnes :

— Oui, répète-t-elle, je vais laisser tomber Mme Pallières.

Nous savourons un moment en silence cette cascade de bienfaits.

— Je vais faire du thé, dis-je, brisant notre béatitude. Du thé blanc, pour fêter l'événement.

— Oh, j'oubliais, dit Manuela, j'ai apporté ça.

Et elle sort de son cabas une aumônière de papier de soie crème.

J'entreprends d'en dénouer le ruban de

velours bleu. À l'intérieur, des mendiants au chocolat noir scintillent comme diamants ténébreux.

— Il me paye vingt-deux euros l'heure, dit Manuela en disposant les tasses puis s'asseyant de nouveau, non sans avoir prié courtoisement Léon de s'en aller découvrir le monde. Vingt-deux euros ! Vous croyez ça ? Les autres me payent huit, dix, onze ! Cette *mijaura* de Pallières, elle me paye huit euros et elle laisse traîner ses culottes sales sous le lit.

— Il laisse peut-être traîner ses caleçons sales sous le lit, dis-je en souriant.

— Oh ce n'est pas le genre, dit Manuela soudain pensive. J'espère que je vais savoir faire, en tout cas. Parce qu'il y a beaucoup de choses bizarres là-haut, vous savez. Et il y a tous ces *bonshommes* à arroser et à vaporiser.

Manuela parle des bonsaïs de M. Ozu. Très grands, avec des formes élancées et dénuées de ce caractère torturé qui impressionne d'ordinaire défavorablement, ils m'avaient semblé, tandis qu'on les transportait dans le hall, provenir d'un autre siècle et, dans leurs frondaisons bruissantes, exhaler la fugitive vision d'une forêt lointaine.

— Je n'aurais jamais imaginé que des décorateurs fassent ça, reprend Manuela. Tout casser, tout refaire !

Pour Manuela, un décorateur est un être éthéré qui dispose des coussins sur des canapés dispendieux et recule de deux pas pour en admirer l'effet.

— Ils abattent les murs à coups de masse, m'avait-elle lancé une semaine plus tôt, le souffle court, en entreprenant d'escalader quatre à quatre les escaliers munie d'un balai démesuré. — Vous savez... C'est très beau, maintenant. Je voudrais bien que vous visitiez.

— Comment s'appellent ses chats ? je demande pour faire diversion et ôter de l'esprit de Manuela cette dangereuse lubie.

— Oh, ils sont magnifiques ! dit-elle en considérant Léon d'un air consterné. Ils sont tout minces et ils avancent sans bruit, en faisant comme ça.

Elle exécute de la main des ondulations bizarres.

— Savez-vous leurs petits noms ? je redemande.

— La chatte s'appelle Kitty, mais je n'ai pas bien retenu pour le chat, dit-elle.

Une goutte de sueur froide bat un record de vitesse le long de ma colonne vertébrale.

— Lévine ? je suggère.

— Oui, me dit-elle, c'est ça. Lévine. Comment vous savez ?

Elle fronce les sourcils.

— Ce n'est pas ce révolutionnaire, au moins ?

— Non, dis-je, le révolutionnaire, c'est Lénine. Lévine, c'est le héros d'un grand roman russe. Kitty est la femme dont il est amoureux.

— Il a fait changer toutes les portes, reprend

Manuela que les grands romans russes intéressent modérément. Maintenant, elles coulissent. Eh bien, croyez ça, c'est beaucoup plus pratique. Je me demande pourquoi on ne fait pas pareil. On gagne beaucoup de place et c'est moins bruyant.

Comme c'est vrai. Une fois de plus, Manuela a ce brio dans la synthèse qui fait mon admiration. Mais cette remarque anodine provoque aussi en moi une sensation délicieuse qui tient à d'autres raisons.

4

Brisure et continuité

Deux raisons, également liées aux films d'Ozu.
La première réside dans les portes coulissantes elles-mêmes. Dès le premier film, *Le Goût
du riz au thé vert*, j'avais été fascinée par l'espace
de vie japonais et par ces portes coulissantes
refusant de pourfendre l'espace et glissant en
douceur sur des rails invisibles. Car, lorsque
nous ouvrons une porte, nous transformons les
lieux de bien mesquine façon. Nous heurtons
leur pleine extension et y introduisons une
brèche malavisée à force de mauvaises proportions. Si on y réfléchit bien, il n'y a rien de plus
laid qu'une porte ouverte. Dans la pièce où elle
se trouve, elle introduit comme une rupture,
un parasitage provincial qui brise l'unité de l'espace. Dans la pièce contiguë, elle engendre
une dépression, une fissure béante et néanmoins stupide, perdue sur un bout de mur qui
eût préféré être entier. Dans les deux cas, elle
perturbe l'étendue sans autre contrepartie que
la licence de circuler, laquelle peut pourtant

être assurée par bien d'autres procédés. La porte coulissante, elle, évite les écueils et magnifie l'espace. Sans en modifier l'équilibre, elle en permet la métamorphose. Lorsqu'elle s'ouvre, deux lieux communiquent sans s'offenser. Lorsqu'elle se ferme, elle redonne à chacun son intégrité. Le partage et la réunion se font sans intrusion. La vie y est une calme promenade, alors qu'elle s'apparente chez nous à une longue suite d'effractions.

— C'est vrai, dis-je à Manuela, c'est plus pratique et c'est moins brutal.

La seconde raison vient d'une association d'idées qui, des portes coulissantes, m'a menée aux pieds des femmes. Dans les films d'Ozu, on ne compte pas le nombre de plans où un acteur pousse la porte, entre au foyer et se déchausse. Les femmes, surtout, ont dans l'enchaînement de ces actions un talent singulier. Elles entrent, font glisser la porte le long de la paroi, effectuent deux petits pas rapides qui les mènent au pied de l'espace surélevé en quoi consistent les pièces à vivre, se déchaussent sans se pencher de souliers dépourvus de lacets et, en un mouvement des jambes fluide et gracieux, pivotent sur elles-mêmes sitôt escaladée la plate-forme qu'elles abordent de dos. Les jupes se gonflent légèrement, le plié des genoux, requis par l'ascension, est énergique et précis, le corps suit sans peine cette demi-ronde des pieds, qui se poursuit par une déambulation curieusement brisée, comme si les chevilles étaient entravées par des liens. Mais alors que d'ordinaire l'entrave des gestes évoque la contrainte, les petits pas animés d'une incompréhensible saccade donnent aux pieds des femmes qui marchent le sceau de l'œuvre d'art.

Lorsque nous marchons, nous autres Occidentaux, et parce que notre culture le veut ainsi, nous tentons de restituer, dans la continuité d'un mouvement que nous concevons sans à-coups, ce que nous croyons être l'essence même de la vie : l'efficacité sans obstacle, la performance fluide figurant, dans l'absence de rupture, l'élan vital par lequel tout s'accomplit. Ici, le guépard en action est notre norme ; tous ses gestes se fondent harmonieusement, on ne peut distinguer celui-ci du suivant, et la course du grand fauve nous apparaît comme un seul et long mouvement symbolisant la perfection profonde de la vie. Mais lorsque les femmes japonaises brisent de leurs pas hachés le puissant déploiement du mouvement naturel et alors que nous devrions éprouver le tourment qui s'empare de l'âme au spectacle de la nature outragée, il se produit au contraire en nous une étrange félicité, comme si la rupture produisait l'extase et le grain de sable la beauté. Dans cette offense faite au rythme sacré de la vie, dans cette marche contrariée, dans l'excellence née de la contrainte, nous tenons un paradigme de l'Art.

Alors, propulsé hors d'une nature qui le voudrait continu, devenant par sa discontinuité même à la fois renégat et remarquable, le mouvement advient à la création esthétique.

Car l'Art, c'est la vie, mais sur un autre rythme.

Pensée profonde n° 10

Grammaire
Une strate de conscience
Menant à la beauté

Le matin, en général, je prends toujours un moment pour écouter de la musique dans ma chambre. La musique joue un très grand rôle dans ma vie. C'est elle qui me permet de supporter... eh bien... ce qu'il y a à supporter : ma sœur, ma mère, le collège, Achille Grand-Fernet, etc. La musique, ce n'est pas qu'un plaisir pour l'oreille comme la gastronomie pour le palais ou la peinture pour les yeux. Si je mets de la musique le matin, ce n'est pas très original : c'est parce que ça donne le ton de la journée. C'est très simple et en même temps, c'est un peu compliqué à expliquer : je crois que nous pouvons choisir nos humeurs, parce que nous avons une conscience qui a plusieurs strates et qu'on a un moyen d'y accéder. Par exemple, pour écrire une pensée profonde, il faut que je me mette dans une strate très spéciale, sinon les idées et les mots ne viennent pas. Il faut que je m'oublie et en même temps que je sois hyperconcentrée. Mais ce n'est pas une affaire de « volonté », c'est un mécanisme qu'on actionne ou pas, comme pour se gratter le nez ou faire une roulade arrière. Et pour actionner le mécanisme, il n'y a pas mieux qu'un petit morceau de musique. Par exemple, pour me détendre, je mets quelque chose qui me fait atteindre une sorte d'humeur distanciée où les choses ne m'atteignent pas vraiment, où je les regarde comme si je regardais un film : une strate de conscience « détachée ». En général, pour cette strate-là, c'est du jazz ou bien, plus efficace sur la durée mais plus long à faire effet, du Dire Straits (vive le mp3).

Donc, ce matin, j'ai écouté du Glenn Miller avant de partir pour le collège. Il faut croire que ça n'a pas duré assez longtemps. Quand l'incident s'est produit, j'ai perdu tout mon détachement. C'était en cours de français avec Mme Maigre (qui est un antonyme vivant tellement elle a de bourrelets). En plus, elle met du rose. J'adore le rose, je trouve que c'est une couleur injustement traitée, on en fait un truc de bébé ou de femme trop maquillée alors que le rose est une couleur très subtile et délicate, qu'on trouve beaucoup dans la poésie japonaise. Mais le rose et Mme Maigre, c'est un peu comme la confiture et les cochons. Bref, ce matin, j'avais français avec elle. En soi, c'est déjà une corvée. Le français avec Mme Maigre se résume à une longue suite d'exercices techniques, qu'on fasse de la grammaire ou de la lecture de textes. Avec elle, on dirait qu'un texte a été écrit pour qu'on puisse en identifier les personnages, le narrateur, les lieux, les péripéties, les temps du récit, etc. Je pense qu'il ne lui est jamais venu à l'esprit qu'un texte est avant tout écrit pour être lu et provoquer des émotions chez le lecteur. Figurez-vous qu'elle ne nous a jamais posé la question : « Avez-vous aimé ce texte/ce livre ? » C'est pourtant la seule question qui pourrait donner un sens à l'étude des points de vue narratifs ou de la construction du récit... Sans parler du fait que les esprits des collégiens sont à mon avis plus ouverts à la littérature que ceux des lycéens ou des étudiants. Je m'explique : à notre âge, pour peu qu'on nous parle de quelque chose avec passion et en pinçant les bonnes cordes (celle de l'amour, de la révolte, de l'appétit pour le nouveau, etc.), on a toutes les chances d'y arriver. Notre prof d'histoire, M. Lermit, il a su nous emballer en deux cours en nous montrant des photos de types auxquels on avait coupé une main ou les lèvres, en application de la loi coranique, parce qu'ils avaient volé ou fumé. Pourtant, il ne l'a pas fait dans le genre film gore. C'était saisissant et on a tous écouté avec attention le cours qui a suivi, qui mettait en garde contre la folie des hommes et pas spécifiquement contre l'islam. Alors si Mme Maigre s'était donné la peine de nous lire avec des trémolos dans la voix quelques vers de Racine (« Que le jour recommence et que le jour finisse / Sans que jamais Titus puisse voir Bérénice »), elle aurait vu que l'adolescent de base est tout mûr pour la tragédie amoureuse. Au lycée, c'est plus dur : l'âge adulte pointe son nez, on a déjà l'intuition des mœurs des grandes personnes, on se demande de quel rôle et de quelle place on héritera dans la pièce, et puis quelque chose s'est déjà gâté, le bocal n'est plus très loin.

Alors quand, ce matin, s'ajoutant à la corvée habituelle d'un cours de littérature sans littérature et d'un cours de langue sans intelligence de la langue, j'ai éprouvé un sentiment de n'importe quoi, je n'ai pas pu me contenir. Mme Maigre faisait un point sur l'adjectif qualificatif épithète, au prétexte que nos rédactions en étaient totalement dépourvues « alors que vous devriez en être capables depuis le CE2 ». « C'est pas possible de voir des élèves aussi incompétents en grammaire », a-t-elle ajouté en regardant spécialement Achille Grand-Fernet. Je n'aime pas Achille mais là, j'étais d'accord avec lui quand il a posé sa question. Je trouve que ça s'imposait. En plus, qu'une prof de lettres oublie la négation, moi, ça me choque. C'est comme un balayeur qui oublierait des moutons. « Mais à quoi ça sert, la grammaire ? » a-t-il demandé. « Vous devriez le savoir », a répondu madame-je-suis-pourtant-payée-pour-vous-l'enseigner. « Ben non, a répondu Achille avec sincérité pour une fois, personne n'a jamais pris la peine de nous l'expliquer. » Mme Maigre a poussé un long soupir, du genre « faut-il que je me coltine encore des questions stupides » et a répondu : « Ça sert à bien parler et à bien écrire. »

Alors là, j'ai cru avoir une crise cardiaque. Je n'ai jamais rien entendu d'aussi inepte. Et par là, je ne veux pas dire que c'est *faux*, je veux dire que c'est *vraiment inepte*. Dire à des adolescents qui savent déjà parler et écrire que la grammaire, ça sert à ça, c'est comme dire à quelqu'un qu'il faut qu'il lise une histoire des W.-C. à travers les siècles pour bien savoir faire pipi et caca. C'est dénué de sens ! Si encore elle nous avait montré, sur des exemples, qu'on a besoin de connaître un certain nombre de choses sur la langue pour bien l'utiliser, bon, pourquoi pas, c'est un préalable. Par exemple, que savoir conjuguer un verbe à tous les temps évite de faire des grosses fautes qui fichent la honte devant tout le monde à un dîner mondain (« J'aurais bien venu chez vous plus tôt mais j'ai prenu la mauvaise route »). Ou que pour écrire une invitation dans les règles à se joindre à une petite sauterie au château de Versailles, connaître la règle d'accord de l'adjectif qualificatif épithète est bien utile : on s'épargne les « Chers ami, voudriez-vous venir à Versailles ce soir ? J'en serais tout ému. La Marquise de Grand-Fernet ». Mais si Mme Maigre croit que c'est seulement à ça que sert la grammaire... On a su dire et conjuguer un verbe avant de savoir que c'en était un. Et si le savoir peut aider, je ne crois quand même pas que ce soit décisif.

Moi, je crois que la grammaire, c'est une voie d'accès à la beauté. Quand on parle, quand on lit ou quand on écrit, on sent bien si on a fait une belle phrase ou si on est en train d'en lire une. On est capable de reconnaître une belle tournure ou un beau style. Mais quand on fait de la grammaire, on a accès à une autre dimension de la beauté de la langue. Faire de la grammaire, c'est la décortiquer, regarder comment elle est faite, la voir toute nue, en quelque sorte. Et c'est là que c'est merveilleux : parce qu'on se dit : « Comme c'est bien fait, qu'est-ce que c'est bien fichu ! », « Comme c'est solide, ingénieux, riche, subtil ! ». Moi, rien que savoir qu'il y a plusieurs natures de mots et qu'on doit les connaître pour en conclure à leurs usages et à leurs compatibilités possibles, ça me transporte. Je trouve qu'il n'y a rien de plus beau, par exemple, que l'idée de base de la langue, qu'il y a des noms et des verbes. Quand vous avez ça, vous avez déjà le cœur de tout énoncé. C'est magnifique, non ? Des noms, des verbes...

Peut-être, pour accéder à toute cette beauté de la langue que la grammaire dévoile, faut-il aussi se mettre dans un état de conscience spécial ? Moi, j'ai l'impression de le faire sans effort. Je crois que c'est à deux ans, en entendant parler les adultes, que j'ai compris, en une seule fois, comment la langue était faite. Les leçons de grammaire ont toujours été pour moi des synthèses a posteriori et, peut-être, des précisions terminologiques. Est-ce qu'on peut apprendre à bien parler et bien écrire à des enfants en faisant de la grammaire s'ils n'ont pas eu cette illumination que j'ai eue ? Mystère. En attendant, toutes les Mme Maigre de la terre devraient plutôt se demander quel morceau de musique il faut qu'elles passent à leurs élèves pour qu'ils puissent se mettre en transe grammaticale.

J'ai donc dit à Mme Maigre : « Mais pas du tout, c'est totalement réducteur ! » Il y a eu un grand silence dans la classe parce que, d'habitude, je n'ouvre pas la bouche et parce que j'avais contredit la prof. Elle m'a regardée avec surprise puis elle a pris un air mauvais, comme tous les profs quand ils sentent que le vent tourne au nord et que leur petit cours pépère sur l'adjectif qualificatif épithète pourrait bien se transformer en tribunal de leurs méthodes pédagogiques. « Et qu'en savez-vous, mademoiselle Josse ? » a-t-elle demandé d'un ton acerbe. Tout le monde retenait son souffle. Quand la première de la classe n'est pas contente, c'est mauvais pour le corps enseignant, surtout quand il est bien gras et donc ce matin c'était thriller et jeux du cirque pour le même prix : tout le monde attendait de voir l'issue du combat, qu'on espérait bien sanglant.

« Eh bien, ai-je dit, quand on a lu Jakobson, il paraît évident que la grammaire est une fin et pas seulement un moyen : c'est un accès à la structure et à la beauté de la langue, pas seulement un truc qui sert à se débrouiller en société. » « Un truc ! Un truc ! » a-t-elle répété avec des yeux exorbités. « Pour Mlle Josse, la grammaire c'est un truc ! »

Si elle avait bien écouté ma phrase, elle aurait compris que, justement, pour moi, ce n'est pas un truc. Mais je crois que la référence à Jakobson lui a totalement fait perdre les pédales, sans compter que tout le monde ricanait, y compris Cannelle Martin, sans avoir rien compris à ce que j'avais dit mais en sentant un petit nuage de Sibérie planer sur la grosse prof de français. En fait, je n'ai jamais rien lu de Jakobson, vous pensez bien. J'ai beau être sur-douée, je préfère quand même les B.D. ou bien la littérature. Mais une amie de maman (qui est professeur d'Université) parlait de Jakobson hier (pendant qu'elles se tapaient, à cinq heures, du camembert et une bouteille de vin rouge). Du coup, ça m'est revenu ce matin.

À ce moment-là, en sentant la meute retrousser ses babines, j'ai eu pitié. J'ai eu pitié de Mme Maigre. Et puis je n'aime pas les lynchages. Ça n'honore jamais personne. Sans compter que je n'ai aucune envie que quelqu'un aille fouiller du côté de ma connaissance de Jakobson et se mette à avoir des soupçons sur la réalité de mon Q.I.

Alors j'ai fait machine arrière et je n'ai plus rien dit. J'ai écopé de deux heures de colle et Mme Maigre a sauvé sa peau de prof. Mais quand j'ai quitté la classe, j'ai senti ses petits yeux inquiets qui me suivaient jusqu'à la porte.

Et sur le chemin de la maison, je me suis dit : malheureux les pauvres d'esprit qui ne connaissent ni la transe ni la beauté de la langue.

Une impression agréable

Mais Manuela, insensible aux pas des femmes japonaises, navigue déjà vers d'autres contrées.

— La Rosen fait tout un plat parce qu'il n'y a pas deux lampes pareilles, dit-elle.

— C'est vrai ? je demande, interloquée.

— Oui, c'est vrai, me répond-elle. Et alors ? Chez les Rosen, il y a tout en double, parce qu'ils ont peur de manquer. Vous savez l'histoire préférée de Madame ?

— Non, dis-je, charmée par les hauteurs de vue où cette conversation nous mène.

— Pendant la guerre, son grand-père, qui stockait plein de choses dans sa cave, a sauvé sa famille en rendant service à un Allemand qui cherchait une bobine de fil pour recoudre un bouton à son uniforme. S'il n'avait pas eu de bobine, couic, et tous les autres avec. Eh bien croyez ou ne croyez pas, dans ses placards et à la cave, elle a tout en double. Et est-ce que ça la rend plus heureuse ? Et est-ce qu'on voit mieux dans une pièce parce qu'il y a deux lampes pareilles ?

— Je n'avais jamais pensé à ça, dis-je. C'est vrai que nous décorons nos intérieurs avec des redondances.

— Des comment ça ? demande Manuela.

— Des répétitions, comme chez les Arthens. Les mêmes lampes et vases en double sur la cheminée, les mêmes fauteuils identiques de chaque côté du canapé, deux tables de nuit assorties, des séries de bocaux semblables dans la cuisine...

— Maintenant que vous m'y faites penser, ce n'est pas que pour les lampes, reprend Manuela. En fait, il n'y a pas deux choses pareilles chez M. Ozu. Eh bien, je dois dire, ça fait une impression agréable.

— Agréable comment ? je demande.

Elle réfléchit un instant, le front plissé.

— Agréable comme après les fêtes, quand on a trop mangé. Je pense à ces moments quand tout le monde est parti... Mon mari et moi, on va à la cuisine, je prépare un petit bouillon de légumes frais, je découpe des champignons crus tout fin et on mange notre bouillon avec les champignons dedans. On a l'impression de sortir d'une tempête et que ça redevient calme.

— On n'a plus peur de manquer. On est heureux de l'instant présent.

— On sent que c'est naturel, que c'est comme ça, manger.

— On peut profiter de ce qu'on a, rien n'y fait concurrence. Une sensation après l'autre.

— Oui, on a moins mais on en profite plus.

— Qui peut manger plusieurs choses à la fois ?

— Même pas le pauvre M. Arthens.

— J'ai deux lampes assorties sur les deux tables de nuit identiques, dis-je en me rappelant soudain le fait.

— Et moi aussi, dit Manuela.

Elle hoche la tête.

— Peut-être nous sommes malades, à force de trop.

Elle se lève, m'embrasse et s'en retourne chez les Pallières à son labeur d'esclave moderne. Après son départ, je reste assise devant ma tasse de thé vide. Il reste un mendiant, que je grignote par gourmandise avec les dents de devant, comme une souris. Changer le style du croquer dedans, c'est comme déguster un nouveau mets.

Et je médite, en savourant le caractère intempestif de cette conversation. A-t-on jamais eu connaissance de bonnes et de concierges qui, devisant à l'heure de la pause, élaborent le sens culturel de la décoration d'intérieur ? Vous seriez surpris de ce que se disent les petites gens. Elles préfèrent les histoires aux théories, les anecdotes aux concepts, les images aux idées. Cela ne les empêche pas de philosopher. Ainsi, sommes-nous civilisations si rongées par le vide que nous ne vivons que dans l'angoisse du manque ? Ne jouissons-nous de nos biens ou de nos sens que lorsque nous sommes assurés d'en jouir plus encore ? Peut-être les Japonais savent-ils qu'on ne goûte un plaisir que parce qu'on le sait éphémère et unique et, au-delà de ce savoir, sont-ils capables d'en tisser leur vie.

Las. Morne et éternelle répétition m'arrachant une fois de plus à ma réflexion — l'ennui naquit un jour de l'uniformité —, on sonne à ma loge.

6

Wabi

C'est un coursier qui mâche un chewing-gum pour éléphant, à en juger par la vigueur et l'amplitude mandibulaires auxquelles cette mastication le contraint.

— Madame Michel ? demande-t-il.

Il me fourre un paquet dans les mains.

— Il n'y a rien à signer ? je demande.

Mais il a déjà disparu.

C'est un paquet rectangulaire emballé de papier kraft maintenu par une ficelle, du genre de celle qu'on utilise pour fermer les sacs à patates ou pour traîner dans l'appartement un bouchon en liège aux fins d'amuser le chat et de le contraindre au seul exercice auquel il consent. En fait, ce paquet à ficelle me fait penser aux emballages de soie de Manuela car bien que, en l'espèce, le papier tienne de la rusticité plutôt que du raffinement, il y a dans le soin apporté à l'authenticité de l'empaquetage quelque chose de similaire et de profondément adéquat. On notera que l'élaboration des concepts les plus nobles se fait à partir du trivial le plus fruste. *Le beau, c'est l'adéquation* est une pensée sublime surgie des mains d'un coursier ruminant.

L'esthétique, si on y réfléchit un peu sérieusement, n'est rien d'autre que l'initiation à la Voie de l'Adéquation, une sorte de Voie du Samouraï appliquée à l'intuition des formes authentiques. Nous avons tous ancrée en nous la connaissance de l'adéquat. C'est elle qui, à chaque instant de l'existence, nous permet de saisir ce qu'il en est de sa qualité et, en ces rares occasions où tout est harmonie, d'en jouir avec l'intensité requise. Et je ne parle pas de cette sorte de beauté qui est le domaine exclusif de l'Art. Ceux qui, comme moi, sont inspirés par la grandeur des petites choses, la traquent jusqu'au cœur de l'inessentiel, là où, parée de vêtements quotidiens, elle jaillit d'un certain ordonnancement des choses ordinaires et de la certitude que *c'est comme cela doit être,* de la conviction que *c'est bien ainsi.*

Je dénoue la ficelle et déchire le papier. C'est un livre, une belle édition reliée de cuir marine, au grain grossier très *wabi*. En japonais, *wabi* signifie « une forme effacée du beau, une qualité de raffinement masqué de rusticité ». Je ne sais pas bien ce que cela veut dire mais cette reliure est incontestablement *wabi*.

Je chausse mes lunettes et déchiffre le titre.

Bouleaux
Apprenez-moi que je ne suis rien
Et que je suis digne de vivre

Maman a annoncé hier soir au dîner comme si c'était un motif de faire couler le champagne à flots que cela faisait dix ans pile qu'elle avait commencé son « ânâlyse ». Tout le monde sera d'accord pour dire que c'est mer-veil-leux ! Je ne vois que la psychanalyse pour concurrencer le christianisme dans l'amour des souffrances qui durent. Ce que ma mère ne dit pas, c'est que ça fait dix ans aussi qu'elle prend des antidépresseurs. Mais visiblement, elle ne fait pas le lien. Moi, je crois que ce n'est pas pour alléger ses angoisses qu'elle prend des antidépresseurs mais pour supporter l'analyse. Quand elle raconte ses séances, c'est à se taper la tête contre les murs. Le gars, il fait « Hmmm » à intervalles réguliers en répétant ses fins de phrase (« Et je suis allée chez Lenôtre avec ma mère » : « Hmmm, votre mère ? » « J'aime beaucoup le chocolat » : « Hmmm, le chocolat ? »). Dans ce cas, je peux me bombarder psychanalyste demain. Sinon, il lui file des conférences de la « Cause freudienne » qui, contrairement à ce qu'on croit, ne sont pas des rébus mais devraient vouloir dire quelque chose. La fascination pour l'intelligence est quelque chose de fascinant. Pour moi, ce n'est pas une valeur en soi. Des gens intelligents, il y en a des paquets. Il y a beaucoup de débiles mais aussi beaucoup de cerveaux performants. Je vais dire une banalité mais l'intelligence, en soi, ça n'a aucune valeur ni aucun intérêt. Des gens très intelligents ont consacré leur vie à la question du sexe des anges, par exemple. Mais beaucoup d'hommes intelligents ont une sorte de bug : ils prennent l'intelligence pour une fin. Ils ont une seule idée en tête : être intelligent, ce qui est très stupide. Et quand l'intelligence se prend pour le but, elle fonctionne bizarrement : la preuve qu'elle existe ne réside pas dans l'ingéniosité et la simplicité de ce qu'elle produit mais dans l'obscurité de son expression. Si vous voyiez la littérature que maman rapporte de ses « séances »... Ça symbolise, ça pourfend le forclos et ça subsume le réel à grand renfort de mathèmes et de syntaxe douteuse. C'est n'importe quoi ! Même les textes que lit Colombe (elle travaille sur Guillaume d'Ockham, un franciscain du XIVe siècle) sont moins grotesques. Comme quoi : il vaut mieux être un moine pensant qu'un penseur postmoderne.

Et en plus, c'était la journée freudienne. L'après-midi, j'étais en train de manger du chocolat. J'aime beaucoup le chocolat et c'est sans doute le seul point commun que j'ai avec maman et avec ma sœur. En croquant dans une barre avec des noisettes, j'ai senti qu'une de mes dents se fendait. Je suis allée me voir dans la glace et j'ai constaté que, effectivement, j'avais encore perdu un petit bout d'incisive.

Cet été, à Quimper, sur le marché, je suis tombée en me prenant le pied dans une corde et je me suis à moitié cassé cette dent et, depuis, elle s'effrite un peu de temps en temps. Bref, j'ai perdu mon petit bout d'incisive et ça m'a fait rigoler parce que je me suis souvenue de ce que raconte maman sur un rêve qu'elle fait souvent : elle perd ses dents, elles deviennent noires et tombent les unes après les autres. Et voilà ce que lui a dit son analyste à propos de ce rêve : « Chère madame, un freudien vous dirait que c'est un rêve de mort. » C'est drôle, non ? Ce n'est même pas la naïveté de l'interprétation (dents qui tombent = mort, parapluie = pénis, etc.), comme si la culture n'était pas une très grande puissance de suggestion qui n'a rien à voir avec la réalité de la chose. C'est le procédé censé asseoir la supériorité intellectuelle (« un freudien vous dirait ») sur l'érudition distanciée alors que ça donne en fait l'impression que c'est un perroquet qui parle.

Heureusement, pour me remettre de tout ça, aujourd'hui, je suis allée chez Kakuro boire du thé et manger des gâteaux à la noix de coco très bons et très fins. Il est venu chez nous pour m'inviter en disant à maman : « Nous avons fait connaissance dans l'ascenseur et nous avions une très intéressante conversation en cours. » « Ah bon ? » a dit maman, surprise. « Eh bien, vous avez de la chance, ma fille ne parle guère avec nous. » « Tu veux venir boire une tasse de thé et que je te présente mes chats ? » a demandé Kakuro et bien sûr, maman, alléchée par les suites que pourrait avoir l'histoire, a accepté avec empressement. Elle se faisait déjà le plan geisha moderne invitée chez le riche monsieur japonais. Il faut dire qu'un des motifs de la fascination collective pour M. Ozu tient au fait qu'il est vraiment très riche (paraît-il). Bref, je suis allée prendre le thé chez lui et faire connaissance avec ses chats. Bon, sur ce plan, je ne suis pas tellement plus convaincue que par les miens mais ceux de Kakuro, au moins, sont décoratifs. J'ai exposé mon point de vue à Kakuro qui m'a répondu qu'il croyait au rayonnement et à la sensibilité d'un chêne, alors a fortiori à ceux d'un chat. On a continué sur la définition de l'intelligence et il m'a demandé s'il pouvait noter ma formule sur son moleskine : « Ce n'est pas un don sacré, c'est la seule arme des primates. »

Et puis on est revenus à Mme Michel. Il pense que son chat s'appelle Léon à cause de Léon Tolstoï et nous sommes d'accord pour dire qu'une concierge qui lit Tolstoï et des ouvrages de chez Vrin, ce n'est peut-être pas ordinaire. Il a même des éléments très pertinents pour penser qu'elle aime beaucoup *Anna Karénine* et il est décidé à lui en envoyer un exemplaire. « On verra bien sa réaction », a-t-il dit.

Mais ce n'est pas ça ma pensée profonde du jour. Elle vient d'une phrase que Kakuro a prononcée. On parlait de la littérature russe, que je ne connais pas du tout. Kakuro m'expliquait que ce qu'il aime dans les romans de Tolstoï, c'est que ce sont des « romans univers » et en plus que ça se passe en Russie, dans ce pays où il y a des bouleaux à chaque coin de champ et où, au moment des campagnes napoléoniennes, l'aristocratie a dû réapprendre le russe car elle ne parlait que français. Bon, ça, c'est bien du bavardage d'adulte mais ce qu'il y a de bien avec Kakuro, c'est qu'il fait tout avec politesse. C'est très agréable de l'écouter parler, même si on se fiche de ce qu'il raconte, parce qu'il vous parle réellement, il s'adresse à vous. C'est la première fois que je rencontre quelqu'un qui se soucie de moi quand il me parle : il ne guette pas l'approbation ou le désaccord, il me regarde avec l'air de dire : « Qui es-tu ? Veux-tu parler avec moi ? Comme j'ai plaisir à être avec toi ! » C'est ça que je voulais dire en parlant de politesse, cette attitude de l'un qui donne à l'autre l'impression d'être là. Bon, sur le fond, la Russie des grands Russes, je m'en fiche pas mal. Ils parlaient le français ? À la bonne heure ! Moi aussi et je n'exploite pas le moujik. Mais en revanche, je n'ai d'abord pas bien compris pourquoi, j'ai été sensible aux bouleaux. Kakuro parlait de la campagne russe avec tous ces bouleaux flexibles et bruissants et je me suis sentie légère, légère...

Après, en réfléchissant un peu, j'ai partiellement compris cette joie soudaine quand Kakuro parlait des bouleaux russes. Ça me fait le même effet quand on parle des arbres, de n'importe quel arbre : le tilleul dans la cour de la ferme, le chêne derrière la vieille grange, les grands ormes maintenant disparus, les pins courbés par le vent le long des côtes venteuses, etc. Il y a tant d'humanité dans cette capacité à aimer les arbres, tant de nostalgie de nos premiers émerveillements, tant de force à se sentir si insignifiant au sein de la nature... oui, c'est ça : l'évocation des arbres, de leur majesté indifférente et de l'amour que nous leur portons nous apprend à la fois combien nous sommes dérisoires, vilains parasites grouillant *à la surface* de la terre, et nous rend en même temps dignes de vivre, parce que nous sommes capables de reconnaître une beauté qui ne nous doit rien.

Kakuro parlait des bouleaux et, en oubliant les

psychanalystes et tous ces gens intelligents qui ne savent que faire de leur intelligence, je me sentais soudain plus grande d'être capable d'en saisir la très grande beauté.

Pluie d'été

1

Clandestine

Je chausse donc mes lunettes et déchiffre le titre.

Léon Tolstoï, *Anna Karénine.*

Avec une carte :

Chère Madame,
En hommage à votre chat,
Bien cordialement,
Kakuro Ozu

Il est toujours réconfortant d'être détrompée sur sa propre paranoïa.

J'avais vu juste. Je suis démasquée.

La panique fond sur moi.

Je me lève mécaniquement, me rassieds. Je relis la carte.

Quelque chose déménage en moi — oui, je ne sais pas le dire autrement, j'ai la sensation saugrenue qu'un module interne s'en va prendre la place d'un autre. Cela ne vous arrive jamais ? Vous ressentez des réaménagements intérieurs dont vous seriez bien incapable de décrire la nature mais c'est à la fois mental et spatial, comme un déménagement.

En hommage à votre chat.

Avec une incrédulité non feinte, j'entends un petit rire, une manière de gloussement, qui provient de ma propre gorge.

C'est angoissant mais c'est drôle.

Mue par une dangereuse impulsion — toutes les impulsions sont dangereuses chez qui vit une existence clandestine —, je vais chercher une feuille de papier, une enveloppe et un Bic (orange) et j'écris :

> *Merci, il ne fallait pas.*
> *La concierge*

Je sors dans le hall avec des précautions de Sioux — personne — et glisse la missive dans la boîte de M. Ozu.

Je retourne à ma loge à pas furtifs — puisqu'il n'y a pas âme qui vive — et, épuisée, m'écroule dans le fauteuil, le sentiment du devoir accompli.

Une puissante sensation de n'importe quoi me submerge.

N'importe quoi.

Cette impulsion stupide, loin de mettre fin à la traque, l'encourage au centuple. C'est une faute stratégique majeure. Ce fichu insu commence à me courir sur les nerfs.

Un simple : *Je ne comprends pas,* signé *la concierge* serait pourtant tombé sous le sens.

Ou encore : *Vous avez fait erreur, je vous retourne votre paquet.*

Sans chichis, court et précis : *Erreur de destinataire.*

Astucieux et définitif : *Je ne sais pas lire.*

Plus tortueux : *Mon chat ne sait pas lire.*

Subtil : *Merci, mais les étrennes se font en janvier.*

Ou encore, administratif : *Veuillez accuser réception du retour.*

Au lieu de quoi, je minaude comme si nous nous trouvions à un salon littéraire.

Merci, il ne fallait pas.

Je m'éjecte de mon fauteuil et me rue vers la porte.

Hélas, trois fois hélas.

Par la vitre, j'aperçois Paul N'Guyen qui, muni du courrier, se dirige vers l'ascenseur.

Je suis perdue.

Une seule option désormais : faire la morte.

Quoi qu'il arrive, je ne suis pas là, je ne sais rien, je ne réponds pas, je n'écris pas, je ne prends aucune initiative.

Trois jours passent, sur le fil. Je me convaincs que ce à quoi je décide de ne pas penser n'existe pas mais je n'arrête pas d'y penser, au point que j'en oublie une fois de nourrir Léon, qui est désormais le reproche muet félinifié.

Puis, vers dix heures, on sonne à ma porte.

2

La grande œuvre du sens

J'ouvre.

Devant ma loge se tient M. Ozu.

— Chère madame, me dit-il, je suis heureux
que mon envoi ne vous ait pas indisposée.

De saisissement, je ne comprends rien.

— Si, si, réponds-je en me sentant suer
comme un bœuf. Euh, non, non, me reprends-
je avec une pathétique lenteur. Eh bien, merci
bien.

Il me sourit gentiment.

— Madame Michel, je ne suis pas venu pour
que vous me remerciiez.

— Non ? dis-je en renouvelant avec brio
l'exécution du « laisser mourir sur les lèvres »
dont je partage l'art avec Phèdre, Bérénice et
cette pauvre Didon.

— Je suis venu vous prier de dîner avec moi
demain soir, dit-il. Ainsi, nous aurons l'occasion
de parler de nos goûts communs.

— Euh, dis-je — ce qui est relativement
court.

— Un dîner entre voisins, en toute simplicité, poursuit-il.

— Entre voisins ? Mais je suis la concierge, argué-je quoique fort confuse dans ma tête.

— Il est possible de posséder deux qualités à la fois, répond-il.

Sainte Marie Mère de Dieu, que faire ?

Il y a toujours la voie de la facilité, quoique je répugne à l'emprunter. Je n'ai pas d'enfants, je ne regarde pas la télévision et je ne crois pas en Dieu, toutes sentes que foulent les hommes pour que la vie leur soit plus *facile*. Les enfants aident à différer la douloureuse tâche de se faire face à soi-même et les petits-enfants y pourvoient ensuite. La télévision divertit de la harassante nécessité de bâtir des projets à partir du rien de nos existences frivoles ; en circonvenant les yeux, elle décharge l'esprit de la grande œuvre du sens. Dieu, enfin, apaise nos craintes de mammifères et l'insupportable perspective que nos plaisirs prennent fin un jour. Aussi, sans avenir ni descendance, sans pixels pour abrutir la cosmique conscience de l'absurdité, dans la certitude de la fin et l'anticipation du vide, crois-je pouvoir dire que je n'ai pas choisi la voie de la facilité.

Pourtant, je suis bien tentée.

— *Non merci, je suis déjà prise*, serait la procédure la plus indiquée.

Il en existe plusieurs variations polies.

— *C'est bien aimable à vous mais j'ai un agenda de ministre* (peu crédible).

— *Comme c'est dommage, je pars à Megève demain* (fantasque).

— *Je regrette mais j'ai de la famille* (archifaux).

— *Mon chat est malade, je ne peux pas le laisser seul* (sentimental).

— *Je suis malade, je préfère garder la chambre* (éhonté).

Je m'apprête *in fine* à dire : merci mais j'ai du monde cette semaine quand, brusquement, la sereine aménité avec laquelle M. Ozu se tient devant moi ouvre dans le temps une brèche fulgurante.

3

Hors-temps

Sous le globe chutent les flocons.

Devant les yeux de ma mémoire, sur le bureau de Mademoiselle, mon institutrice jusqu'à la classe des grands de Monsieur Servant, se matérialise la petite boule de verre. Lorsque nous avions été méritants, nous avions le droit de la retourner et de la tenir au creux de la main jusqu'à la chute du dernier flocon au pied de la tour Eiffel chromée. Je n'avais pas sept ans que je savais déjà que la lente mélopée des petites particules ouatées préfigure ce que ressent le cœur pendant une grande joie. La durée se ralentit et se dilate, le ballet s'éternise dans l'absence de heurts et lorsque le dernier flocon se pose, nous savons que nous avons vécu ce hors-temps qui est la marque des grandes illuminations. Enfant, souvent, je me demandais s'il me serait donné de vivre de pareils instants et de me tenir au cœur du lent et majestueux ballet des flocons, enfin arrachée à la morne frénésie du temps.

Est-ce cela, se sentir nue ? Tous vêtements ôtés du corps, l'esprit reste pourtant encombré de parures. Mais l'invitation de M. Ozu avait provoqué en moi le sentiment de cette nudité totale qui est celle de l'âme seule et qui, nimbée de flocons, faisait à présent à mon cœur comme une brûlure délicieuse.

Je le regarde.
Et je me jette dans l'eau noire, profonde, glacée et exquise du hors-temps.

4

Arachnéennes

— Pourquoi, mais pourquoi, pour l'amour de Dieu ? je demande l'après-midi même à Manuela.

— Comment ça ? me dit-elle en disposant le service pour le thé. Mais c'est très bien !

— Vous plaisantez, gémis-je.

— Il faut penser pratique, maintenant, dit-elle. Vous n'allez pas y aller comme ça. C'est la coiffure qui ne va pas, poursuit-elle en me regardant avec l'œil de l'expert.

Avez-vous idée des conceptions de Manuela en matière de coiffure ? Cette aristocrate du cœur est une prolétaire du cheveu. Crêpé, entortillé, gonflé puis vaporisé de substances arachnéennes, le cheveu selon Manuela doit être architectural ou n'être pas.

— Je vais aller chez le coiffeur, dis-je en essayant la non-précipitation.

Manuela me regarde d'un air soupçonneux.

— Qu'est-ce que vous allez mettre ? me demande-t-elle.

Hors mes robes de tous les jours, de vraies robes de concierge, je n'ai qu'une sorte de meringue blanche nuptiale ensevelie de naphtaline et une chasuble noire lugubre dont j'use pour les rares enterrements auxquels on me convie.

— Je vais mettre ma robe noire, dis-je.

— La robe des enterrements ? demande Manuela atterrée.

— Mais je n'ai rien d'autre.

— Alors il faut acheter.

— Mais c'est seulement un dîner.

— Je pense bien, répond la duègne qui se tapit en Manuela. Mais vous ne vous habillez pas pour dîner chez les autres ?

5

Des dentelles et des fanfreluches

La difficulté commence là : où acheter une robe ? D'ordinaire, je commande mes vêtements par correspondance, y compris chaussettes, culottes et tricots de peau. L'idée d'essayer sous l'œil d'une jouvencelle anorexique des effets qui, sur moi, auront l'air d'un sac, m'a toujours détournée des boutiques. Le malheur veut qu'il soit trop tard pour espérer une livraison dans les temps.

N'ayez qu'une seule amie mais choisissez-la bien.

Le lendemain matin, Manuela fait intrusion dans ma loge.

Elle porte une housse pour vêtements qu'elle me tend avec le sourire du triomphe.

Manuela mesure quinze bons centimètres de plus que moi et pèse dix kilos de moins. Je vois une seule femme de sa famille dont la carrure puisse convenir à la mienne : sa belle-mère, la redoutable Amalia, qui raffole étonnamment des dentelles et des fanfreluches bien qu'elle ne soit pas âme à aimer la fantaisie. Mais la passementerie façon portugaise sent son rococo : point d'imagination ni de légèreté, juste le délire de l'accumulation, qui fait ressembler les robes à des camisoles de guipure et la moindre chemise à un concours de festons.

Vous connaîtrez donc combien je suis inquiète. Ce dîner, qui s'annonce un calvaire, pourrait aussi devenir une farce.

— Vous allez ressembler à une star de cinéma, dit justement Manuela. Puis, prise de pitié : Je plaisante, et elle extirpe de la housse une robe beige qui semble dispensée de toute fioriture.

— Où avez-vous eu cela ? je demande en l'examinant.

À vue d'œil, elle est de la bonne taille. À vue d'œil aussi, c'est une robe de prix, en gabardine de laine et à la coupe très simple, avec un col chemisier et des boutons devant. Très sobre, très chic. Le genre de robe que porte Mme de Broglie.

— Je suis allée chez Maria hier soir, dit une Manuela tout spécialement aux anges.

Maria est une couturière portugaise qui habite juste à côté de chez ma sauveuse. Mais c'est bien plus qu'une simple compatriote. Maria et Manuela ont grandi ensemble à Faro, se sont mariées à deux des sept frères Lopes et les ont suivis de concert vers la France où elles ont accompli l'exploit de faire leurs enfants pratiquement en même temps, à quelques semaines d'écart. Elles vont jusqu'à avoir un chat en commun et un goût semblable pour les pâtisseries délicates.

— Vous voulez dire que c'est la robe de quelqu'un d'autre ? je demande.

— Moui, répond Manuela avec une petite moue. Mais vous savez, elle ne sera pas réclamée. La dame est morte la semaine dernière. Et d'ici à ce qu'on se rende compte qu'il y a une robe chez la couturière... vous avez le temps de dîner dix fois avec M. Ozu.

— C'est la robe d'une morte ? je répète horrifiée. Mais je ne peux pas faire ça.

— Pourquoi ça ? demande Manuela en fronçant les sourcils. C'est mieux que si elle était vivante. Imaginez si vous faites une tache. Il faut courir au pressing, trouver une excuse et tout le tintouin.

Le pragmatisme de Manuela a quelque chose de galactique. Peut-être devrais-je y puiser l'inspiration de considérer que la mort n'est rien.

— Je ne peux moralement pas faire ça, je proteste.

— Moralement ? dit Manuela en prononçant le mot comme s'il était dégoûtant. Qu'est-ce que ç'a à voir ? Est-ce que vous volez ? Est-ce que vous faites du mal ?

— Mais c'est le bien de quelqu'un d'autre, dis-je, je ne peux pas me l'approprier.

— Mais elle est morte ! s'exclame-t-elle. Et vous ne volez pas, vous empruntez pour ce soir.

Lorsque Manuela commence à broder sur les

différences sémantiques, il n'y a plus guère à lutter.

— Maria m'a dit que c'était une dame très gentille. Elle lui a donné des robes et un beau manteau en *palpaga*. Elle ne pouvait plus les mettre parce qu'elle avait grossi, alors elle a dit à Maria : est-ce que ça pourrait vous être utile ? Vous voyez, c'était une dame très gentille.

Le *palpaga* est un genre de lama à la toison de laine très prisée et à la tête ornée d'une papaye.

— Je ne sais pas..., dis-je un peu plus mollement. J'ai l'impression de voler une morte.

Manuela me regarde avec exaspération.

— Vous empruntez, vous ne volez pas. Et qu'est-ce que vous voulez qu'elle en fasse de sa robe, la pauvre dame ?

Il n'y a rien à répondre à cela.

— C'est l'heure de Mme Pallières, dit Manuela en changeant de conversation et avec ravissement.

— Je vais savourer ce moment avec vous, dis-je.

— J'y vais, annonce-t-elle en se dirigeant vers la porte. En attendant, essayez-la, allez chez le coiffeur et je reviens tout à l'heure pour voir.

Je considère la robe un moment, dubitative. En sus de la réticence à endosser l'habit d'une défunte, je redoute qu'il fasse sur moi l'effet d'une incongruité. Violette Grelier est du torchon comme Pierre Arthens est de la soie et moi de la robe-tablier informe avec imprimé mauve ou bleu marine.

Je remets l'épreuve à mon retour.

Je réalise que je n'ai même pas remercié Manuela.

C'est beau, une chorale

Hier après-midi, c'était la chorale du collège. Dans mon collège des quartiers chics, il y a une chorale ; personne ne trouve ça ringard, tout le monde se bat pour y aller mais elle est supersélect : M. Trianon, le prof de musique, trie les choristes sur le volet. La raison du succès de la chorale, c'est M. Trianon lui-même. Il est jeune, il est beau et il fait chanter aussi bien des vieux standards de jazz que les derniers tubes, orchestrés avec classe. Tout le monde se met sur son trente et un et la chorale chante devant les élèves du collège. Seuls les parents des choristes sont invités parce que sinon ça ferait trop de monde. Déjà, le gymnase est plein à craquer et il y a une ambiance du tonnerre.

Donc hier, direction le gymnase au petit trot, sous la conduite de Mme Maigre puisque d'habitude, le mardi après-midi en première heure, on a français. Sous la conduite de Mme Maigre est un bien grand mot : elle a fait ce qu'elle a pu pour suivre le rythme en soufflant comme un vieux cachalot. Bon, on a fini par arriver au gymnase, tout le monde s'est installé tant bien que mal, j'ai dû subir devant, derrière, à côté et au-dessus (sur les gradins) des conversations débiles en stéréo (portable, mode, portable, qui est avec qui, portable, les profs qui sont nuls, portable, la soirée de Cannelle) et puis les choristes sont entrés sous les acclamations, en blanc et rouge avec des nœuds papillons pour les garçons et des robes longues à bretelles pour les filles. M. Trianon s'est installé sur un tabouret, dos à l'assistance, il a levé un genre de baguette avec une petite lumière rouge clignotante au bout, le silence s'est fait et ça a commencé.

À chaque fois, c'est un miracle. Tous ces gens, tous ces soucis, toutes ces haines et tous ces désirs, tous ces désarrois, toute cette année de collège avec ses vulgarités, ses événements mineurs et majeurs, ses profs, ses élèves bigarrés, toute cette vie dans laquelle nous nous traînons, faite de cris et de larmes, de rires, de luttes, de ruptures, d'espoirs déçus et de chances inespérées : tout disparaît soudain quand les choristes se mettent à chanter. Le cours de la vie se noie dans le chant, il y a tout d'un coup une impression de fraternité, de solidarité profonde, d'amour même, et ça dilue la laideur du quotidien dans une communion parfaite. Même les visages des chanteurs sont transfigurés ; je ne vois plus Achille Grand-Fernet (qui a une très belle voix de ténor), ni Déborah Lemeur ni Ségolène Rachet ni Charles Saint-Sauveur. Je vois des êtres humains qui se donnent dans le chant.

À chaque fois, c'est pareil, j'ai envie de pleurer, j'ai la gorge toute serrée et je fais mon possible pour me maîtriser mais, des fois, c'est à la limite : je peux à peine me retenir de sangloter. Alors quand il y a un canon, je regarde par terre parce que c'est trop d'émotion à la fois : c'est trop beau, trop solidaire, trop merveilleusement communiant. Je ne suis plus moi-même, je suis une part d'un tout sublime auquel les autres appartiennent aussi et je me demande toujours à ce moment-là pourquoi ce n'est pas la règle du quotidien au lieu d'être un moment exceptionnel de chorale.

Lorsque la chorale s'arrête, tout le monde acclame, le visage illuminé, les choristes rayonnants. C'est tellement beau.

Finalement, je me demande si le vrai mouvement du monde, ce n'est pas le chant.

6

Un rafraîchissement

Le croirez-vous, je ne suis jamais allée chez le coiffeur. En quittant la campagne pour la ville, j'avais découvert qu'il existait deux métiers qui me semblaient également aberrants en ce qu'ils accomplissaient un office que chacun devait pourtant pouvoir réaliser soi-même. J'ai encore aujourd'hui du mal à considérer que les fleuristes et les coiffeurs ne sont pas des parasites, qui vivant de l'exploitation d'une nature qui appartient à tous, qui accomplissant avec force simagrées et produits odorants une tâche que j'effectue seule dans ma salle de bains avec une paire de ciseaux bien coupants.

— Qui vous a coupé les cheveux comme ça ? demande avec indignation la coiffeuse à laquelle, au prix d'un effort dantesque, je suis allée confier le soin de faire de ma chevelure une œuvre domestiquée.

Elle tire et agite de chaque côté de mes oreilles deux mèches de taille incommensurable.

— Enfin, je ne vous le demande pas, reprend-elle d'un air dégoûté, en m'épargnant la honte de devoir me dénoncer moi-même. Les gens ne respectent plus rien, je vois ça tous les jours.

— Je veux juste un rafraîchissement, dis-je.

Je ne sais pas trop ce que ça signifie mais c'est une réplique classique des séries télé qui passent en début d'après-midi et sont peuplées de jeunes femmes très maquillées qui se trouvent invariablement chez le coiffeur ou au centre de gymnastique.

— Un rafraîchissement ? Il n'y a rien à rafraîchir ! dit-elle. Tout est à faire, madame !

Elle regarde mon crâne d'un air critique, émet un petit sifflement.

— Vous avez de beaux cheveux, c'est déjà ça. On devrait pouvoir en tirer quelque chose.

De fait, ma coiffeuse se révèle être bonne fille. Passé un courroux dont la légitimité consiste surtout à asseoir la sienne — et parce qu'il est si bon de reprendre le script social auquel nous devons allégeance —, elle s'occupe de moi avec gentillesse et gaieté.

Que peut-on faire d'une masse fournie de cheveux sinon la tailler en tous sens lorsqu'elle prend de l'ampleur ? constituait mon précédent credo en matière de coiffage. Sculpter dans l'agglomérat afin qu'il prenne une forme est désormais ma conception capillaire de pointe.

— Vous avez vraiment de beaux cheveux, finit-elle par dire en observant son ouvrage, visiblement satisfaite —, ils sont épais et soyeux. Vous ne devriez pas les confier à n'importe qui.

Une coiffure peut-elle nous transformer à ce point ? Je ne crois pas moi-même à mon propre reflet dans la glace. Le casque noir emprisonnant une figure que j'ai déjà dite ingrate est devenu vague légère batifolant autour d'un visage qui n'est plus si laid. Cela me donne un air... respectable. Je me trouve même un faux air de matrone romaine.

— C'est... fantastique, dis-je tout en me demandant comment dérober cette folie inconsidérée aux regards des résidents.

Il n'est pas concevable que tant d'années à poursuivre l'invisibilité s'échouent sur le banc de sable d'une coupe à la matrone.

Je rentre à la maison en rasant les murs. Par une chance inouïe, je ne croise personne. Mais il me semble que Léon me regarde bizarrement. Je m'approche de lui et il rabat les oreilles en arrière, signe de colère ou de perplexité.

— Allons bon, lui dis-je, tu n'aimes pas ? — avant de réaliser qu'il hume frénétiquement alentour.

Le shampooing. J'empeste l'avocat et l'amande.

Je me colle un foulard sur la tête et vaque à tout un tas d'occupations passionnantes, dont l'apogée consiste en un nettoyage consciencieux des boutons en laiton de la cage d'ascenseur.

Puis il est treize heures cinquante.

Dans dix minutes, Manuela surgira du néant de l'escalier pour venir inspecter les travaux finis.

Je n'ai guère le temps de méditer. J'ôte mon foulard, me dévêts à la hâte, passe la robe de gabardine beige qui appartient à une morte et on frappe à la porte.

7

Pomponnée comme une rosière

— Waouh, zut alors, dit Manuela.

Une onomatopée et une familiarité pareille dans la bouche de Manuela, que je n'ai jamais entendue prononcer un mot trivial, c'est un peu comme si le pape, s'oubliant, lançait aux cardinaux : *Mais où est donc cette saleté de mitre ?*

— Ne vous moquez pas, dis-je.

— Me moquer ? dit-elle. Mais Renée, vous êtes superbe !

Et d'émotion, elle s'assied.

— Une vraie dame, ajoute-t-elle.

C'est bien ce qui m'inquiète.

— Je vais avoir l'air ridicule à venir dîner comme ça, pomponnée comme une rosière, dis-je en préparant le thé.

— Pas du tout, dit-elle, c'est naturel, on dîne, on s'habille. Tout le monde trouve ça normal.

— Oui mais ça, dis-je en portant la main à mon crâne et en ressentant le même choc à palper quelque chose d'aérien.

— Vous avez mis quelque chose sur la tête

après, c'est tout aplati derrière, dit Manuela en fronçant les sourcils, tout en exhumant de son cabas un petit baluchon de papier de soie rouge.

— Des pets-de-nonne, dit-elle.

Oui, passons à autre chose.

— Alors ? je demande.

— Ah si vous aviez vu ça ! soupire-t-elle. J'ai cru qu'elle allait avoir une crise cardiaque. J'ai dit : Madame Pallières, je regrette mais je ne vais plus pouvoir venir. Elle m'a regardée, elle n'a pas compris. J'ai dû lui redire deux fois ! Alors elle s'est assise et elle m'a dit : Mais qu'est-ce que je vais faire ?

Manuela fait une pause, contrariée.

— Si encore elle avait dit : Mais qu'est-ce que je vais faire *sans vous* ? Elle a de la chance que je place Rosie. Sinon je lui aurais dit : Madame Pallières, vous pouvez bien faire ce que vous voulez, je m'en f...

Foutue mitre, dit le pape.

Rosie est une des nombreuses nièces de Manuela. Je sais ce que cela veut dire. Manuela songe au retour mais un filon aussi juteux que le 7 rue de Grenelle doit rester en famille — aussi introduit-elle Rosie dans la place en prévision du grand jour.

Mon Dieu, mais que vais-je faire sans Manuela ?

— Que vais-je faire sans vous ? lui dis-je en souriant.

Nous avons soudain toutes les deux les larmes aux yeux.

— Vous savez ce que je crois ? demande Manuela en s'essuyant les joues avec un très grand mouchoir rouge façon toréador. J'ai lâché Mme Pallières, c'est un signe. Il va y avoir des bons changements.

— Vous a-t-elle demandé pourquoi ?

— C'est ça le meilleur, dit Manuela. Elle n'a pas osé. La bonne éducation, des fois, c'est un problème.

— Mais elle va très vite l'apprendre, dis-je.

— Oui, souffle Manuela le cœur en liesse. Mais vous savez ? ajoute-t-elle. Dans un mois, elle va me dire : C'est une perle, votre petite Rosie, Manuela. Vous avez bien fait de passer la main. Ah ces riches... Crotte alors !

Fucking mitre, s'énerve le pape.

— Quoi qu'il arrive, dis-je, nous sommes amies.

Nous nous regardons en souriant.

— Oui, dit Manuela. Quoi qu'il arrive.

Pensée profonde n° 12

Cette fois-ci une question
Sur le destin
Et ses écritures précoces
Pour certains
Et pas pour d'autres

Je suis bien embêtée : si je mets le feu à l'appartement, ça risque d'endommager celui de Kakuro. Compliquer l'existence de la seule personne adulte qui, jusque-là, me semble digne d'estime n'est quand même pas très pertinent. Mais mettre le feu, c'est tout de même un projet auquel je tiens. Aujourd'hui, j'ai fait une rencontre passionnante. Je suis allée chez Kakuro prendre le thé. Il y avait Paul, son secrétaire. Kakuro nous a invitées, Marguerite et moi, en nous croisant dans le hall avec maman. Marguerite est ma meilleure amie. On est dans la même classe depuis deux ans et, dès le départ, ç'a été le coup de foudre. Je ne sais pas si vous avez la moindre idée de ce que c'est qu'un collège à Paris aujourd'hui, dans les quartiers chics, mais franchement, ça n'a rien à envier aux quartiers nord de Marseille. C'est peut-être même pire parce que là où il y a de l'argent, il y a de la drogue — et pas qu'un peu et pas que d'une sorte. Les amis ex-soixante-huitards de maman me font bien rigoler avec leurs souvenirs émoustillés de pétards et de pipes tchét-chènes. Au collège (public tout de même, mon père a été ministre de la République), on peut tout acheter : acide, ecstasy, coke, speed, etc. Quand je pense au temps où les ados sniffaient de la colle dans les toilettes, ça sent bon la guimauve. Mes camarades de classe se défoncent à l'ecstasy comme on gobe des Michoko et, le pire, c'est que là où il y a de la drogue, il y a du sexe. Ne soyez pas étonnés : aujourd'hui, on couche très tôt. Il y a des sixièmes (bon, pas beaucoup, mais quelques-uns quand même) qui ont déjà eu des relations sexuelles. C'est navrant. Un, je crois que le sexe, comme l'amour, est une chose sacrée. Je ne m'ap-pelle pas de Broglie mais si j'avais vécu au-delà de la puberté, j'aurais eu à cœur d'en faire un sacre-ment merveilleux. Et de deux, un ado qui joue à l'adulte reste quand même un ado. Imaginer que se défoncer en soirée et coucher va vous bombarder personne à part entière, c'est comme croire qu'un déguisement fait de vous un Indien. Et de trois, c'est quand même une drôle de conception de la vie que de vouloir devenir adulte en imitant tout ce qu'il y a de plus catastrophique dans l'adultitude... Moi, avoir vu ma mère se shooter aux antidépresseurs et aux somnifères, ça m'a vaccinée pour la vie contre ce genre de substances. Finalement, les ados croient devenir adultes en singeant des adultes qui sont res-tés des gosses et fuient devant la vie. C'est pathé-tique. Remarquez que si j'étais Cannelle Martin, la pin-up de ma classe, je me demande bien ce que je ferais de mes journées à part me droguer. Son destin est déjà écrit sur son front. Dans quinze ans, après avoir fait un riche mariage pour faire un riche mariage, elle sera trompée par son mari qui cherchera chez d'autres femmes ce que sa parfaite, froide et futile épouse aura toujours été bien incapable de lui donner — disons de la chaleur humaine et sexuelle. Elle reportera donc toute son énergie sur ses maisons et ses enfants dont, par vengeance inconsciente, elle fera des clones d'elle-même. Elle fardera et habillera ses filles comme des courtisanes de luxe, les jettera dans les bras du premier financier venu et chargera ses fils de conquérir le monde, comme leur père, et de tromper leurs femmes avec des filles de rien. Vous pensez que je divague ? Quand je regarde Cannelle Martin, ses longs cheveux blonds vaporeux, ses grands yeux bleus, ses minijupes écossaises, ses tee-shirts ultramoulants et son nombril parfait, je vous assure que je le vois aussi nettement que si c'était déjà arrivé. Pour l'instant, tous les garçons de la classe bavent devant elle et elle a l'illusion que ces hommages de la puberté masculine à l'idéal de consommation féminine qu'elle représente sont des reconnaissances de son charme personnel. Vous pensez que je suis méchante ? Pas du tout, ça me fait vraiment souffrir de voir ça, j'ai mal pour elle, vraiment mal pour elle. Alors quand j'ai vu Marguerite pour la première fois... Marguerite est d'origine africaine et si elle s'appelle Marguerite, ce n'est pas parce qu'elle habite Auteuil, c'est parce que c'est un nom de fleur. Sa maman est française et son papa est d'origine nigériane. Il travaille au Quai d'Orsay mais il ne ressemble pas du tout aux diplomates que nous connaissons. Il est simple. Il a l'air d'aimer ce qu'il fait. Il n'est pas du tout cynique. Et il a une fille belle comme le jour : Marguerite, c'est la beauté même, un teint, un sourire, des cheveux de rêve. Et elle sourit tout le temps. Quand Achille Grand-Fernet (le coq de la classe) lui a chanté, le premier jour : « Mélissa métisse d'Ibiza vit toujours dévêtue », elle lui a répondu illico et avec un grand sourire : « Allô maman bobo, comment tu m'as fait j'suis pas beau. » Ça, chez Marguerite, c'est quelque chose que j'admire : ce n'est pas une flèche côté conceptuel ou logique mais elle a un sens de la repartie inouï. C'est un don. Moi, je suis intellectuellement surdouée, Marguerite, c'est une pointure de l'à-propos. J'adorerais être comme elle ; moi, je trouve toujours la réplique cinq minutes trop tard et je refais le dialogue dans ma tête. Quand Colombe, la première fois que Marguerite est venue à la maison, lui a dit : « Marguerite, c'est joli, ça, mais c'est un prénom de grand-mère », elle lui a répondu du tac au tac : « Au moins, c'est pas un nom d'oiseau. » Elle en est restée la bouche ouverte, Colombe, c'était délectable ! Elle a dû la ruminer pendant des heures, la subtilité de la réponse de Marguerite, en se racontant que c'était sans doute un hasard — mais troublée, quand même ! Même chose, quand Jacinthe Rosen, la grande copine de maman, lui a dit : « Ça ne doit pas être facile à coiffer, des cheveux comme les tiens » (Marguerite a une tignasse de lionne des savanes), elle lui a répondu : « Moi pas comprendre quoi la dame blanche dire. »

Avec Marguerite, notre sujet de conversation favori, c'est l'amour. Qu'est-ce que c'est ? Comment on aimera ? Qui ? Quand ? Pourquoi ? Nos avis divergent. Curieusement, Marguerite a une vision intellectuelle de l'amour, alors que je suis une incorrigible romantique. Elle voit dans l'amour le fruit d'un choix rationnel (du genre www.nosgoûts.com) tandis que j'en fais le fils d'une pulsion délicieuse. Nous sommes en revanche d'accord sur une chose : aimer, ça ne doit pas être un moyen, ça doit être un but.

Notre autre sujet de conversation de prédilection, c'est la prospective en matière de destin. Cannelle Martin : délaissée et trompée par son mari, marie sa fille à un financier, encourage son fils à tromper sa femme, finit sa vie à Chatou dans une chambre à huit mille euros le mois. Achille Grand-Fernet : devient accro à l'héroïne, entre en cure à vingt ans, reprend l'entreprise de sacs plastique de papa, se marie à une blonde décolorée, engendre un fils schizophrène et une fille anorexique, devient alcoolique, meurt d'un cancer du foie à quarante-cinq ans. Etc. Et si vous voulez mon avis, le plus terrible, ce n'est pas qu'on joue à ce jeu : c'est que ce n'est pas un jeu.

Toujours est-il qu'en nous croisant dans le hall, Marguerite, maman et moi, Kakuro a dit : « J'ai ma petite-nièce qui vient chez moi cet après-midi, voulez-vous vous joindre à nous ? » Maman a dit : « Oui, oui, bien sûr » avant qu'on ait le temps de dire ouf, en sentant se rapprocher l'heure de descendre elle-même à l'étage du dessous. Et donc nous y sommes allées. La petite-nièce de Kakuro s'appelle Yoko, c'est la fille de sa nièce Élise qui est elle-même la fille de sa sœur Mariko. Elle a cinq ans. C'est la plus jolie petite fille de la terre ! Et adorable, avec ça. Elle pépie, elle gazouille, elle glousse, elle regarde les gens avec le même air bon et ouvert que son grand-oncle. On a joué à cache-cache, et quand Marguerite l'a trouvée dans un placard de la cuisine, elle a tellement ri qu'elle a fait pipi dans sa culotte. Ensuite, on a mangé du gâteau au chocolat en discutant avec Kakuro, elle nous écoutait en nous regardant gentiment avec ses grands yeux (et du chocolat jusque sur les sourcils).

En la regardant, je me suis demandé : « Est-ce qu'elle aussi, elle va devenir comme les autres ? » J'ai tenté de l'imaginer avec dix ans de plus, blasée, en bottes montantes avec une cigarette au bec, et encore dix ans plus tard dans un intérieur aseptisé à attendre le retour de ses enfants en jouant à la bonne mère et épouse japonaise. Mais ça ne marchait pas.

Alors j'ai ressenti un grand sentiment de bonheur. C'est la première fois de ma vie que je rencontre quelqu'un dont le destin ne m'est pas prévisible, quelqu'un pour qui les chemins de la vie restent ouverts, un quelqu'un plein de fraîcheur et de possibles. Je me suis dit : « Oh, oui, Yoko, j'ai envie de la voir grandir » et je savais que ce n'était pas qu'une illusion liée à sa jeunesse parce que aucun des enfants des amis de mes parents ne m'a jamais fait cette impression-là. Je me suis dit aussi que Kakuro devait être comme ça, quand il était petit, et je me suis demandé si quelqu'un, à l'époque, l'avait regardé comme je regardais Yoko, avec plaisir et curiosité, en attendant de voir le papillon sortir de sa chrysalide et en étant à la fois ignorant et confiant dans les motifs de ses ailes.

Alors je me suis posé une question : Pourquoi ? Pourquoi ceux-là et pas les autres ?

Et encore une autre : Et moi ? Est-ce que mon destin se voit déjà sur mon front ? Si je veux mourir, c'est parce que je le crois.

Mais si, dans notre univers, il existe la possibilité de devenir ce qu'on n'est pas encore... est-ce que je saurai la saisir et faire de ma vie un autre jardin que celui de mes pères ?

8

Par l'enfer

À sept heures, plus morte que vive, je me dirige vers le quatrième étage, en priant à m'en faire péter les jointures pour ne croiser personne.

Le hall est désert.

L'escalier est désert.

Le palier devant chez M. Ozu est désert.

Ce désert silencieux, qui aurait dû me combler, emplit mon cœur d'un sombre pressentiment et je suis saisie d'une irrépressible envie de fuir. Ma loge obscure m'apparaît soudain comme un refuge douillet et radieux et j'ai une bouffée de nostalgie en songeant à Léon affalé devant une télévision qui ne me semble plus si inique. Après tout, qu'ai-je à perdre ? Je peux tourner les talons, descendre l'escalier, réintégrer mon logis. Rien n'est plus facile. Rien ne tombe plus sous le sens, au contraire de ce dîner qui frôle l'absurdité.

Un bruit au cinquième, juste au-dessus de ma tête, interrompt mes pensées. De peur, je me mets instantanément à transpirer — quelle grâce — et, sans même comprendre le geste, enfonce avec frénésie le bouton de la sonnette.

Pas même le temps d'avoir le cœur qui bat : la porte s'ouvre.

M. Ozu m'accueille avec un grand sourire.

— Bonsoir madame ! claironne-t-il avec, on dirait, une allégresse non feinte.

Par l'enfer, le bruit au cinquième se précise : quelqu'un ferme une porte.

— Eh bien bonsoir, dis-je et je bouscule pratiquement mon hôte pour entrer.

— Laissez-moi vous débarrasser, dit M. Ozu en continuant de sourire beaucoup.

Je lui tends mon sac à main en parcourant du regard l'immense vestibule.

Mon regard heurte quelque chose.

9

D'or mat

Juste en face de l'entrée, dans un rai de lumière, il y a un tableau.

Voici la situation : moi, Renée, cinquante-quatre ans et des oignons aux pieds, née dans la fange et destinée à y demeurer, me rendant à dîner chez un riche Japonais dont je suis la concierge pour la seule faute d'avoir sursauté à une citation de *Anna Karénine*, moi, Renée, inti-midée et effrayée jusqu'en ma plus intime moelle et consciente à m'en évanouir de l'in-convenance et du caractère blasphématoire de ma présence en ce lieu qui, bien que spatiale-ment accessible, n'en signifie pas moins un monde auquel je n'appartiens pas et qui se garde des concierges, moi, Renée, donc, je porte comme par mégarde le regard juste der-rière M. Ozu sur ce rai de lumière frappant un petit tableau au cadre de bois sombre.

On ne trouvera que toute la splendeur de l'Art pour expliquer l'évanouissement soudain de la conscience de mon indignité au profit d'une syncope esthétique. Je ne me connais plus. Je contourne M. Ozu, happée par la vision.

C'est une nature morte qui représente une table dressée pour une collation légère d'huîtres et de pain. Au premier plan, dans une assiette en argent, un citron à demi dénudé et un couteau au manche ciselé. À l'arrière-plan, deux huîtres fermées, un éclat de coquille dont la nacre est visible et une assiette en étain qui contient sans doute du poivre. Entre deux, un verre couché, un petit pain à la mie blanche dévoilée et, sur la gauche, un grand verre à demi rempli d'un liquide pâle et doré, bombé comme une coupole inversée et au pied large et cylindrique orné de pastilles de verre. La gamme chromatique va du jaune à l'ébène. Le fond est d'or mat, un peu sale.

Je suis une fervente amatrice de natures mortes. J'ai emprunté à la bibliothèque tous les ouvrages du fonds pictural et y ai traqué les œuvres du genre. J'ai visité le Louvre, Orsay, le musée d'Art moderne et j'ai vu — révélation et éblouissement — l'exposition Chardin de 1979 au Petit Palais. Mais toute l'œuvre de Chardin ne vaut pas une seule pièce maîtresse de la peinture hollandaise du XVIIe siècle. Les natures mortes de Pieter Claesz, de Willem Claesz-Heda, de Willem Kalf et de Osias Beert sont les chefs-d'œuvre du genre — et des chefs-d'œuvre tout court, pour lesquels, sans un instant d'hésitation, je donnerais tout le quattrocento italien.

Or celle-ci, sans hésitation non plus, est indubitablement un Pieter Claesz.

— C'est une copie, dit derrière moi un M. Ozu que j'ai complètement oublié.

Faut-il que cet homme me fasse encore sursauter.

Je sursaute.

Je m'apprête, me ressaisissant, à dire quelque chose comme :

— C'est très joli, qui est à l'Art ce que *pallier à* est à la beauté de la langue.

Je m'apprête, dans la maîtrise retrouvée de mes moyens, à reprendre mon rôle de gardienne obtuse en poursuivant avec un :

— Qu'est-ce qu'on n'est pas capable de faire aujourd'hui (en réponse au : c'est une copie).

Et je m'apprête également à assener le coup fatal, dont les soupçons de M. Ozu ne se relèveront pas et qui assiéra pour toujours l'évidence de mon indignité :

— Ils sont bizarres, les verres.

Je me retourne.

Les mots :

— Une copie de quoi ? que je décide soudain être les plus appropriés se coincent dans ma gorge.

Au lieu de ça, je dis :

— Comme c'est beau.

10

Quelle congruence ?

D'où vient l'émerveillement que nous ressentons devant certaines œuvres ? L'admiration y naît au premier regard et si nous découvrons ensuite, dans la patiente obstination que nous mettons à en débusquer les causes, que toute cette beauté est le fruit d'une virtuosité qui ne se décèle qu'à scruter le travail d'un pinceau qui a su dompter l'ombre et la lumière et restituer en les magnifiant les formes et les textures — joyau transparent du verre, grain tumultueux des coquilles, velouté clair du citron —, cela ne dissipe ni n'explique le mystère de l'éblouissement premier.

C'est une énigme toujours renouvelée : les grandes œuvres sont des formes visuelles qui atteignent en nous à la certitude d'une intemporelle adéquation. L'évidence que certaines formes, sous l'aspect particulier que leur donnent leurs créateurs, traversent l'histoire de l'Art et, en filigrane du génie individuel, constituent autant de facettes du génie universel

a quelque chose de profondément troublant.
Quelle congruence entre un Claesz, un Raphaël,
un Rubens et un Hopper ? En dépit de la diversité des sujets, des supports et des techniques,
en dépit de l'insignifiance et de l'éphémère
d'existences toujours vouées à n'être que d'un
seul temps et d'une seule culture, en dépit
encore de l'unicité de tout regard, qui ne voit
jamais que ce que sa constitution lui permet et
souffre de la pauvreté de son individualité, le
génie des grands peintres a percé jusqu'au cœur
du mystère et a exhumé, sous diverses appa-
rences, la même forme sublime que nous cher-
chons en toute production artistique. Quelle
congruence entre un Claesz, un Raphaël, un
Rubens et un Hopper ? L'œil y trouve sans avoir
à la chercher une forme qui déclenche la sensation de l'adéquation, parce qu'elle apparaît à
chacun comme l'essence même du Beau, sans
variations ni réserve, sans contexte ni effort. Or,
dans la nature morte au citron, irréductible à la
maestria de l'exécution, faisant jaillir le sentiment de l'adéquation, le sentiment que *c'est
ainsi que cela devait être disposé*, permettant de
sentir la puissance des objets et de leurs interactions, de tenir dans son regard leur solidarité et
les champs magnétiques qui les attirent ou les
repoussent, le lien ineffable qui les tisse et
engendre une *force*, cette onde secrète et inex-
pliquée qui naît des états de tension et d'équilibre de la configuration — faisant jaillir, donc,
le sentiment de l'adéquation, la disposition des

objets et des mets atteignait à cet universel dans la singularité : à l'intemporel de la forme adéquate.

11

Une existence sans durée

À quoi sert l'Art ? À nous donner la brève mais fulgurante illusion du camélia, en ouvrant dans le temps une brèche émotionnelle qui semble irréductible à la logique animale. Comment naît l'Art ? Il s'accouche de la capacité qu'a l'esprit à sculpter le domaine sensoriel. Que fait l'Art pour nous ? Il *met en forme* et rend visibles nos émotions et, ce faisant, leur appose ce cachet d'éternité que portent toutes les œuvres qui, au travers d'une forme particulière, savent incarner l'universalité des affects humains.

Le cachet de l'éternité... Quelle vie absente ces mets, ces coupes, ces tapis et ces verres suggèrent-ils à notre cœur ? Au-delà des bords du tableau, sans doute, le tumulte et l'ennui de la vie, cette incessante et vaine course harassée de projets — mais au-dedans, la plénitude d'un moment suspendu arraché au temps de la convoitise humaine. La convoitise humaine ! Nous ne pouvons cesser de désirer et cela même nous magnifie et nous tue. Le désir ! Il

253

nous porte et nous crucifie, en nous conduisant chaque jour au champ de bataille où nous avons perdu la veille mais qui, dans le soleil, nous semble à nouveau un terrain de conquêtes, nous fait bâtir, alors que nous mourrons demain, des empires voués à devenir poussière, comme si le savoir que nous avons de leur chute prochaine n'importait pas à la soif de les édifier maintenant, nous insuffle la ressource de vouloir encore ce que nous ne pouvons posséder et nous jette au petit matin sur l'herbe jonchée de cadavres, nous pourvoyant jusqu'à notre mort en projets sitôt accomplis et sitôt renaissants. Mais il est si exténuant de désirer sans cesse... Nous aspirons bientôt à un plaisir sans quête, nous rêvons d'un état bienheureux qui ne commencerait ni ne finirait et où la beauté ne serait plus fin ni projet mais deviendrait l'évidence même de notre nature. Or, cet état, c'est l'Art. Car cette table, ai-je dû la dresser ? Ces mets, dois-je les convoiter pour les voir ? Quelque part, *ailleurs*, quelqu'un a voulu ce repas, a aspiré à cette transparence minérale et poursuivi la jouissance de caresser de sa langue le soyeux salé d'une huître au citron. Il a fallu ce projet, enchâssé dans cent autres, en faisant jaillir mille, cette intention de préparer et de savourer une agape de coquillages — ce projet de l'autre, au vrai, pour que le tableau prenne forme.

Mais lorsque nous regardons une nature morte, lorsque nous nous délectons sans l'avoir poursuivie de cette beauté qu'emporte avec elle la figuration magnifiée et immobile des choses, nous jouissons de ce que nous n'avons pas eu à convoiter, nous contemplons ce que nous n'avons pas eu à vouloir, nous chérissons ce que nous n'avons pas dû désirer. Alors la nature morte, parce qu'elle figure une beauté qui parle à notre désir mais est accouchée de celui d'un autre, parce qu'elle convient à notre plaisir sans entrer dans aucun de nos plans, parce qu'elle se donne à nous sans l'effort que nous la désirions, incarne-t-elle la quintessence de l'Art, cette certitude de l'intemporel. Dans la scène muette, sans vie ni mouvement, s'incarne un temps excepté de projets, une perfection arrachée à la durée et à sa lasse avidité — un plaisir sans désir, une existence sans durée, une beauté sans volonté.

Car l'Art, c'est l'émotion sans le désir.

Journal du mouvement du monde n° 5

Bougera bougera pas

Aujourd'hui, maman m'a emmenée chez son psy. Motif : je me cache. Voilà ce que m'a dit maman : « Ma chérie, tu sais bien que ça nous rend fous que tu te caches comme ça. Je pense que ce serait une bonne idée que tu viennes en discuter avec le docteur Theid, surtout après ce que tu as dit l'autre fois. » Et d'une, le docteur Theid n'est docteur que dans le petit cerveau perturbé de ma mère. Il n'est pas plus médecin ou titulaire d'une thèse que moi mais ça provoque manifestement chez maman une très grande satisfaction de dire « docteur », rapport à l'ambition qu'il a apparemment de la soigner mais en prenant son temps (dix ans). C'est juste un ancien gauchiste reconverti à la psychanalyse après quelques années d'études pas violentes à Nanterre et une rencontre providentielle avec un ponte de la Cause freudienne. Et de deux, je ne vois pas où est le problème. « Je me cache » n'est d'ailleurs pas vrai : je m'isole là où on ne peut pas me trouver. Je veux juste pouvoir écrire mes *Pensées profondes* et mon *Journal du mouvement du monde* en paix et, avant, je voulais seulement pouvoir penser tranquillement dans ma tête sans être perturbée par les débilités que ma sœur dit ou écoute à la radio ou sur sa chaîne, ou sans être dérangée par maman qui vient me susurrer : « Mamie est là, ma chérie, viens lui faire un bisou », ce qui est une phrase parmi les moins captivantes que je connaisse.

Quand papa, qui fait ses yeux fâchés, me demande : « Mais enfin, pourquoi te caches-tu ? », en général, je ne réponds pas. Qu'est-ce qu'il faut que je dise ? « Parce que vous me tapez sur les nerfs et que j'ai une œuvre d'envergure à écrire avant de mourir » ? Évidemment, je ne peux pas. Alors la dernière fois, j'ai essayé l'humour, histoire de dédramatiser. J'ai pris un air un peu égaré et j'ai dit, en regardant papa et avec une voix de mourante : « C'est à cause de toutes ces voix dans ma tête. » Saperlipopette : ç'a été le branle-bas de combat général ! Papa a eu les yeux qui lui sortaient de la tête, maman et Colombe ont rappliqué dare-dare quand il est allé les chercher et tout le monde me parlait en même temps : « Ma chérie, ce n'est pas grave, on va te sortir de là » (papa), « J'appelle le docteur Theid tout de suite » (maman), « Combien de voix tu entends ? » (Colombe), etc. Maman avait sa mine des grands jours, partagée entre l'inquiétude et l'excitation : et si ma fille était un Cas pour la science ? Quelle horreur mais quelle gloire ! Bon, en les voyant s'affoler comme ça, j'ai dit : « Mais non, je blaguais ! » mais j'ai dû le répéter plusieurs fois avant qu'ils m'entendent et plus encore avant qu'ils me croient. Et encore, je ne suis pas certaine de les avoir convaincus. Bref, maman a pris rendez-vous pour moi avec Doc T. et nous y sommes allées ce matin.

D'abord on a attendu dans une salle d'attente très chic avec des magazines d'époques diverses : des *Géo* d'il y a dix ans et le dernier *Elle* bien en évidence sur le dessus. Et puis Doc T. est arrivé. Conforme à sa photo (dans une revue que maman a montrée à tout le monde) mais en vrai c'est-à-dire en couleurs et en odeur : marron et pipe. La cinquantaine fringante, la mise soignée mais surtout cheveux, barbe rase, teint (option Seychelles), pull, pantalon, chaussures, bracelet de montre : tout était marron, dans la même nuance, c'est-à-dire comme un vrai marron. Ou comme les feuilles mortes. Avec, en plus, une odeur de pipe haut de gamme (tabac blond : miel et fruits secs). Bon, me suis-je dit, allons-y pour une petite session dans le genre conversation automnale au coin du feu entre gens bien nés, une conversation raffinée, constructive et même peut-être soyeuse (j'adore cet adjectif).

Maman est entrée avec moi, on s'est assises sur deux chaises devant son bureau et il s'est assis derrière, dans un grand fauteuil pivotant avec des oreilles bizarres, un peu genre *Star Trek*. Il a croisé ses mains sur son ventre, il nous a regardées et il a dit : « Je suis content de vous voir, toutes les deux. »

Alors là, ça partait très mal. Ça m'a illico chauffé les oreilles. Une phrase de commercial de supermarché pour vendre des brosses à dents à double face à Madame et sa fille planquées derrière leur Caddie, ce n'est pas ça qu'on attend d'un psy, quand même. Mais ma colère s'est arrêtée net quand j'ai pris conscience d'un fait passionnant pour mon *Journal du mouvement du monde*. J'ai bien regardé, en me concentrant de toutes mes forces et en me disant : non, ce n'est pas possible. Mais si, mais si ! C'était possible ! Incroyable ! J'étais fascinée, à tel point que j'ai à peine écouté maman raconter toutes ses petites misères (ma fille se cache, ma fille nous fait peur en nous racontant qu'elle entend des voix, ma fille ne nous parle pas, nous sommes inquiets pour ma fille) en disant « ma fille » deux cents fois alors que j'étais à quinze centimètres et, quand il m'a parlé, du coup, ça m'a presque fait sursauter.

Il faut que je vous explique. Je savais que le Doc T. était vivant parce qu'il avait marché devant moi, il s'était assis et il avait parlé. Mais pour le reste, il aurait pu aussi bien être mort : il ne bougeait pas. Une fois calé dans son fauteuil de l'espace, plus un mouvement : juste les lèvres qui frémissaient mais avec une grande économie. Et le reste : immobile, parfaitement immobile. D'habitude, quand on parle, on ne bouge pas que les lèvres, ça entraîne forcément d'autres mouvements : muscles du visage, gestes très légers des mains, du cou, des épaules ; et quand on ne parle pas, il est tout de même très difficile de rester parfaitement immobile ; il y a toujours un petit tremblotement quelque part, un cillement des paupières, un mouvement imperceptible du pied, etc.

Mais là : rien ! Nada ! Wallou ! Nothing ! Une statue vivante ! Alors ça ! « Alors, jeune fille, m'a-t-il dit en me faisant sursauter, que dis-tu de tout ça ? » J'ai eu du mal à réunir mes pensées parce que j'étais complètement happée par son immobilité et, du coup, j'ai mis un peu de temps à répondre. Maman se tortillait sur son fauteuil comme si elle avait des hémorroïdes mais le Doc me regardait sans ciller. Je me suis dit : « Il faut que je le fasse bouger, il faut que je le fasse bouger, il y a bien quelque chose qui doit le faire bouger. » Alors j'ai dit : « Je ne parlerai qu'en présence de mon avocat » en espérant que ça irait. Bide total : pas un mouvement. Maman a soupiré comme une madone suppliciée mais l'autre est resté parfaitement immobile. « Ton avocat... Hmm... », a-t-il dit sans bouger. Là, le défi devenait passionnant. Bougera, bougera pas ? J'ai décidé de lancer toutes mes forces dans la bataille. « Ce n'est pas un tribunal, ici, a-t-il rajouté, tu le sais bien, hmm. » Moi, je me disais : si je parviens à le faire bouger, ça en vaudra la peine, non, je n'aurai pas perdu ma journée ! « Bien, a dit la statue, ma chère Solange, je vais avoir une petite conversation seul à seul avec cette jeune fille. » Ma chère Solange s'est levée en lui adressant un regard de cocker larmoyant et elle a quitté la pièce en faisant beaucoup de mouvements inutiles (sans doute pour compenser).

« Ta maman se fait beaucoup de souci pour toi », a-t-il attaqué en réussissant l'exploit de ne même pas bouger la lèvre inférieure. J'ai réfléchi un instant et j'ai décidé que la tactique de la provocation avait peu de chance de réussir. Voulez-vous conforter votre psychanalyste dans la certitude de sa maîtrise ? Provoquez-le comme un adolescent ses parents. J'ai donc choisi de lui dire avec beaucoup de sérieux : « Vous croyez que ç'a à voir avec la forclusion du Nom du Père ? » Pensez-vous que ça l'a fait bouger ? Pas du tout. Il est resté immobile et impavide. Mais il m'a semblé voir quelque chose dans ses yeux, comme un vacillement. J'ai décidé d'exploiter le filon. « Hmm ? a-t-il fait, je ne crois pas que tu comprennes ce que tu dis. — Ah si, si, ai-je dit, mais il y a quelque chose que je ne comprends pas chez Lacan, c'est la nature exacte de son rapport au structuralisme. » Il a entrouvert la bouche pour dire quelque chose mais j'ai été plus rapide. « Ah euh oui et puis les mathèmes aussi. Tous ces nœuds, c'est un peu confus. Vous y comprenez quelque chose, vous, à la topologie ? Ça fait longtemps que tout le monde sait que c'est une escroquerie, non ? » Là, j'ai noté un progrès. Il n'avait pas eu le temps de refermer la bouche et, finalement, elle est restée ouverte. Puis il s'est repris et sur son visage immobile, une expression sans mouvement est apparue, du genre : « Tu veux jouer à ça avec moi, ma jolie ? » Mais oui je veux jouer à ça avec toi, mon gros marron glacé. Alors j'ai attendu. « Tu es une jeune fille très intelligente, je le sais », a-t-il dit (coût de cette information transmise par Ma chère Solange : 60 euros la demi-heure). « Mais on peut être très intelligent et en même temps très démuni, tu sais, très lucide et très malheureux. » Sans rire. Tu as trouvé ça dans *Pif Gadget* ? j'ai failli demander. Et tout d'un coup, j'ai eu envie de monter d'un cran. J'étais quand même devant le type qui coûte près de 600 euros par mois à ma famille depuis une décennie, et pour le résultat qu'on sait : trois heures par jour à pulvériser des plantes vertes et une impressionnante consommation de substances facturées. J'ai senti une méchante moutarde me monter au nez. Je me suis penchée vers le bureau et j'ai pris une voix très basse pour dire : « Écoute-moi bien, Monsieur le congelé sur place, on va passer un petit marché toi et moi. Tu vas me ficher la paix et en échange, je ne détruis pas ton petit commerce du malheur en répandant de méchantes rumeurs sur ton compte dans le Tout-Paris des affaires et de la politique. Et crois-moi, du moins si tu es capable de voir à quel point je suis intelligente, c'est tout à fait dans mes cordes. » À mon avis, ça ne pouvait pas marcher. Je n'y croyais pas. Il faut vraiment être cake pour croire à un pareil tissu d'inepties. Mais incroyable et victoire : une ombre d'inquiétude est passée sur le visage du bon docteur Theid. Je pense qu'il m'a crue. C'est fabuleux : s'il y a bien une chose que je ne ferai jamais, c'est faire courir une fausse rumeur pour nuire à quelqu'un. Mon républicain de père m'a inoculé le virus de la déontologie et j'ai beau trouver ça aussi absurde que le reste, je m'y conforme strictement. Mais le bon docteur, qui n'avait eu que la mère pour jauger la famille, a apparemment décidé que la menace était réelle. Et là, miracle : un mouvement ! Il a fait claquer sa langue, a décroisé les bras, a allongé une main vers le bureau et a frappé sa paume contre son sous-main en chevreau. Un geste d'exaspération mais aussi d'intimidation. Puis il s'est levé, toutes douceur et bienveillance disparues, il est allé à la porte, a appelé maman, lui a baratiné un truc sur ma bonne santé mentale et que ça allait s'arranger et nous a fait déguerpir fissa de son coin du feu automnal.

Au début, j'étais plutôt contente de moi. J'avais réussi à le faire bouger. Mais au fur et à mesure que la journée avançait, je me suis sentie de plus en plus déprimée. Parce que ce qui s'est passé quand il a bougé, c'est quelque chose de pas très beau, de pas très propre. J'ai beau savoir qu'il y a des adultes qui ont des masques tout sucre toute sagesse mais qui sont très laids et très durs en dessous, j'ai beau savoir qu'il suffit de les percer à jour pour que les masques tombent, quand ça arrive avec cette violence-là, ça me fait mal. Quand il a frappé le sous-main, ça voulait dire : « Très bien, tu me vois tel que je suis, inutile de continuer la comédie, tope là pour ton petit pacte misérable et dégage de mon tapis en vitesse. » Eh bien, ça m'a fait mal, oui, ça m'a fait mal. J'ai beau savoir que le monde est laid, je n'ai pas envie de le voir.

Oui, quittons ce monde où ce qui bouge dévoile ce qui est laid.

12

Une vague d'espoir

Il fait beau reprocher aux phénoménologues leur autisme sans chat ; j'ai voué ma vie à la quête de l'intemporel.

Mais qui chasse l'éternité récolte la solitude.

— Oui, dit-il en prenant mon sac, je le pense aussi. C'est une des plus dépouillées et pourtant, elle est d'une grande harmonie.

Chez M. Ozu, c'est très grand et très beau. Les récits de Manuela m'avaient préparée à un intérieur japonais, mais s'il y a bien des portes coulissantes, des bonsaïs, un épais tapis noir bordé de gris et des objets à la provenance asiatique — une table basse de laque sombre ou, tout le long d'une impressionnante enfilade de fenêtres, des stores en bambou qui, diversement tirés, donnent à la pièce son atmosphère levantine —, il y a aussi un canapé et des fauteuils, des consoles, des lampes et des bibliothèques de facture européenne. C'est très... élégant. Ainsi que Manuela et Jacinthe Rosen l'avaient noté, en revanche, rien n'est redondant. Ce n'est pas

non plus épuré et vide, comme je me l'étais re-
présenté en transposant les intérieurs des films
d'Ozu à un niveau plus luxueux mais sensible-
ment identique dans le dépouillement caractéristique de cette étrange civilisation.

— Venez, me dit M. Ozu, nous n'allons pas
rester ici, c'est trop cérémonieux. Nous allons
dîner à la cuisine. D'ailleurs, c'est moi qui cuisine.

Je réalise qu'il porte un tablier vert pomme
sur un pull à col rond couleur châtaigne et un
pantalon de toile beige. Il a aux pieds des
savates de cuir noir.

Je trottine derrière lui jusqu'à la cuisine.
Misère. Dans tel écrin, je veux bien cuisiner
chaque jour, y compris pour Léon. Rien ne
peut y être ordinaire et jusqu'à ouvrir une boîte
de Ronron doit y paraître délicieux.

— Je suis très fier de ma cuisine, dit M. Ozu
avec simplicité.

— Vous pouvez, dis-je, sans l'ombre d'un sar-
casme.

Tout est blanc et bois clair, avec de longs
plans de travail et de grands vaisseliers emplis
de plats et de coupelles de porcelaine bleue,
noire et blanche. Au centre, le four, les plaques
de cuisson, un évier à trois vasques et un espace
bar sur un des accueillants tabourets duquel je
me perche, en faisant face à M. Ozu qui s'affaire aux fourneaux. Il a placé devant moi une
petite bouteille de saké chaud et deux ravissants
godets en porcelaine bleue craquelée.

— Je ne sais pas si vous connaissez la cuisine japonaise, me dit-il.

— Pas très bien, réponds-je.

Une vague d'espoir me soulève. On aura en effet pris note de ce que, jusqu'à présent, nous n'avons pas échangé vingt mots, tandis que je me tiens en vieille connaissance devant un M. Ozu qui cuisine en tablier vert pomme, après un épisode hollandais et hypnotique sur lequel personne n'a glosé et qui est désormais rangé au chapitre des choses oubliées.

La soirée pourrait fort bien n'être qu'une initiation à la cuisine asiatique. Foin de Tolstoï et de tous les soupçons : M. Ozu, nouveau résident peu au fait des hiérarchies, invite sa concierge à un dîner exotique. Ils conversent de sashimis et de nouilles au soja.

Peut-il se trouver plus anodine circonstance ?

C'est alors que la catastrophe se produit.

13

Petite vessie

Au préalable, il me faut confesser que j'ai une petite vessie. Comment expliquer sinon que la moindre tasse de thé m'envoie sans délai au petit coin et qu'une théière me fasse réitérer la chose à la mesure de sa contenance ? Manuela est un vrai chameau : elle retient ce qu'elle boit des heures durant et grignote ses mendiants sans bouger de sa chaise tandis que j'effectue maints et pathétiques allers et retours aux waters. Mais je suis alors chez moi et, dans mes soixante mètres carrés, les cabinets, qui ne sont jamais très loin, se tiennent à une place depuis longtemps bien connue.

Or, il se trouve que, présentement, ma petite vessie vient de se manifester à moi et, dans la pleine conscience des litres de thé absorbés l'après-midi même, je dois entendre son message : autonomie réduite.

Comment demande-t-on ceci dans le monde ?

— *Où sont les gogues ?* ne me paraît curieusement pas idoine.

À l'inverse :

— *Voudriez-vous m'indiquer l'endroit ?* bien que délicat dans l'effort fait de ne pas nommer la chose, court le risque de l'incompréhension et, partant, d'un embarras décuplé.

— *J'ai envie de faire pipi,* sobre et information-nel, ne se dit pas à table non plus qu'à un inconnu.

— *Où sont les toilettes ?* me pose problème. C'est une requête froide, qui sent son restau-rant de province.

J'aime assez celui-ci :

— *Où sont les cabinets ?* parce qu'il y a dans cette dénomination, les cabinets, un pluriel qui exhale l'enfance et la cabane au fond du jardin. Mais il y a aussi une connotation ineffable qui convoque la mauvaise odeur.

C'est alors qu'un éclair de génie me trans-perce.

— Les *ramen* sont une préparation à base de nouilles et de bouillon d'origine chinoise, mais que les Japonais mangent couramment le midi, est en train de dire M. Ozu en éle-vant dans les airs une quantité impressionnante de pâtes qu'il vient de tremper dans l'eau froide.

— Où sont les commodités, je vous prie ? est la seule réponse que je trouve à lui faire.

C'est, je vous le concède, légèrement abrupt.

— Oh, je suis désolé, je ne vous les ai pas indiquées, dit M. Ozu avec un parfait naturel.

La porte derrière vous, puis deuxième à droite dans le couloir.

Tout pourrait-il toujours être si simple ?

Il faut croire que non.

Journal du mouvement du monde n° 6

Culotte ou Van Gogh ?

Aujourd'hui, avec maman, nous sommes allées faire les soldes rue Saint-Honoré. L'enfer. Il y avait la queue devant certaines boutiques. Et je pense que vous voyez quel genre de boutique il y a rue Saint-Honoré : mettre autant de ténacité à acheter au rabais des foulards ou des gants qui, malgré ça, valent encore le prix d'un Van Gogh, c'est quand même sidérant. Mais ces dames font ça avec une passion furieuse. Et même avec une certaine inélégance.

Mais je ne peux tout de même pas totalement me plaindre de la journée parce que j'ai pu noter un mouvement très intéressant quoique, hélas, très peu esthétique. En revanche, très intense, ça oui ! Et amusant aussi. Ou tragique, je ne sais pas bien. Depuis que j'ai commencé ce journal, j'en ai pas mal rabattu, en fait. J'étais partie dans l'idée de découvrir l'harmonie du mouvement du monde et j'en arrive à des dames très bien qui se battent pour une culotte en dentelle. Mais bon... Je pense que, de toute façon, je n'y croyais pas. Alors tant qu'à faire, autant s'amuser un peu...

Voilà l'histoire : avec maman, on est entrées dans une boutique de lingerie fine. Lingerie fine, c'est déjà intéressant comme nom. Sinon, c'est quoi ? Lingerie épaisse ? Bon, en fait, ça veut dire lingerie sexy ; ce n'est pas là que vous trouverez la bonne vieille culotte en coton des grands-mères. Mais comme c'est rue Saint-Honoré, évidemment, c'est du sexy chic, avec des dessous en dentelle fait main, des strings en soie et des nuisettes en cachemire peigné. On n'a pas eu à faire la queue pour rentrer mais ç'aurait été aussi bien parce que, à l'intérieur, c'était au coude à coude. J'ai eu l'impression de rentrer dans une essoreuse. Cerise sur le gâteau, maman est immédiatement tombée en pâmoison en farfouillant dans des dessous de couleur suspecte (noir et rouge ou bleu pétrole). Je me suis demandé où je pouvais me planquer et me mettre à l'abri le temps qu'elle se trouve (petit espoir) un pyjama en pilou et je me suis faufilée vers l'arrière des cabines d'essayage. Je n'étais pas seule : il y avait un homme, le seul homme, l'air aussi malheureux que Neptune quand il manque l'arrière-train d'Athéna. Ça, c'est le mauvais plan « je t'aime ma chérie ». Le misérable se fait embarquer pour une séance mutine d'essayage de dessous chics et se retrouve en territoire ennemi, avec trente femelles en transe qui lui marchent sur les pieds et le fusillent du regard quel que soit l'endroit où il essaie de garer son encombrante carcasse d'homme. Quant à sa douce amie, la voilà métamorphosée en furie vengeresse prête à tuer pour un tanga rose fuchsia.

Je lui ai lancé un regard de sympathie auquel il a

répondu par un regard de bête traquée. De là où j'étais, j'avais une vue imprenable sur tout le magasin et sur maman, en train de baver devant un genre de soutien-gorge très très très petit avec de la dentelle blanche (c'est au moins ça) mais aussi de très grosses fleurs mauves. Ma mère a quarante-cinq ans, quelques kilos en trop, mais la grosse fleur mauve ne lui fait pas peur ; en revanche, la sobriété et le chic du beige uni la paralysent de terreur. Bref, voilà maman qui extirpe péniblement d'un portant un mini-soutien-gorge floral qui lui semble à sa taille et qui attrape la culotte assortie, trois étages plus bas. Elle tire dessus avec conviction mais, soudain, fronce les sourcils : c'est qu'à l'autre bout de la culotte, il y a une autre dame, qui tire aussi dessus et qui fronce aussi les sourcils. Elles se regardent, regardent le portant, font le constat que la culotte est la dernière rescapée d'une longue matinée de soldes et se préparent à la bataille tout en se décochant mutuellement une banane d'enfer.

Et voilà les prémices du mouvement intéressant : une culotte à cent trente euros, ça ne mesure quand même que quelques centimètres de dentelle ultrafine. Il faut donc sourire à l'autre, tenir bon la culotte, la tirer à soi mais sans la déchirer. Je vous le dis tout net : si, dans notre univers, les lois de la physique sont constantes, ce n'est pas possible. Après quelques secondes de tentative infructueuse, ces dames disent amen à Newton mais ne renoncent pas. Il faut donc poursuivre la guerre par d'autres moyens, c'est-à-dire la diplomatie (une des citations préférées de papa). Ça donne le mouvement intéressant suivant : il faut faire mine d'ignorer qu'on tire fermement la culotte et faire semblant de la demander courtoisement avec des mots. Donc voici maman et la dame qui tout d'un coup n'ont plus de main droite, celle qui tient la culotte. C'est comme si elle n'existait pas, comme si la dame et maman discutaient tranquillement d'une culotte toujours sur le portant, que personne n'essaie de s'approprier par la force. Où est-elle, la main droite ? Ffuit ! Envolée ! Disparue ! Place à la diplomatie !

Comme tout le monde le sait, la diplomatie échoue toujours quand le rapport de force est équilibré. On n'a jamais vu un plus fort accepter les propositions diplomatiques de l'autre. Du coup, les pourparlers qui ont commencé à l'unisson par un : « Ah, mais je crois que j'ai été plus rapide que vous, chère madame » n'aboutissent pas à grand-chose. Quand j'arrive à côté de maman, nous en sommes à : « Je ne la lâcherai pas » et on peut facilement croire les deux belligérantes.

Évidemment, maman a perdu : quand je suis arrivée à côté d'elle, elle s'est souvenue qu'elle était une mère de famille respectable et qu'il ne lui était pas possible, sans perdre toute dignité devant moi, d'envoyer sa main gauche dans la figure de l'autre. Elle a donc retrouvé l'usage de sa main droite et elle a lâché la culotte. Résultat des courses : l'une est repartie avec la culotte, l'autre avec le soutien-gorge. Maman était d'une humeur massacrante au dîner. Quand papa a demandé ce qui se passait, elle a répondu : « Toi qui es député, tu devrais être plus attentif au délitement des mentalités et de la civilité. »

Mais revenons au mouvement intéressant : deux dames en pleine santé mentale qui tout d'un coup ne connaissent plus une partie de leur corps. Ça donne quelque chose de très étrange à voir : comme s'il y avait une rupture dans le réel, un trou noir qui s'ouvre dans l'espace-temps, comme dans un vrai roman de SF. Un mouvement négatif, un genre de geste en creux, quoi.

Et je me suis dit : si on peut faire mine d'ignorer qu'on a une main droite, qu'est-ce qu'on peut faire mine d'ignorer d'autre ? Est-ce qu'on peut avoir un cœur négatif, une âme en creux ?

14

Un seul de ces rouleaux

La première phase de l'opération se passe bien.

Je trouve la deuxième porte à droite dans le couloir, sans être tentée d'ouvrir les sept autres tant ma vessie est petite, et je m'exécute avec un soulagement que la gêne ne ternit même pas. Il eût été cavalier d'interpeller M. Ozu sur ses cabinets. Des *cabinets* ne sauraient être d'une blancheur de neige, des murs jusqu'à la cuvette en passant par une lunette immaculée sur laquelle on ose à peine se poser, de crainte de salir. Toute cette blancheur est cependant tempérée — de sorte que l'acte n'y soit pas trop clinique — d'une épaisse, moelleuse, soyeuse, satinée et caressante moquette jaune soleil, qui sauve le lieu de l'ambiance du bloc. Je conçois de toutes ces observations une grande estime pour M. Ozu. La nette simplicité du blanc, sans marbre ni fioritures — faiblesses bien souvent des nantis qui tiennent à rendre somptueux tout ce qui est trivial — et la tendre douceur d'une moquette solaire sont, en matière de W.-C., les conditions mêmes de l'adéquation. Que cherchons-nous lorsque nous nous y rendons ? De la clarté pour ne pas penser à toutes ces profondeurs obscures qui font coalition et quelque chose sur le sol pour accomplir notre devoir sans faire pénitence en se gelant les pieds, spécialement lorsqu'on s'y rend de nuit.

Le papier toilette, lui aussi, aspire à la canonisation. Je trouve beaucoup plus probante cette marque de richesse que la possession, par exemple, d'une Maserati ou d'un coupé Jaguar. Ce que le papier toilette fait au postérieur des gens creuse bien plus largement l'abîme des rangs que maints signes extérieurs. Le papier de chez M. Ozu, épais, mou, doux et délicieusement parfumé, est voué à combler d'égards cette partie de notre corps qui, plus que toute autre, en est particulièrement friande. Combien pour un seul de ces rouleaux ? je me demande en enfonçant le bouton intermédiaire de la chasse d'eau, barré de deux fleurs de lotus, car ma petite vessie, en dépit de sa faible autonomie, a une grande contenance. Une fleur me paraît trop juste, trois seraient vaniteuses.

C'est alors que la chose advient.

Un fracas monstrueux, assaillant mes oreilles, manque de me foudroyer sur place. Ce qui est effrayant, c'est que je ne parviens pas à en identifier l'origine. Ce n'est pas la chasse d'eau, que je n'entends même pas, cela vient d'en haut et me tombe dessus. J'ai un cœur qui bat à tout rompre Vous connaissez la triple alternative : face au danger, *fight, flee* ou *freeze*. Je *freeze*. J'aurais bien *flee* mais subitement, je ne sais plus déverrouiller une porte. Des hypothèses se font-elles en mon esprit ? Peut-être, mais sans grande limpidité. Ai-je enfoncé le mauvais bouton, estimant mal la quantité produite — quelle présomption, quel *orgueil*, Renée, deux lotus pour si dérisoire contribution — et suis-je conséquemment punie par une justice divine dont la foudre bruyante s'abat sur mes oreilles ? Ai-je trop savouré — *luxure* — la volupté de l'acte en ce lieu qui y invite, lors que nous devrions le considérer comme impur ? Me suis-je laissée aller à l'*envie*, en convoitant ce PQ princier et suis-je notifiée sans ambiguïté de ce péché mortel ? Mes doigts gourds de travailleuse manuelle ont-ils, sous l'effet d'une inconsciente *colère*, maltraité la mécanique subtile du bouton à lotus et déclenché un cataclysme dans la plomberie qui menace d'écroulement le quatrième étage ?

J'essaie toujours à toute force de fuir mais mes mains sont inaptes à obéir à mes ordres. Je triture le bouton cuivré qui, correctement actionné, devrait me libérer, mais rien d'adéquat ne se produit.

À cet instant, je suis tout à fait convaincue d'être devenue folle ou arrivée au ciel parce que le son jusque-là indistinct se précise et, impensable, ressemble à du Mozart.

Pour tout dire, au *Confutatis* du *Requiem* de Mozart.

Confutatis maledictis, Flammis acribus addictis ! modulent de très belles voix lyriques.

Je suis devenue folle.

— Madame Michel, tout va bien ? demande une voix derrière la porte, celle de M. Ozu ou, plus vraisemblablement, de saint Pierre aux portes du purgatoire.

— Je..., dis-je, je n'arrive pas à ouvrir la porte !

Je cherchais par tous les moyens à convaincre M. Ozu de ma débilité.

Eh bien c'est chose faite.

— Peut-être tournez-vous le bouton dans le mauvais sens, suggère respectueusement la voix de saint Pierre.

Je considère un instant l'information, elle se fraie péniblement un chemin jusqu'aux circuits qui la doivent traiter.

Je tourne le bouton dans l'autre sens.

La porte se déverrouille.

Le *Confutatis* s'arrête net. Une délicieuse douche de silence inonde mon corps reconnaissant.

— Je..., dis-je à M. Ozu — car ce n'est que lui —, je... Enfin... Vous savez, le *Requiem* ?

J'aurais dû appeler mon chat Padsyntax.

— Oh, je parie que vous avez eu peur ! dit-il. J'aurais dû vous prévenir. C'est une façon japonaise, que ma fille a voulu importer ici. Quand on tire la chasse d'eau, la musique se déclenche, c'est plus... joli, vous voyez ?

Je vois surtout que nous sommes dans le couloir, devant les toilettes, dans une situation qui pulvérise tous les canons du ridicule.

— Ah..., dis-je, euh... j'ai été surprise (et je passe sur tous ceux de mes péchés qui ont éclaté au grand jour).

— Vous n'êtes pas la première, dit M. Ozu avec gentillesse et, n'est-il pas, une ombre d'amusement sur la lèvre supérieure.

— Le *Requiem*... dans les toilettes... c'est un choix... surprenant, réponds-je pour reprendre contenance, immédiatement épouvantée de la tournure que je donne à la conversation alors que nous n'avons toujours pas quitté le couloir et que nous nous faisons face, les bras ballants, incertains de l'issue.

M. Ozu me regarde.

Je le regarde.

Quelque chose se rompt dans ma poitrine, avec un petit clac insolite, comme un clapet qui s'ouvre et se referme brièvement. Puis, j'assiste, impuissante, au léger tremblement qui secoue mon torse et, comme un fait exprès, il me semble que le même embryon de tressautement agite les épaules de mon vis-à-vis.

Nous nous regardons, hésitants.

Puis, un genre de ouh ouh ouh tout doux et tout faible sort de la bouche de M. Ozu.

Je réalise que le même ouh ouh ouh feutré mais irrépressible monte de ma propre gorge.

Nous faisons ouh ouh ouh tous les deux, doucement, en nous regardant avec incrédulité.

Puis le ouh ouh ouh de M. Ozu s'intensifie.

Mon ouh ouh ouh à moi vire au signal d'alarme.

Nous nous regardons toujours, en expulsant de nos poumons des ouh ouh ouh de plus en plus déchaînés. À chaque fois qu'ils s'apaisent, nous nous regardons et nous repartons pour une fournée. J'ai le ventre tétanisé, M. Ozu pleure abondamment.

Combien de temps restons-nous là, à rire convulsivement devant la porte des W.-C. ? Je ne sais pas. Mais la durée en est suffisamment longue pour terrasser toutes nos forces. Nous commettons encore quelques ouh ouh ouh épuisés puis, de fatigue plus que de satiété, nous reprenons notre sérieux.

— Retournons au salon, dit M. Ozu, bon premier à passer la ligne d'arrivée du souffle retrouvé.

15

Une sauvage très civilisée

— On ne s'ennuie pas avec vous, est la première chose que me dit M. Ozu une fois la cuisine réintégrée et alors que, confortablement
juchée sur mon tabouret, je sirote du saké tiède
en trouvant cela assez médiocre.

— Vous êtes une personne peu ordinaire,
ajoute-t-il en faisant glisser jusqu'à moi une coupelle blanche emplie de petits raviolis qui n'ont
l'air ni frits ni vapeur mais un peu des deux. Il
pose à côté une coupelle avec de la sauce soja.

— Des gyozas, précise-t-il.

— Au contraire, réponds-je, je crois être une
personne très ordinaire. Je suis concierge. Ma
vie est d'une banalité exemplaire.

— Une concierge qui lit Tolstoï et écoute du
Mozart, dit-il. Je ne savais pas que ce fût dans les
pratiques de votre corporation.

Et il m'adresse un clin d'œil. Il s'est assis sans
plus de cérémonie à ma droite et a entrepris
avec ses baguettes sa propre part de gyozas.

Jamais de toute ma vie je ne me suis sentie

aussi bien. Comment vous dire ? Pour la première fois, je me sens en totale confiance, bien
que je ne sois pas seule. Même avec Manuela, à
laquelle je confierais pourtant ma vie, il n'y a
pas cette sensation d'absolue sécurité née de la
certitude que nous nous comprenons. Confier
sa vie n'est pas livrer son âme, et si j'aime
Manuela comme une sœur, je ne peux partager
avec elle ce qui tisse le peu de sens et d'émoi
que mon existence incongrue dérobe à l'univers.

Je déguste aux baguettes des gyozas bourrés
de viande parfumée et, expérimentant un sidérant sentiment de détente, bavarde avec M. Ozu
comme si nous nous connaissions depuis toujours.

— Il faut bien se distraire, dis-je, je vais à la
bibliothèque municipale et j'emprunte tout ce
que je peux.

— Vous aimez la peinture hollandaise ? me
demande-t-il et, sans attendre la réponse : Si on
vous donnait le choix entre la peinture hollandaise et la peinture italienne, laquelle sauveriez-
vous ?

Nous argumentons le temps d'une fausse
passe d'armes où je prends plaisir à m'enflam-
mer pour le pinceau de Vermeer — mais il
s'avère très vite que nous sommes de toute
façon d'accord.

— Vous pensez que c'est un sacrilège ? je
demande.

— Mais pas du tout, chère madame, me

répond-il en ballotant cavalièrement un malheureux ravioli de gauche à droite au-dessus de
sa coupelle, pas du tout, croyez-vous que j'aie
fait copier un Michel-Ange pour l'exposer dans
mon vestibule ?

— Il faut tremper les nouilles dans cette
sauce, rajoute-t-il en posant devant moi un
panier d'osier rempli desdites et un somptueux
bol bleu-vert duquel monte un parfum de...
cacahuète. C'est un « zalu ramen », un plat de
nouilles froides avec une sauce un peu sucrée.
Vous me direz si vous aimez.

Et il me tend une grande serviette en lin
ficelle.

— Il y a des dommages collatéraux, prenez
garde à votre robe.

— Merci, dis-je.

Et, allez savoir pourquoi, j'ajoute :

— Ce n'est pas la mienne.

J'inspire un grand coup et je dis :

— Vous savez, je vis seule depuis très longtemps et je ne sors jamais. Je crains d'être un
peu... sauvage.

— Une sauvage très civilisée, alors, me dit-il
en souriant.

Le goût des nouilles trempées dans la sauce
à la cacahuète est céleste. Je ne saurais en
revanche jurer de l'état de la robe de Maria.
Il n'est pas très facile de plonger un mètre
de nouilles dans une sauce semi-liquide et de
l'ingurgiter sans commettre de dégâts. Mais
comme M. Ozu avale les siennes avec dextérité

et néanmoins force bruits, je me sens décomplexée et j'aspire avec entrain mes longueurs de pâtes.

— Sérieusement, me dit M. Ozu, vous ne trouvez pas ça fantastique ? Votre chat s'appelle Léon, les miens Kitty et Lévine, nous aimons tous deux Tolstoï et la peinture hollandaise et nous habitons le même lieu. Quelle est la probabilité qu'une telle chose se produise ?

— Vous n'auriez pas dû m'offrir cette magnifique édition, dis-je, ce n'était pas la peine.

— Chère madame, répond M. Ozu, est-ce que cela vous a fait plaisir ?

— Eh bien, dis-je, ça m'a fait très plaisir mais ça m'a un peu effrayée aussi. Vous savez, je tiens à rester discrète, je ne voudrais pas que les gens ici s'imaginent...

— ... qui vous êtes ? complète-t-il. Pourquoi ?

— Je ne veux pas faire d'histoires. Personne ne veut d'une concierge qui ait des prétentions.

— Des prétentions ? Mais vous n'avez pas de prétentions, vous avez des goûts, des lumières, des qualités !

— Mais je suis la concierge ! dis-je. Et puis, je n'ai pas d'éducation, je ne suis pas du même monde.

— La belle affaire ! dit M. Ozu de la même manière, le croirez-vous, que Manuela, ce qui me fait rire.

Il lève un sourcil interrogateur.

— C'est l'expression favorite de ma meilleure amie, dis-je en guise d'explication.

— Et qu'en dit-elle, votre meilleure amie, de votre... discrétion ?

Ma foi, je n'en sais rien.

— Vous la connaissez, dis-je, c'est Manuela.

— Ah, Mme Lopes ? dit-il. C'est une amie à vous ?

— C'est ma seule amie.

— C'est une grande dame, dit M. Ozu, une aristocrate. Vous voyez, vous n'êtes pas la seule à démentir les normes sociales. Où est le mal ? Nous sommes au XXIe siècle, que diable !

— Que faisaient vos parents ? je demande, un peu énervée par si peu de discernement.

M. Ozu s'imagine sans doute que les privilèges ont disparu avec Zola.

— Mon père était diplomate. Je n'ai pas connu ma mère, elle est morte peu après ma naissance.

— Je suis désolée, dis-je.

Il fait un geste de la main, pour dire : il y a longtemps.

Je poursuis mon idée.

— Vous êtes fils de diplomate, je suis fille de paysans pauvres. Il est même inconcevable que je dîne chez vous ce soir.

— Et pourtant, dit-il, vous dînez ici ce soir.

Et il ajoute, avec un très gentil sourire :

— Et j'en suis très honoré.

Et la conversation se poursuit ainsi, avec bonhomie et naturel. Nous évoquons dans l'ordre : Yasujiro Ozu (un lointain parent), Tolstoï et Lévine fauchant dans le pré avec ses paysans, l'exil et l'irréductibilité des cultures et bien d'autres sujets que nous enchaînons avec l'enthousiasme du coq et de l'âne en appréciant nos derniers arpents de nouilles et, surtout, la déconcertante similitude de nos tournures d'esprit.

Vient un moment où M. Ozu me dit :

— J'aimerais que vous m'appeliez Kakuro, c'est quand même moins emprunté. Est-ce que ça vous ennuie que je vous appelle Renée ?

— Pas du tout, dis-je — et je le pense vraiment.

D'où me vient cette soudaine facilité dans la connivence ?

Le saké, qui me ramollit délicieusement le bulbe, rend la question terriblement peu urgente.

— Savez-vous ce que c'est que l'azuki ? demande Kakuro.

— Les monts de Kyoto..., dis-je en souriant à ce souvenir d'infini.

— Comment ? demande-t-il.

— Les monts de Kyoto ont la couleur du flan d'azuki, dis-je en m'efforçant tout de même de parler distinctement.

— C'est dans un film, n'est-ce pas ? demande Kakuro.

— Oui, dans *Les Sœurs Munakata,* tout à la fin.

— Oh, j'ai vu ce film il y a très longtemps mais je ne m'en souviens pas très bien.

— Vous ne vous souvenez pas du camélia sur la mousse du temple ? dis-je.

— Non, pas du tout, répond-il. Mais vous me donnez envie de le revoir. Est-ce que ça vous dirait qu'on le regarde ensemble, un jour prochain ?

— J'ai la cassette, dis-je, je ne l'ai pas encore rendue à la bibliothèque.

— Ce week-end, peut-être ? demande Kakuro.

— Vous avez un magnétoscope ?

— Oui, dit-il en souriant.

— Alors, c'est d'accord, dis-je. Mais je vous propose la chose suivante : dimanche, nous regardons le film à l'heure du thé et j'apporte les pâtisseries.

— Marché conclu, répond Kakuro.

Et la soirée avance encore tandis que nous parlons toujours sans préoccupation de cohérence ni d'horaire, en sirotant interminablement une tisane au curieux goût d'algue. Sans surprise, il me faut renouer avec la lunette couleur neige et la moquette solaire. J'opte pour le bouton à un seul lotus — message reçu — et supporte l'assaut du *Confutatis* avec la sérénité des grands initiés. Ce qui est à la fois déconcertant et merveilleux, avec Kakuro Ozu, c'est qu'il allie un enthousiasme et une candeur juvéniles à une attention et une bienveillance de grand sage. Je ne suis pas coutumière d'un tel rapport au monde ; il me semble qu'il le considère avec indulgence et curiosité alors que les autres êtres humains de ma connaissance l'abordent avec méfiance et gentillesse (Manuela), ingénuité et gentillesse (Olympe) ou arrogance et cruauté (le reste de l'univers). La collusion de l'appétit, de la lucidité et de la magnanimité figure un inédit et savoureux cocktail.

Et puis mon regard tombe sur ma montre.

Il est trois heures.

Je bondis sur mes pieds.

— Mon Dieu, dis-je, vous avez vu l'heure ?

Il regarde sa propre montre puis lève les yeux vers moi, l'air inquiet.

— J'ai oublié que vous travailliez tôt demain. Je suis retraité, je ne me soucie plus de cela. Est-ce que ça va aller ?

— Oui, bien sûr, dis-je, mais il faut que je dorme un peu tout de même.

Je tais le fait que, en dépit de mon âge avancé et alors qu'il est bien connu que les vieux dorment peu, je dois faire la bûche pendant au moins huit heures pour pouvoir appréhender le monde avec discernement.

— À dimanche, me dit Kakuro à la porte de son appartement.

— Merci beaucoup, dis-je, j'ai passé une très bonne soirée, je vous en suis très reconnaissante.

— C'est moi qui vous remercie, dit-il, je n'avais pas ri ainsi depuis très longtemps, ni eu une si agréable conversation. Voulez-vous que je vous raccompagne jusqu'à chez vous ?

— Non merci, dis-je, c'est inutile.

Il y a toujours un Pallières potentiel qui rôde dans les escaliers.

— Eh bien, à dimanche, dis-je, ou peut-être nous croiserons-nous avant.

— Merci, Renée, dit-il encore avec un très large sourire juvénile.

En fermant ma propre porte derrière moi et en m'y adossant, je découvre Léon qui ronfle comme un sapeur dans le fauteuil télé et je constate l'impensable : pour la première fois de ma vie, je me suis fait un ami.

16

Alors

Alors, pluie d'été.

17

Un nouveau cœur

Cette pluie d'été, je m'en souviens.

Jour après jour, nous arpentons notre vie comme on arpente un couloir.

Penser au mou pour le chat... avez-vous vu ma patinette c'est la troisième fois qu'on me la vole... il pleut si fort on croirait la nuit... il y a juste le temps la séance est à une heure... veux-tu ôter ton suroît... tasse de thé amer... silence de l'après-midi... peut-être sommes-nous malades à force de trop... tous ces bonshommes à arroser... ces ingénues qui font de grandes dévergon-dées... tiens il neige... ces fleurs c'est quoi leur nom... pauvre bibiche elle faisait pipi partout... ciel d'automne comme c'est triste... le jour finit si tôt à présent... pourquoi les poubelles sentent jusque dans la cour... vous savez tout vient à son heure... non je ne les connaissais pas spéciale-ment... c'était une famille comme les autres ici... on dirait du flan d'azuki... mon fils dit que les Chinois sont intraitables... comment s'appellent ses chats... pourriez-vous réceptionner les paquets du pressing... tous ces Noël ces chants ces courses quelle fatigue... pour manger une noix il faut une nappe... il a le nez qui coule ça alors... il fait déjà chaud il n'est même pas dix heures... je découpe des champignons tout fin et on mange notre bouillon avec les champignons dedans... elle laisse traîner ses culottes sales sous le lit... il faudrait refaire la tapisserie...

Et puis, pluie d'été...

Savez-vous ce que c'est, une pluie d'été ?

D'abord la beauté pure crevant le ciel d'été, cette crainte respectueuse qui s'empare du cœur, se sentir si dérisoire au centre même du sublime, si fragile et si gonflé de la majesté des choses, sidéré, happé, ravi par la munificence du monde.

Ensuite, arpenter un couloir et, soudain, pénétrer une chambre de lumière. Autre dimension, certitudes juste nées. Le corps n'est plus une gangue, l'esprit habite les nuages, la puissance de l'eau est sienne, des jours heureux s'annoncent, dans une nouvelle naissance.

Puis, comme les pleurs, parfois, lorsqu'ils sont ronds, forts et solidaires, laissent derrière eux une longue plage lavée de discorde, la pluie, l'été, balayant la poussière immobile, fait à l'âme des êtres comme une respiration sans fin.

Ainsi, certaines pluies d'été s'ancrent en nous comme un nouveau cœur qui bat à l'unisson de l'autre.

18

Douce insomnie

Après deux heures de douce insomnie, je m'endors paisiblement.

Pensée profonde n° 13

Qui croit
Pouvoir faire du miel
Sans partager le destin des abeilles ?

Chaque jour, je me dis que ma sœur ne peut pas s'enfoncer plus profondément dans la mare de l'ignominie et, chaque jour, je suis surprise de voir qu'elle le fait.

Cet après-midi, après le collège, il n'y avait personne à la maison. J'ai pris du chocolat aux noisettes dans la cuisine et je suis allée le manger dans le salon. J'étais bien installée sur le canapé, je croquais mon chocolat en réfléchissant à ma prochaine pensée profonde. Dans mon idée, ce serait une pensée profonde sur le chocolat ou plutôt sur la façon dont on le croque, avec une interrogation centrale : qu'est-ce qui est bon dans le chocolat ? La substance elle-même ou la technique de la dent qui le broie ?

Mais j'avais beau trouver ça plutôt intéressant, c'était sans compter avec ma sœur qui est rentrée plus tôt que prévu et qui s'est immédiatement mise à me pourrir la vie en me parlant de l'Italie. Depuis qu'elle est allée à Venise avec les parents de Tibère (au Danieli), Colombe ne parle que de ça. Comble du malheur, le samedi ils sont allés dîner chez des amis des Grinpard qui ont une grande propriété en Toscane. Rien qu'à dire « Tôscâne », Colombe se pâme et maman se met à l'unisson. Je vous l'apprends, la Toscane n'est pas une terre millénaire. Elle n'existe que pour donner à des personnes comme Colombe, maman ou les Grinpard le frisson de la possession. La « Tôscâne » leur appartient au même titre que la Culture, l'Art et tout ce qu'on peut écrire avec une Majuscule.

À propos de la Tôscâne, donc, j'ai déjà eu droit au couplet sur les ânes, l'huile d'olive, la lumière du couchant, la dolce vita et j'en passe et des poncifs. Mais comme chaque fois, je me suis éclipsée discrètement, Colombe n'a pas pu tester sur moi son histoire préférée. Elle s'est rattrapée en me découvrant sur le canapé et a ruiné ma dégustation et ma future pensée profonde.

Sur les terres des amis des parents de Tibère, il y a des ruches, suffisamment pour produire un quintal de miel par an. Les Toscans ont embauché un apiculteur, qui fait tout le boulot pour qu'ils puissent commercialiser du miel estampillé « domaine de Flibaggi ». Évidemment, ce n'est pas pour l'argent. Mais le miel « domaine de Flibaggi » est considéré comme un des meilleurs au monde et ça contribue au prestige des propriétaires (qui sont rentiers) parce qu'il est utilisé dans des grands restaurants par des grands chefs qui en font tout un plat... Colombe, Tibère et les parents de Tibère ont eu droit à une dégustation de miel comme pour le vin et Colombe est intarissable sur la différence entre un miel de thym et un miel de romarin. Grand bien lui fasse. Jusqu'à ce point du récit, je l'écoutais distraitement en pensant au « croquer dans le chocolat » et je me disais que si ça pouvait s'arrêter là, je m'en tirerais à bon compte.

Il ne faut jamais espérer une chose pareille avec Colombe. Tout d'un coup, elle a pris son air mauvais et elle a commencé à me raconter les mœurs des abeilles. Apparemment, ils ont eu droit à un cours complet et le petit esprit perturbé de Colombe a été particulièrement frappé par le passage sur les rites nuptiaux des reines et des faux bourdons. L'incroyable organisation de la ruche ne l'a en revanche pas beaucoup marquée, alors que je trouve pourtant que c'est passionnant, en particulier si on songe que ces insectes ont un langage codé qui relativise les définitions qu'on peut donner de l'intelligence verbale comme spécifiquement humaine. Mais ça, ça n'intéresse pas du tout Colombe, qui ne s'achemine pourtant pas vers un CAP zinguerie mais prépare un master de philosophie. Elle est en revanche tout émoustillée par la sexualité des petites bêtes.

Je vous résume l'affaire : la reine des abeilles, quand elle est prête, prend son envol nuptial, poursuivie par une nuée de faux bourdons. Le premier à l'atteindre copule avec elle puis meurt parce que, après l'acte, son organe génital reste coincé dans l'abeille. Il en est donc amputé et ça le tue. Le second faux bourdon à atteindre la reine doit, pour copuler avec elle, retirer avec ses pattes l'organe génital du précédent et, bien sûr, il lui arrive ensuite la même chose, et ainsi de suite jusqu'à dix ou quinze faux bourdons, qui remplissent la poche spermatique de la reine et vont lui permettre, pendant quatre ou cinq ans, de produire deux cent mille œufs par an.

Voilà ce que me raconte Colombe en me regardant de son air fielleux et en émaillant le récit de grivoiseries du genre : « Elle n'y a droit qu'une fois, hein, alors elle en use quinze ! » Si j'étais Tibère, je n'aimerais pas trop que ma copine raconte cette histoire à tout le monde. Parce que bon, hein, on ne peut pas s'empêcher de faire un peu de psychologie à quatre sous : quand une fille excitée raconte qu'il faut quinze mâles à une femelle pour qu'elle soit contentée et que, pour les remercier, elle les castre et les tue, forcément, ça pose des questions. Colombe est persuadée que ça la bombarde en fille-libérée-pas-coincée-qui-aborde-le-sexe-avec-naturel. Colombe oublie juste qu'elle ne me raconte cette histoire à moi que dans le but de me choquer et qu'en plus l'histoire a un contenu qui n'est pas anodin. Et d'une, pour quelqu'un comme moi qui pense que l'homme est un animal, la sexualité n'est pas un sujet scabreux mais une affaire scientifique. Je trouve ça passionnant. Et de deux, je rappelle à tout le monde que Colombe se lave les mains trois fois par jour et hurle à la moindre suspicion de poil invisible dans la douche (les poils visibles étant plus improbables). Je ne sais pas pourquoi, mais je trouve que ça va très bien avec la sexualité des reines.

Mais surtout, c'est fou comme les hommes interprètent la nature et croient pouvoir y échapper. Si Colombe raconte cette histoire-là de cette façon-là, c'est parce qu'elle pense que cela ne la concerne pas. Si elle se gausse des pathétiques ébats du faux bourdon, c'est parce qu'elle est convaincue de ne pas partager son sort. Mais moi, je ne vois rien de choquant ou de grivois dans l'envol nuptial des reines et dans le sort des faux bourdons parce que je me sens profondément semblable à toutes ces bêtes, même si mes mœurs diffèrent. Vivre, se nourrir, se reproduire, accomplir la tâche pour laquelle on est né et mourir : ça n'a aucun sens, c'est vrai, mais c'est comme ça que les choses sont. Cette arrogance des hommes à penser qu'ils peuvent forcer la nature, échapper à leur destin de petites choses biologiques... et cet aveuglement qu'ils ont à l'égard de la cruauté ou de la violence de leurs propres manières de vivre, d'aimer, de se reproduire et de faire la guerre à leurs semblables...

Moi, je crois qu'il y a une seule chose à faire : trouver la tâche pour laquelle nous sommes nés et l'accomplir du mieux que nous pouvons, de toutes nos forces, sans chercher midi à quatorze heures et sans croire qu'il y a du divin dans notre nature animale. C'est comme ça seulement que nous aurons le sentiment d'être en train de faire quelque chose de constructif au moment où la mort nous prendra. La liberté, la décision, la volonté, tout ça : ce sont des chimères. Nous croyons que nous pouvons faire du miel sans partager le destin des abeilles ; mais nous aussi, nous ne sommes que de pauvres abeilles vouées à accomplir leur tâche puis à mourir.

Paloma

1

Aiguisés

Le même matin, à sept heures, on sonne à ma loge.

Je mets quelques instants à émerger du vide. Deux heures de sommeil ne disposent pas à une grande aménité envers le genre humain et les nombreux coups de sonnette qui suivent tandis que j'enfile robe et chaussons et que je me passe la main dans des cheveux étrangement mousseux ne stimulent pas mon altruisme.

J'ouvre la porte et me trouve nez à nez avec Colombe Josse.

— Eh bien, me dit-elle, vous avez été prise dans un embouteillage ?

J'ai du mal à croire à ce que j'entends.

— Il est sept heures, dis-je.

Elle me regarde.

— Oui, je sais, dit-elle.

— La loge ouvre à huit heures, j'indique en faisant un énorme effort sur moi-même.

— Comment ça, à huit heures ? demande-t-elle d'un air choqué. Il y a des heures ?

Non, la loge des concierges est un sanctuaire protégé qui ne connaît ni le progrès social ni les lois salariales.

— Oui, dis-je, incapable de prononcer un mot supplémentaire.

— Ah, dit-elle d'une voix paresseuse. Eh bien, puisque je suis là...

— ... vous repasserez plus tard, dis-je en lui fermant la porte au nez et en me dirigeant vers la bouilloire.

Derrière la vitre, je l'entends s'exclamer : « Alors ça, c'est un comble ! » puis tourner des talons furieux et appuyer rageusement sur le bouton d'appel de l'ascenseur.

Colombe Josse est la fille aînée des Josse. Colombe Josse est aussi une espèce de grand poireau blond qui s'habille comme une bohémienne fauchée. S'il y a bien une chose que j'abhorre, c'est cette perversion des riches qui s'habillent comme des pauvres, avec des fripes qui pendouillent, des bonnets de laine grise, des chaussures de clochard et des chemises à fleurs sous des pulls fatigués. Non seulement c'est laid mais c'est insultant ; rien n'est plus méprisable que le mépris des riches pour le désir des pauvres.

Par malheur, Colombe Josse fait également des études brillantes. Cet automne, elle est entrée à Normale sup, section philosophie.

Je me prépare du thé et des biscottes à la confiture de mirabelles en tentant de maîtriser le tremblement de colère qui agite ma main, tandis qu'un insidieux mal de crâne s'infiltre sous mon crâne. Je prends une douche énervée, m'habille, pourvois Léon en nourritures abjectes (pâté de tête et reste de couenne moite), sors dans la cour, sors les poubelles, sors Neptune du local à poubelles et, à huit heures, lassée de toutes ces sorties, rallie de nouveau ma cuisine, pas calmée pour un sou.

Dans la famille Josse, il y a aussi la cadette, Paloma, qui est si discrète et diaphane que je crois bien ne la voir jamais, quoiqu'elle se rende chaque jour à l'école. Or, c'est justement elle que, à huit heures pétantes, Colombe m'envoie en émissaire.

Quelle lâche manœuvre.

La pauvre enfant (quel âge a-t-elle ? onze ans ? douze ans ?) se tient sur mon paillasson, raide comme la justice. J'inspire un bon coup — ne pas passer sur l'innocent l'ire qu'a provoquée le malin — et tente de sourire avec naturel.

— Bonjour Paloma, dis-je.

Elle triture le bas de son gilet rose avec expectative.

— Bonjour, dit-elle d'une voix fluette.

Je la regarde avec attention. Comment ai-je pu manquer cela ? Certains enfants ont le don difficile de glacer les adultes. Rien, dans leur comportement, ne correspond aux standards de leur âge. Ils sont trop graves, trop sérieux, trop imperturbables et, dans le même temps, terriblement aiguisés. Oui, aiguisés. En regardant Paloma avec plus de vigilance, je discerne une acuité tranchante, une sagacité glacée que je n'ai prise pour de la réserve, me dis-je, que parce qu'il m'était impossible d'imaginer que la triviale Colombe pût avoir pour sœur un juge de l'Humanité.

— Ma sœur Colombe m'envoie vous prévenir qu'on va livrer pour elle une enveloppe qui lui importe beaucoup, dit Paloma.

— Très bien, dis-je, en prenant bien garde de ne pas adoucir mon propre ton, comme font les adultes quand ils parlent aux enfants, ce qui est, finalement, une marque de mépris aussi grande que les vêtements de pauvres des riches.

— Elle demande si vous pouvez la déposer à la maison, continue Paloma.

— Oui, dis-je.

— D'accord, dit Paloma.

Et elle reste là.

C'est bien intéressant.

Elle reste là à me fixer calmement, sans bouger, les bras le long du corps, la bouche légèrement entrouverte. Elle a des tresses étiques, des lunettes à montures roses et de très grands yeux clairs.

— Est-ce que je peux t'offrir un chocolat ? je demande, à court d'idées.

Elle hoche la tête, toujours aussi imperturbable.

— Entre, dis-je, je buvais justement du thé.

Et je laisse la porte de la loge ouverte, pour couper court à toutes les imputations de rapt.

— Je préfère le thé aussi, ça ne vous ennuie pas ? demande-t-elle.

— Non, bien sûr, réponds-je, un peu surprise, en notant mentalement que certaines données commencent à s'accumuler : juge de l'Humanité, jolies tournures, réclame du thé.

Elle s'assied sur une chaise et balance les pieds dans le vide en me regardant pendant que je lui sers du thé au jasmin. Je le dépose devant elle, m'attable devant ma propre tasse.

— Je fais en sorte chaque jour que ma sœur me prenne pour une débile, me déclare-t-elle après une longue gorgée de spécialiste. Ma sœur, qui passe des soirées entières avec ses copains à fumer et à boire et à parler comme les jeunes de banlieue parce qu'elle pense que son intelligence ne peut pas être mise en doute.

Ce qui va très bien avec la mode SDF.

— Je suis là en émissaire parce que c'est une lâche doublée d'une trouillarde, poursuit Paloma en me regardant toujours fixement de ses grands yeux limpides.

— Eh bien, ça nous aura donné l'occasion de faire connaissance, dis-je poliment.

— Est-ce que je pourrai revenir ? demande-t-elle et il y a quelque chose de suppliant dans sa voix.

— Bien sûr, réponds-je, tu es la bienvenue. Mais j'ai peur que tu t'ennuies ici, il n'y a pas grand-chose à faire.

— Je voudrais juste être tranquille, me rétorque-t-elle.

— Tu ne peux pas être tranquille dans ta chambre ?

— Non, dit-elle, je ne suis pas tranquille si tout le monde sait où je suis. Avant, je me cachais. Mais à présent, toutes mes cachettes sont grillées.

— Tu sais, je suis constamment dérangée moi aussi. Je ne sais pas si tu pourras penser tranquillement ici.

— Je peux rester là (elle désigne le fauteuil devant la télé allumée, le son en sourdine). Les gens viennent pour vous voir, ils ne me dérangeront pas.

— Je veux bien, dis-je, mais il faut d'abord demander à ta maman si elle est d'accord.

Manuela, qui prend son service à huit heures et demie, passe la tête par la porte ouverte. Elle s'apprête à me dire quelque chose quand elle découvre Paloma et sa tasse de thé fumante.

— Entrez, lui dis-je, nous prenions une petite collation en bavardant.

Manuela arque un sourcil, ce qui signifie, en portugais du moins : Que fait-elle là ? Je hausse imperceptiblement les épaules. Elle plisse les lèvres, perplexe.

— Alors ? me demande-t-elle toutefois, incapable d'attendre.

— Vous revenez tout à l'heure ? dis-je avec un grand sourire.

— Ah, dit-elle, en voyant mon sourire, très bien, très bien, oui, je reviens, comme d'habitude.

Puis, en regardant Paloma :

— Bon, je reviens tout à l'heure.

Et, poliment :

— Au revoir, mademoiselle.

— Au revoir, dit Paloma en esquissant son premier sourire, un pauvre petit sourire sous-entraîné qui me fend le cœur.

— Il faut que tu rentres chez toi maintenant, dis-je. Ta famille va s'inquiéter.

Elle se lève et se dirige vers la porte en traînant des pieds.

— Il est manifeste, me dit-elle, que vous êtes très intelligente.

Et comme, interloquée, je ne dis rien :

— Vous avez trouvé la bonne cachette.

2

Cet invisible

L'enveloppe qu'un coursier dépose à ma loge pour Sa Majesté Colombe de la Racaille est ouverte.

Carrément ouverte, sans avoir jamais été scellée. Le rabat est toujours orné de sa bande protectrice blanche et l'enveloppe bée comme une vieille chaussure en dévoilant une liasse de feuilles maintenues par une spirale.

Pourquoi n'a-t-on pas pris la peine de fermer ? je me demande en écartant l'hypothèse d'une confiance en la probité des coursiers et des concierges et en supposant plutôt la croyance que le contenu de l'enveloppe ne les intéressera pas.

Je jure par tous les dieux que c'est la première fois et je supplie que l'on tienne compte des faits (courte nuit, pluie d'été, Paloma, etc.).

Je tire délicatement la liasse hors de son enveloppe.

Colombe Josse, *L'argument de potentia dei absoluta*, mémoire de master sous la direction de

Monsieur le Professeur Marian, Université de Paris-I — Sorbonne.

Il y a une carte fixée par un trombone à la première de couverture :

Chère Colombe Josse,
Voici mes annotations. Merci pour le coursier.
Nous nous verrons au Saulchoir demain.
Cordialement,
J. Marian

Il s'agit de philosophie médiévale, ainsi que l'introduction à la chose me l'apprend. C'est même un mémoire sur Guillaume d'Ockham, moine franciscain et philosophe logicien du XIVe siècle. Quant au Saulchoir, c'est une bibliothèque de « sciences religieuses et philosophiques » qui se trouve dans le XIIIe et qui est tenue par des dominicains. Elle possède un important fonds de littérature médiévale, avec, je gage, les œuvres complètes de Guillaume d'Ockham en latin et en quinze volumes. Comment le sais-je ? Eh bien j'y suis allée il y a quelques années. Pourquoi ? Pour rien. J'avais découvert sur un plan de Paris cette bibliothèque qui semblait ouverte à tous et m'y étais rendue en collectionneuse. J'avais parcouru les allées de la bibliothèque, plutôt clairsemées et peuplées exclusivement de vieux messieurs très doctes ou d'étudiants à l'air prétentieux. Je suis toujours fascinée par l'abnégation avec laquelle nous autres humains sommes capables de consacrer une grande énergie à la quête du rien et au brassage de pensées inutiles et absurdes. J'avais discuté avec un jeune thésard en patristique grecque et m'étais demandé comment tant de jeunesse pouvait se ruiner au service du néant. Quand on réfléchit bien au fait que ce qui préoccupe avant tout le primate, c'est le sexe, le territoire et la hiérarchie, la réflexion sur le sens de la prière chez Augustin d'Hippone semble relativement futile. Certes, on arguera sans doute du fait que l'homme aspire à un sens qui va au-delà des pulsions. Mais je rétorque que c'est à la fois très vrai (sinon, que faire de la littérature ?) et très faux : le sens, c'est encore de la pulsion, c'est même la pulsion portée à son plus haut degré d'accomplissement, en ce qu'elle utilise le moyen le plus performant, la compréhension, pour parvenir à ses fins. Car cette quête de sens et de beauté n'est pas le signe d'une nature altière de l'homme qui, échappant à son animalité, trouverait dans les lumières de l'esprit la justification de son être : c'est une arme aiguisée au service d'une fin matérielle et triviale. Et lorsque l'arme se prend elle-même pour objet, c'est une simple conséquence de ce câblage neuronal spécifique qui nous distingue des autres animaux et, en nous permettant de survivre par ce moyen performant, l'intelligence, nous offre aussi la possibilité de la complexité sans fondement, de la pensée sans utilité, de la beauté sans fonction. C'est comme un bug, une conséquence sans conséquence de la subtilité de notre cortex, une déviance superfétatoire utilisant en pure perte des moyens disponibles.

Mais même lorsque la quête ne divague pas ainsi, c'est encore une nécessité qui ne déroge pas à l'animalité. La littérature, par exemple, a une fonction pragmatique. Comme toute forme d'Art, elle a pour mission de rendre supportable l'accomplissement de nos devoirs vitaux. Pour un être qui, comme l'humain, façonne son destin à la force de la réflexion et de la réflexivité, la connaissance qui en découle a le caractère insupportable de toute lucidité nue. Nous savons que nous sommes des bêtes dotées d'une arme de survie et non des dieux façonnant le monde de leur pensée propre et il faut bien quelque chose pour que cette sagacité nous devienne tolérable, quelque chose qui nous sauve de la triste et éternelle fièvre des destins biologiques.

Alors, nous inventons l'Art, cet autre procédé des animaux que nous sommes afin que notre espèce survive.

La vérité n'aime rien tant que la simplicité de la vérité est la leçon que Colombe Josse aurait dû retenir de ses lectures moyenâgeuses. Faire des chichis conceptuels au service du rien est pourtant tout le bénéfice qu'elle semble retirer de l'affaire. C'est une de ces boucles inutiles et c'est aussi un gaspillage éhonté de ressources, incluant le coursier et moi-même.

Je parcours les pages à peine annotées de ce

qui doit être une version finale et je suis conster-
née. On concédera à la demoiselle une plume
qui ne se défend pas trop mal, bien qu'encore
un peu jeune. Mais que les classes moyennes se
crèvent à la tâche pour financer de leur sueur
et de leurs impôts aussi vaine et prétentieuse
recherche me laisse coite. Des secrétaires, des
artisans, des employés, des fonctionnaires de
basse catégorie, des chauffeurs de taxi et des
concierges écopent d'un quotidien de petits
matins gris afin que la fine fleur de la jeunesse
française, dûment logée et rémunérée, gaspille
tout le fruit de cette grisaille sur l'autel de travaux ridicules.

C'est pourtant a priori bien passionnant :
Existe-t-il des universaux ou bien seulement des choses
singulières est la question à laquelle je comprends
que Guillaume a consacré l'essentiel de sa vie. Je
trouve que c'est une interrogation fascinante :
chaque chose est-elle une entité individuelle
— et auquel cas, ce qui est semblable d'une
chose à une autre n'est qu'une illusion ou un
effet du langage, qui procède par mots et
concepts, par généralités désignant et englo-
bant plusieurs choses particulières — ou bien
existe-t-il réellement des formes générales dont les
choses singulières participent et qui ne soient
pas de simples faits de langage ? Quand nous
disons : une table, lorsque nous prononçons le
nom de table, lorsque nous formons le concept
de table, désignons-nous toujours seulement
cette table-ci ou bien renvoyons-nous *réellement* à

une entité table universelle qui fonde la réalité de toutes les tables particulières existantes ? L'*idée* de table est-elle réelle ou n'appartient-elle qu'à notre esprit ? Auquel cas, pourquoi certains objets sont-ils semblables ? Est-ce le langage qui les regroupe artificiellement et pour la commodité de l'entendement humain en catégories générales ou bien existe-t-il une forme universelle dont participe toute forme spécifique ?

Pour Guillaume, les choses sont singulières, le réalisme des universaux erroné. Il n'y a que des réalités particulières, la généralité est de l'esprit seul et c'est compliquer ce qui est simple que de supposer l'existence de réalités génériques. Mais en sommes-nous si sûrs ? Quelle congruence entre un Raphaël et un Vermeer demandais-je hier soir même ? L'œil y reconnaît une forme commune de laquelle ils participent tous deux, celle de la Beauté. Et je crois pour ma part qu'il faut qu'il y ait de la réalité dans cette forme-là, qu'elle ne soit pas un simple expédient de l'esprit humain qui classe pour comprendre, qui discrimine pour appréhender : car on ne peut rien classer qui ne s'y prête, rien regrouper qui ne soit regroupable, rien assembler qui ne soit assemblable. Jamais une table ne sera *Vue de Delft* : l'esprit humain ne peut créer cette dissimilitude, de la même manière qu'il n'a pas le pouvoir d'engendrer la solidarité profonde qui tisse une nature morte hollandaise et une Vierge à l'Enfant italienne.

Tout comme chaque table participe d'une essence qui lui donne sa forme, toute œuvre d'art participe d'une forme universelle qui seule peut lui donner ce sceau. Certes, nous ne percevons pas directement cette universalité : c'est une des raisons pour lesquelles tant de philosophes ont rechigné à considérer les essences comme réelles car je ne vois jamais que cette table présente et non la forme universelle « table », que ce tableau-ci et non l'essence même du Beau. Et pourtant... pourtant, elle est là, sous nos yeux : chaque tableau de maître hollandais en est une incarnation, une apparition fulgurante que nous ne pouvons contempler qu'au travers du singulier mais qui nous donne accès à l'éternité, à l'atemporalité d'une forme sublime.

L'éternité, cet invisible que nous regardons.

3

La juste croisade

Or, croyez-vous que tout ceci intéresse notre aspirante à la gloire intellectuelle ?

Que nenni.

Colombe Josse, qui n'a pour la Beauté ou pour le destin des tables aucune considération suivie, s'acharne à explorer la pensée théologique d'Ockham au gré de minauderies sémantiques dépourvues d'intérêt. Le plus remarquable est l'intention qui préside à l'entreprise : il s'agit de faire des thèses philosophiques d'Ockham la *conséquence* de sa conception de l'action de Dieu, en renvoyant ses années de labeur philosophique au rang d'excroissances secondaires de sa pensée théologique. C'est sidéral, enivrant comme le mauvais vin et surtout très révélateur du fonctionnement de l'Université : si tu veux faire carrière, prends un texte marginal et exotique (la *Somme de logique* de Guillaume d'Ockham) encore peu exploré, insulte son sens littéral en y cherchant une intention que l'auteur lui-même n'avait pas aperçue (car chacun sait que l'insu en matière de concept est bien plus puissant que tous les desseins conscients), déforme-le jusqu'au point de ressemblance avec une thèse originale (c'est la puissance absolue de Dieu qui fonde une analyse logique dont les enjeux philosophiques sont ignorés), brûle ce faisant toutes tes icônes (l'athéisme, la foi dans la Raison contre la raison de la foi, l'amour de la sagesse et autres babioles chères aux socialistes), consacre une année de ta vie à ce petit jeu indigne aux frais d'une collectivité que tu réveilles à sept heures et envoie un coursier à ton directeur de recherches.

À quoi sert l'intelligence si ce n'est à servir ? Et je ne parle pas de cette fausse servitude qui est celle des grands commis de l'État et qu'ils exhibent fièrement comme marque de leur vertu : c'est une humilité de façade qui n'est que vanité et dédain. Paré chaque matin de l'ostentatoire modestie du grand servant, Étienne de Broglie m'a depuis longtemps convaincue de l'orgueil de sa caste. À l'inverse, les privilèges donnent de *vrais* devoirs. Appartenir au petit cénacle fermé de l'élite, c'est devoir servir à la mesure de la gloire et de la fluidité dans l'existence matérielle qu'on récolte pour prix de cette appartenance. Suis-je comme Colombe Josse une jeune normalienne à laquelle l'avenir est ouvert ? Je dois me préoccuper du progrès de l'Humanité, de la résolution de problèmes cruciaux

318

pour la survie, le bien-être ou l'élévation du genre humain, de l'advenir de la Beauté dans le monde ou de la juste croisade pour l'authenticité philosophique. Ce n'est pas un sacerdoce, il y a le choix, les champs sont vastes. On n'entre pas en philosophie comme au séminaire, avec un credo pour épée et une voie unique pour destin. Travaille-t-on sur Platon, Épicure, Descartes, Spinoza, Kant, Hegel ou même Husserl ? Sur l'esthétique, la politique, la morale, l'épistémologie, la métaphysique ? Se consacre-t-on à l'enseignement, à la constitution d'une œuvre, à la recherche, à la Culture ? C'est indifférent. Car, en pareille matière, seule importe l'intention : élever la pensée, contribuer à l'intérêt commun ou bien rallier une scolastique qui n'a d'autre objet que sa propre perpétuation et d'autre fonction que l'autoreproduction de stériles élites — par où l'Université devient secte.

Pensée profonde n° 14

Va chez Angelina
Pour apprendre
Pourquoi les voitures brûlent

Aujourd'hui, il s'est passé quelque chose de passionnant ! Je suis allée chez Mme Michel lui demander d'apporter un courrier pour Colombe à la maison quand le coursier le déposerait à la loge. En fait, c'est son mémoire de maîtrise sur Guillaume d'Ockham, c'est une première rédaction que son directeur a dû relire et qu'il lui fait parvenir avec des annotations. La chose très drôle, c'est que Colombe s'est fait virer par Mme Michel parce qu'elle a sonné à la loge à sept heures pour lui demander de lui apporter le paquet. Mme Michel a dû l'engueuler (la loge ouvre à huit heures) parce que Colombe est remontée comme une furie à la maison en beuglant que la concierge était une vieille crevure qui se prenait pour qui, non mais des fois ? Maman a eu soudain l'air de se rappeler que, oui, en effet, dans un pays développé et civilisé, on ne dérange pas les concierges à n'importe quelle heure du jour et de la nuit (elle aurait mieux fait de se le rappeler avant que Colombe ne descende), mais ça n'a pas calmé ma sœur qui a continué à brailler que c'est pas parce qu'elle s'était trompée d'horaire que cette moins-que-rien avait le droit de lui claquer la porte au nez. Maman a laissé couler. Si Colombe était ma fille (Darwin m'en préserve), je lui aurais collé deux baffes.

Dix minutes plus tard, Colombe est venue dans ma chambre avec un sourire tout mielleux. Alors ça, je ne peux pas le supporter. Je préfère encore qu'elle me crie dessus. « Paloma, ma puce, tu veux bien me rendre un grand service ? » a-t-elle roucoulé. « Non », ai-je répondu. Elle a inspiré un grand coup en regrettant que je ne sois pas son esclave personnelle — elle aurait pu me faire fouetter — se serait sentie beaucoup mieux — m'énerve cette morveuse. « Je veux un accord », ai-je ajouté. « Tu ne sais même pas ce que je veux » a-t-elle rétorqué avec un petit air méprisant. « Tu veux que j'aille voir Mme Michel », ai-je dit. Elle est restée la bouche ouverte. À force de se raconter que je suis débile, elle finit par le croire. « O.K. si tu ne mets pas de musique fort dans ta chambre pendant un mois. » « Une semaine », a dit Colombe. « Alors, je n'irai pas », ai-je dit. « O.K. », a dit Colombe, « va voir cette vieille raclure et dis-lui de m'apporter le paquet de Marian dès qu'il arrive à la loge. » Et elle est sortie en claquant la porte.

Je suis donc allée voir Mme Michel et elle m'a invitée à boire un thé.

Pour l'instant, je la teste. Je n'ai pas dit grand-chose. Elle m'a regardée bizarrement, comme si elle me voyait pour la première fois. Elle n'a rien dit sur Colombe. Si c'était une vraie concierge, elle aurait dit quelque chose comme : « Oui, bon, mais votre sœur, là, faut quand même pas qu'elle se croie tout permis. » Au lieu de ça, elle m'a offert une tasse de thé et elle m'a parlé très poliment, comme si j'étais une vraie personne.

Dans la loge, la télévision était allumée. Elle ne la regardait pas. Il y avait un reportage sur les jeunes qui brûlent des voitures en banlieue. En voyant les images, je me suis demandé : qu'est-ce qui peut pousser un jeune à brûler une voiture ? Qu'est-ce qui peut bien se passer dans sa tête ? Et après, c'est cette pensée-là qui m'est venue : et moi ? Pourquoi je veux brûler l'appartement ? Les journalistes parlent du chômage et de la misère, moi je parle de l'égoïsme et de la fausseté de ma famille. Mais ce sont des fadaises. Il y a toujours eu du chômage et de la misère et des familles merdiques. Et pourtant, on ne brûle pas des voitures ou des appartements tous les matins, quand même ! Je me suis dit que, finalement, tout ça, c'étaient de fausses raisons. Pourquoi est-ce qu'on brûle une voiture ? Pourquoi est-ce que je veux mettre le feu à l'appartement ?

Je n'ai pas eu de réponse à ma question jusqu'à ce que j'aille faire des courses avec ma tante Hélène, la sœur de ma mère, et ma cousine Sophie. En fait, il s'agissait d'aller acheter un cadeau pour l'anniversaire de maman qu'on fête dimanche prochain. On a pris le prétexte d'aller ensemble au musée Dapper et en fait, on est allées faire les boutiques de décoration du IIe et du VIIIe. L'idée, c'était de trouver un porte-parapluie et d'acheter aussi mon cadeau.

Concernant le porte-parapluie, ça a été interminable. Ça a pris trois heures alors que, d'après moi, tous ceux que nous avons vus étaient strictement identiques, soit des cylindres tout bêtes, soit des machins avec des ferronneries genre antiquaire. Le tout hors de prix. Ça ne vous dérange pas quelque part, vous, l'idée qu'un porte-parapluie puisse coûter deux cent quatre-vingt-dix-neuf euros ? C'est pourtant le prix que Hélène a payé pour une chose prétentieuse en « cuir vieilli » (mon œil : frotté à la brosse en fer, oui) avec des coutures façon sellier, comme si on habitait dans un haras. Moi, j'ai acheté à maman une petite boîte à somnifères en laque noire dans une boutique asiatique. Trente euros. Je trouvais déjà ça très cher mais Hélène m'a demandé si je voulais rajouter quelque chose, vu que ce n'était pas grand-chose. Le mari d'Hélène est gastro-entérologue et je peux vous garantir que, au pays des médecins, le gastro-entérologue n'est pas le plus pauvre... Mais j'aime quand même bien Hélène et Claude parce qu'ils sont... eh bien, je ne sais pas très bien comment dire... entiers. Ils sont contents de leur vie, je crois, enfin ils ne jouent pas à être autre chose que ce qu'ils sont. Et ils ont Sophie. Ma cousine Sophie est trisomique. Je ne suis pas du genre à m'extasier devant les trisomiques comme il est de bon ton de le faire dans ma famille (même Colombe s'y met). Le discours convenu, c'est : ils sont handicapés mais ils sont tellement attachants, tellement affectueux, tellement émouvants ! Personnellement, je trouve la présence de Sophie plutôt pénible : elle bave, elle crie, elle boude, elle fait des caprices et elle ne comprend rien. Mais ça ne veut pas dire que je n'approuve pas Hélène et Claude. Ils disent eux-mêmes qu'elle est dure et que c'est une vraie galère d'avoir une fille trisomique mais ils l'aiment et ils s'occupent d'elle très bien, je trouve. Ça, plus leur caractère entier, eh bien, ça fait que je les aime bien. Quand on voit maman qui joue à être une femme moderne bien dans sa peau ou Jacinthe Rosen qui joue à être une bourgeoise-depuis-le-berceau, ça rend Hélène, qui ne joue à rien du tout et qui est contente de ce qu'elle a, plutôt sympathique.

Mais bref, après le cirque du porte-parapluie, on est allées manger un gâteau et boire un chocolat chez Angelina, le salon de thé de la rue de Rivoli. Vous me direz qu'il n'y a pas plus éloigné de la thématique jeunes de banlieue qui brûlent des voitures. Eh bien pas du tout ! J'ai vu quelque chose chez Angelina qui m'a permis de comprendre certaines autres choses. À la table à côté de la nôtre, il y avait un couple avec un bébé. Un couple de Blancs avec un bébé asiatique, un petit garçon qui s'appelait Théo. Hélène et eux ont sympathisé et ont bavardé un moment. Ils ont sympathisé en tant que parents d'un enfant différent, évidemment, c'est comme ça qu'ils se sont reconnus et qu'ils ont commencé à parler. On a appris que Théo était un petit garçon adopté, qu'il avait quinze mois quand ils l'ont ramené de Thaïlande, que ses parents sont morts dans le tsunami, ainsi que tous ses frères et sœurs. Moi, je regardais autour de moi et je me disais : comment il va faire ? On était chez Angelina, quand même : toutes ces personnes bien habillées, croquant avec préciosité dans des pâtisseries ruineuses, et qui n'étaient là que pour... eh bien que pour la signification du lieu, l'appartenance à un certain monde, avec ses croyances, ses codes, ses projets, son histoire, etc. C'est symbolique, quoi. Quand on prend le thé chez Angelina, on est en

France, dans un monde riche, hiérarchisé, rationnel, cartésien, policé. Comment va-t-il faire, le petit Théo ? Il a passé les premiers mois de sa vie dans un village de pêcheurs en Thaïlande, dans un monde oriental, dominé par des valeurs et des émotions propres où l'appartenance symbolique, ça se joue peut-être à la fête du village quand on honore le dieu de la Pluie, où les enfants sont baignés dans des croyances magiques, etc. Et le voilà en France, à Paris, chez Angelina, immergé sans transition dans une culture différente et dans une position qui a changé du tout au tout : de l'Asie à l'Europe, du monde des pauvres à celui des riches.

Alors tout à coup, je me suis dit : Théo, il aura peut-être envie de brûler des voitures, plus tard. Parce que c'est un geste de colère et de frustration et peut-être que la plus grande colère et la plus grande frustration, ce n'est pas le chômage, ce n'est pas la misère, ce n'est pas l'absence de futur : c'est le sentiment de ne pas avoir de culture parce qu'on est écartelé entre des cultures, des symboles incompatibles. Comment exister si on ne sait pas où on est ? S'il faut assumer en même temps une culture de pêcheurs thaïlandais et de grands bourgeois parisiens ? De fils d'immigrés et de membres d'une vieille nation conservatrice ? Alors on brûle des voitures parce que quand on n'a pas de culture, on n'est plus un animal civilisé : on est une bête sauvage. Et une bête sauvage, ça brûle, ça tue, ça pille.

Je sais que ce n'est pas très profond mais j'ai quand même eu une pensée profonde après ça, quand je me suis demandé : et moi ? C'est quoi, mon problème culturel ? En quoi est-ce que je suis écartelée entre des croyances incompatibles ? En quoi est-ce que je suis une bête sauvage ?

Alors, j'ai eu une illumination : je me suis rappelé les soins conjuratoires aux plantes vertes de maman, les manies phobiques de Colombe, l'angoisse de papa parce que Mamie est en maison de retraite et tout un tas d'autres faits comme celui-là. Maman croit qu'on peut conjurer le sort d'un coup de pschitt, Colombe qu'on peut écarter l'angoisse en se lavant les mains et papa qu'il est un mauvais fils qui sera puni parce qu'il a abandonné sa mère : finalement, ils ont des croyances magiques, des croyances de primitifs mais au contraire des pêcheurs thaïlandais, ils ne peuvent pas les assumer parce qu'ils sont des Français-éduqués-riches-cartésiens.

Et moi, je suis peut-être la plus grande victime de cette contradiction parce que, pour une raison inconnue, je suis hypersensible à tout ce qui est dissonant, comme si j'avais un genre d'oreille absolue pour les couacs, pour les contradictions. Cette contradiction-là et toutes les autres... Et du coup, je ne me reconnais dans aucune croyance, dans aucune de ces cultures familiales incohérentes.

Peut-être que je suis le symptôme de la contradiction familiale et donc celle qui doit disparaître pour que la famille aille bien.

4

L'adage de base

Quand Manuela revient à deux heures de chez les de Broglie, j'ai eu le temps de réinsérer le mémoire dans son enveloppe et de le déposer chez les Josse.

J'ai eu à cette occasion une intéressante conversation avec Solange Josse.

On se souviendra que, pour les résidents, je suis une concierge bornée qui se tient à la lisière floue de leur vision éthérée. En la matière, Solange Josse ne fait pas exception mais, comme elle est mariée à un parlementaire socialiste, elle fait néanmoins des efforts.

— Bonjour, me dit-elle en ouvrant la porte et en prenant l'enveloppe que je lui tends.

Ainsi des efforts.

— Vous savez, poursuit-elle, Paloma est une petite fille très excentrique.

Elle me regarde pour vérifier ma connaissance du mot. Je prends l'air neutre, un de mes favoris, qui laisse toute latitude dans l'interprétation.

Solange Josse est socialiste mais elle ne croit pas en l'homme.

— Je veux dire qu'elle est un peu bizarre, articule-t-elle comme si elle parlait à une malentendante.

— Elle est très gentille, dis-je, en prenant sur moi d'injecter dans la conversation un peu de philanthropie.

— Oui, oui, dit Solange Josse sur le ton de celle qui voudrait bien en arriver au point mais doit au préalable surmonter les obstacles que lui oppose la sous-culture de l'autre. C'est une gentille petite fille mais elle se comporte parfois bizarrement. Elle adore se cacher par exemple, elle disparaît pendant des heures.

— Oui, dis-je, elle m'a dit.

C'est un léger risque, comparé à la stratégie qui consiste à ne rien dire, ne rien faire et ne rien comprendre. Mais je crois pouvoir tenir le rôle sans trahir ma nature.

— Ah, elle vous a dit ?

Solange Josse a soudain le ton vague. Comment savoir ce que la concierge a compris de ce que Paloma a dit ? est la question qui, mobilisant ses ressources cognitives, la déconcentre et lui donne l'air absent.

— Oui, elle m'a dit, réponds-je avec, il faut le dire, un certain talent dans le laconisme.

Derrière Solange Josse, j'aperçois Constitution qui passe à vitesse réduite, la truffe blasée.

— Ah, attention, le chat, dit-elle.

Et elle sort sur le palier en refermant la porte

derrière elle. Ne pas laisser sortir le chat et ne pas laisser entrer la concierge est l'adage de base des dames socialistes.

— Bref, reprend-elle, Paloma m'a dit qu'elle voudrait venir à votre loge de temps en temps. C'est une enfant très rêveuse, elle aime se poser quelque part et ne rien faire. Pour tout vous dire, j'aimerais autant qu'elle le fasse à la maison.

— Ah, dis-je.

— Mais de temps en temps, si ça ne vous dérange pas... Comme ça, au moins, je saurai où elle est. Nous devenons tous fous à la chercher partout. Colombe, qui a du travail par-dessus la tête, n'est pas très contente de devoir passer des heures à remuer ciel et terre pour retrouver sa sœur.

Elle entrouvre la porte, vérifie que Constitution a débarrassé le plancher.

— Ça ne vous ennuie pas ? demande-t-elle, déjà préoccupée d'autre chose.

— Non, dis-je, elle ne me dérange pas.

— Ah, très bien, très bien, dit Solange Josse dont l'attention est décidément accaparée par une affaire urgente et beaucoup plus importante. Merci, merci, c'est très aimable à vous.

Et elle referme la porte.

5

Antipode

Après ça, j'accomplis mon office de concierge et, pour la première fois de la journée, ai le temps de méditer. La soirée de la veille me revient avec un curieux arrière-goût. Il y a une agréable fragrance de cacahuète mais aussi un début d'angoisse sourde. Je tente de m'en détourner en m'absorbant dans l'arrosage des plantes vertes sur tous les paliers de l'immeuble, le type même de tâche que je tiens pour l'antipode de l'intelligence humaine.

À deux heures moins une, Manuela arrive, l'air aussi captivé que Neptune quand il examine de loin une épluchure de courgette.

— Alors ? réitère-t-elle sans attendre en me tendant des madeleines dans un petit panier rond en osier.

— Je vais encore une fois avoir besoin de vos services, dis-je.

— Ah bon ? module-t-elle en traînant très fort et malgré elle sur le « bon-on ».

Je n'ai jamais vu Manuela dans un tel état d'excitation.

— Nous prenons le thé dimanche et j'apporte les pâtisseries, dis-je.

— Oooooh, dit-elle radieuse, les pâtisseries !

Et immédiatement pragmatique :

— Il faut que je vous fasse quelque chose qui se garde.

Manuela travaille jusqu'au samedi midi.

— Vendredi soir, je vais vous faire un *gloutof*, déclare-t-elle après un court laps de réflexion.

Le *gloutof* est un gâteau alsacien un peu vorace.

Mais le *gloutof* de Manuela est aussi un nectar. Tout ce que l'Alsace comporte de lourd et de desséché se transmute entre ses mains en chef-d'œuvre parfumé.

— Vous aurez le temps ? je demande.

— Bien sûr, dit-elle aux anges, j'ai toujours le temps pour un *gloutof* pour vous !

Alors je lui raconte tout : l'arrivée, la nature morte, le saké, Mozart, les gyozas, le zalu, Kitty, les sœurs Munakata et tout le reste.

N'ayez qu'une amie mais choisissez-la bien.

— Vous êtes formidable, dit Manuela à la fin de mon récit. Tous ces imbéciles ici, et vous, lorsqu'un Monsieur bien arrive pour la première fois, vous êtes invitée chez lui.

Elle engloutit une madeleine.

— Ha ! s'exclame-t-elle soudain en aspirant très fort le « h ». Je vais aussi vous faire quelques tartelettes au whisky !

— Non, dis-je, ne vous donnez pas tant de mal, Manuela, le... *gloutof* suffira.

— Me donner du mal ? répond-elle. Mais Renée, c'est vous qui me donnez du bien depuis toutes ces années !

Elle réfléchit un instant, repêche un souvenir.

— Qu'est-ce que Paloma faisait là ? demande-t-elle.

— Eh bien, dis-je, elle se reposait un peu de sa famille.

— Ah, dit Manuela, la pauvre ! Il faut dire qu'avec la sœur qu'elle a...

Manuela a pour Colombe, dont elle brûlerait bien les nippes de clodo avant de l'envoyer aux champs pour une petite révolution culturelle, des sentiments sans équivoque.

— Le petit Pallières a la bouche ouverte quand elle passe, ajoute-t-elle. Mais elle ne le voit même pas. Il devrait se mettre un sac-poubelle sur la tête. Ah, si toutes les demoiselles de l'immeuble étaient comme Olympe...

— C'est vrai, Olympe est très gentille, dis-je.

— Oui, dit Manuela, c'est une bonne petite. Neptune a eu *les chiasses* mardi, vous savez, eh bien elle l'a soigné.

Une chiasse toute seule, c'est bien trop mesquin.

— Je sais, dis-je, nous en sommes quittes pour un nouveau tapis dans le hall. On le livre demain. Ça ne fera pas de mal, celui-ci était affreux.

— Vous savez, dit Manuela, vous pouvez garder la robe. La fille de la dame a dit à Maria : Gardez tout, et Maria m'a dit de vous dire qu'elle vous donne la robe.

— Oh, dis-je, c'est vraiment très gentil mais je ne peux pas accepter.

— Ah, ne recommencez pas, dit Manuela, agacée. De toute façon, c'est vous qui allez payer le pressing. Regardez-moi ça, on dirait une *orange*.

L'orange est probablement une forme vertueuse de l'orgie.

— Eh bien, remerciez Maria pour moi, dis-je, je suis vraiment très touchée.

— C'est mieux comme ça, dit-elle. Oui, oui, je lui dirai merci pour vous.

On frappe deux petits coups brefs à la porte.

6

La basse portouce

C'est Kakuro Ozu.

— Bonjour, bonjour, dit-il en bondissant dans la loge. Oh, bonjour madame Lopes, ajoute-t-il en voyant Manuela.

— Bonjour monsieur Ozu, répond-elle en hurlant presque.

Manuela est quelqu'un de très enthousiaste.

— Nous prenions le thé, vous vous joignez à nous ? dis-je.

— Ah mais volontiers, dit Kakuro en se saisissant d'une chaise. Et, apercevant Léon : Oh, le beau morceau ! Je ne l'avais pas bien vu l'autre fois. On dirait un sumo !

— Prenez donc une madeleine, elles sont à l'*orgie*, dit Manuela qui s'emmêle les pinceaux tout en poussant le panier vers Kakuro.

L'orgie est vraisemblablement une forme vicieuse de l'orange.

— Merci, dit Kakuro en en attrapant une.

— Fameuse ! articule-t-il sitôt la bouchée engloutie.

Manuela se tortille sur sa chaise, l'air béat.

— Je suis venu vous demander votre avis, dit Kakuro après quatre madeleines. Je suis en pleine querelle avec un ami sur la question de la suprématie européenne en matière de culture, poursuit-il en me décochant un clin d'œil pimpant.

Manuela, qui ferait bien d'être plus indulgente avec le petit Pallières, a la bouche grande ouverte.

— Il penche pour l'Angleterre, je suis évidemment pour la France. J'ai donc dit que je connaissais quelqu'un qui pouvait nous départager. Voulez-vous bien être l'arbitre ?

— Mais je suis juge et partie, dis-je en m'asseyant, je ne peux pas voter.

— Non, non, non, dit Kakuro, vous n'allez pas voter. Vous allez juste répondre à ma question : quelles sont les deux inventions majeures de la culture française et de la culture britannique ? Madame Lopes, j'ai de la chance cet après-midi, vous allez donner votre avis aussi, si vous voulez bien, ajoute-t-il.

— Les Anglais..., commence Manuela très en forme, puis elle s'arrête. D'abord vous, Renée, dit-elle, soudain rappelée à plus de prudence en se remémorant sans doute qu'elle est portugaise.

Je réfléchis un instant.

— Pour la France : la langue du XVIIIe et le fromage coulant.

— Et pour l'Angleterre ? demande Kakuro.

— Pour l'Angleterre, c'est facile, dis-je.

— Le poudînngueuh ? suggère Manuela en prononçant tel quel.

Kakuro rit à gorge déployée.

— Il en faut un autre, dit-il.

— Eh bien le rutebi, dit-elle, toujours aussi british.

— Ha ha, rit Kakuro. Je suis d'accord avec vous ! Alors, Renée, votre proposition ?

— L'habeas corpus et le gazon, dis-je en riant.

Et, par le fait, ça nous fait tous bien rire, y compris Manuela qui a entendu « la basse portouce », ce qui ne veut rien dire, mais que ça fait quand même marrer.

Juste à ce moment, on frappe à la loge.

C'est fou comme cette loge qui, hier, n'intéressait personne, semble aujourd'hui au centre de l'attention mondiale.

— Entrez, dis-je sans réfléchir, dans le feu de la conversation.

Solange Josse passe la tête par la porte.

Nous la regardons tous trois d'un air interrogateur, comme si nous étions les convives d'un banquet qu'importunait une servante malpolie.

Elle ouvre la bouche, se ravise.

Paloma passe la tête au niveau de la serrure.

Je me ressaisis, me lève.

— Je peux vous laisser Paloma une petite heure ? demande Mme Josse, qui s'est reprise aussi mais dont le curiosimètre explose.

— Bonjour, cher monsieur, dit-elle à Kakuro qui s'est levé et vient lui serrer la main.

— Bonjour, chère madame, dit-il aimablement. Bonjour Paloma, je suis content de te voir. Eh bien, chère amie, elle est en de bonnes mains, vous pouvez nous la laisser.

Comment congédier avec grâce et en une seule leçon.

— Euh... bien... oui... merci, dit Solange Josse, et elle fait lentement marche arrière, encore un peu sonnée.

Je ferme la porte derrière elle.

— Veux-tu une tasse de thé ? m'enquiers-je.

— Bien volontiers, me répond-elle.

Une vraie princesse chez les cadres du parti.

Je lui sers une demi-tasse de thé au jasmin tandis que Manuela la ravitaille en madeleines rescapées.

— Qu'est-ce que les Anglais ont inventé, selon toi ? lui demande Kakuro, toujours à son concours culturel.

Paloma réfléchit intensément.

— Le chapeau comme emblème de la psychorigidité, dit-elle.

— Magnifique, dit Kakuro.

Je note que j'ai probablement largement sous-estimé Paloma et qu'il faudra approfondir cette affaire-là, mais, parce que le destin frappe toujours trois fois et puisque tous les conspirateurs sont voués un jour à être démasqués, on tambourine de nouveau au carreau de la loge, différant ma réflexion.

Paul N'Guyen est la première personne qui ne semble surprise de rien.

— Bonjour, madame Michel, me dit-il, puis : Bonjour à tous.

— Ah, Paul, dit Kakuro, nous avons définitivement discrédité l'Angleterre.

Paul sourit gentiment.

— Très bien, dit-il. Votre fille vient d'appeler. Elle rappelle dans cinq minutes.

Et il lui tend un portable.

— Entendu, dit Kakuro. Eh bien, mesdames, je dois prendre congé.

Il s'incline devant nous.

— Au revoir, proférons-nous toutes d'une même voix, comme un chœur virginal.

— Eh bien, dit Manuela, voilà une bonne chose de faite.

— Laquelle ? je demande.

— Toutes les madeleines sont mangées.

Nous rions.

Elle me regarde l'air songeur, sourit.

— C'est incroyable, hein ? me dit-elle.

Oui, c'est incroyable.

Renée, qui a désormais deux amis, n'est plus si farouche.

Mais Renée, qui a désormais deux amis, sent poindre en elle une terreur informe.

Lorsque Manuela s'en va, Paloma se love sans façons dans le fauteuil du chat, devant la télé, et, me regardant de ses grands yeux sérieux, me demande :

— Vous croyez que la vie a un sens ?

7

Bleu nuit

Au pressing, j'avais dû affronter le courroux de la dame des lieux.

— Des taches pareilles sur une robe de cette qualité, avait-elle maugréé en me remettant un ticket bleu azur.

Ce matin, c'est une autre à laquelle je tends mon rectangle de papier. Plus jeune et moins réveillée. Elle farfouille interminablement parmi des rangées compactes de cintres puis me tend une belle robe en lin prune, ligotée de plastique transparent.

— Merci, dis-je en réceptionnant ladite après une infime hésitation.

Il faut donc ajouter au chapitre de mes turpitudes le rapt d'une robe qui ne m'appartient pas en échange de celle d'une morte à laquelle je l'ai volée. Le mal se niche, au reste, dans l'infime de mon hésitation. Fût-elle née d'un remords lié au concept de propriété que je pourrais encore implorer le pardon de saint Pierre ; mais elle n'est due, je le crains, qu'au temps nécessaire pour valider la praticabilité du méfait.

À une heure, Manuela passe à la loge déposer son *gloutof*.

— J'aurais voulu venir plus tôt, dit-elle, mais Mme de Broglie, elle me surveillait du coin.

Pour Manuela, le coin *de l'œil* est une incompréhensible précision.

En fait de *gloutof*, il y a, ébouriffant une débauche de papier de soie bleu nuit, un magnifique cake alsacien revisité par l'inspiration, des tartelettes au whisky si fines qu'on craint de les briser et des tuiles aux amandes bien caramélisées sur les bords. J'en bave instantanément.

— Merci Manuela, dis-je, mais nous ne sommes que deux, vous savez.

— Vous n'avez qu'à commencer tout de suite, dit-elle.

— Merci encore, vraiment, dis-je, ça a dû vous prendre du temps.

— Taratata, dit Manuela. J'ai tout fait en double et Fernando vous remercie.

Cette tige brisée que pour vous j'ai aimée

Je me demande si je ne suis pas en train de me transformer en esthète contemplative. Avec une grosse tendance zen et, en même temps, un soupçon de Ronsard.

Je m'explique. C'est un « mouvement du monde » un peu spécial parce que ce n'est pas un mouvement du corps. Mais ce matin, en prenant mon petit déjeuner, j'ai vu un mouvement. THE mouvement. La perfection du mouvement. Hier (on était lundi), Mme Grémont, la femme de ménage, a apporté un bouquet de roses à maman. Mme Grémont a passé son dimanche chez sa sœur qui a un petit jardin ouvrier à Suresnes, un des derniers, et elle a rapporté un bouquet des premières roses de la saison : des roses jaunes, d'un beau jaune pâle du type primevère. D'après Mme Grémont, ce rosier s'appelle « The Pilgrim », « Le Pèlerin ». Rien que ça, ça m'a plu. C'est quand même plus élevé, plus poétique ou moins mièvre que d'appeler les rosiers « Madame Figaro » ou « Un amour de Proust » (je n'invente rien). Bon, on passera sur le fait que Mme Grémont offre des roses à maman. Toutes les deux, elles ont la même relation que toutes les bourgeoises progressistes avec leur femme de ménage, quoique maman soit persuadée qu'elle est un cas à part : une bonne vieille relation paternaliste tendance rose (on offre le café, on paye correctement, on ne réprimande jamais, on donne les vieux vêtements et les meubles cassés, on s'intéresse aux enfants et, en retour, on a droit à des bouquets de roses et des couvre-lits marron et beige au crochet). Mais ces roses-là... C'était quelque chose.

J'étais donc en train de prendre mon petit déjeuner et je regardais le bouquet sur le plan de travail de la cuisine. Je crois que je ne pensais à rien. C'est peut-être pour ça, d'ailleurs, que j'ai vu le mouvement ; peut-être que si j'avais été absorbée par autre chose, si la cuisine n'avait pas été silencieuse, si je n'avais pas été seule dans la cuisine, je n'aurais pas été suffisamment attentive. Mais j'étais seule et calme et vide. J'ai donc pu l'accueillir en moi.

Il y a eu un petit bruit, enfin un frémissement de l'air qui a fait « shhhhh » très très très doucement : c'était un bouton de rose avec un petit bout de tige brisée qui tombait sur le plan de travail. Au moment où il l'a touché, ça a fait « peuf », un « peuf » du type ultrason, seulement pour les oreilles des souris ou pour les oreilles humaines quand tout est très très très silencieux. Je suis restée la cuillère en l'air, complètement saisie. C'était magnifique. Mais qu'est-ce qui était magnifique comme ça ? Je n'en revenais pas : c'était juste un bouton de rose au bout d'une tige brisée qui venait de tomber sur le plan de travail. Alors ?

J'ai compris en m'approchant et en regardant le

bouton de rose immobile, qui avait terminé sa chute. C'est un truc qui a à voir avec le temps, pas avec l'espace. Oh bien sûr, c'est toujours joli, un bouton de rose qui vient de tomber gracieusement. C'est si artistique : on en peindrait à gogo ! Mais ce n'est pas ça qui explique THE mouvement. Le mouvement, cette chose qu'on croit spatiale...

Moi, en regardant tomber cette tige et ce bouton, j'ai intuitionné en un millième de seconde l'essence de la Beauté. Oui, moi, une mouflette de douze ans et demi, j'ai eu cette chance inouïe parce que, ce matin, toutes les conditions étaient réunies : esprit vide, maison calme, jolies roses, chute d'un bouton. Et c'est pour ça que j'ai pensé à Ronsard, sans trop comprendre au début : parce que c'est une question de temps et de roses. Parce que ce qui est beau, c'est ce qu'on saisit alors que ça passe. C'est la configuration éphémère des choses au moment où on en voit en même temps la beauté et la mort.

Aïe, aïe, aïe, je me suis dit, est-ce que ça veut dire que c'est comme ça qu'il faut mener sa vie ? Toujours en équilibre entre la beauté et la mort, le mouvement et sa disparition ?

C'est peut-être ça, être vivant : traquer des instants qui meurent.

8

À petites gorgées heureuses

Et puis nous sommes dimanche.

À quinze heures, je prends le chemin du quatrième. La robe prune est légèrement trop grande — une aubaine en ce jour de *gloutof* — et mon cœur est serré comme un chaton roulé en boule.

Entre le troisième et le quatrième étage, je me trouve nez à nez avec Sabine Pallières. Cela fait plusieurs jours que, lorsqu'elle me croise, elle toise ostensiblement et avec désapprobation mes cheveux vaporeux. On appréciera que j'aie renoncé à dissimuler au monde ma nouvelle apparence. Mais cette insistance me met mal à l'aise, quelque affranchie que je sois. Notre rencontre dominicale ne déroge pas à la règle.

— Bonjour, madame, dis-je, en continuant de gravir les marches.

Elle me répond d'un signe de tête sévère en considérant mon crâne puis, découvrant ma mise, s'arrête net sur une marche. Un vent de panique me soulève et perturbe la régulation de ma sudation, menaçant ma robe volée de l'infamie d'auréoles.

— Pouvez-vous, puisque vous montez, arroser les fleurs du palier ? me dit-elle d'un ton exaspéré.

Dois-je le rappeler ? Nous sommes dimanche.

— Ce sont des gâteaux ? demande-t-elle soudain.

Je porte sur un plateau les œuvres de Manuela enveloppées de soie marine et je réalise que ma robe en est dissimulée de sorte que ce qui suscite la condamnation de Madame, ce ne sont point mes prétentions vestimentaires mais la gourmandise supposée de quelque hère.

— Oui, une livraison imprévue, dis-je.

— Eh bien, profitez-en pour arroser les fleurs, dit-elle et elle reprend sa descente irritée.

J'atteins le palier du quatrième et sonne avec difficulté car je porte aussi la cassette, mais Kakuro m'ouvre diligemment et se saisit dans l'instant de mon encombrant plateau.

— Oh la la, dit-il, vous ne plaisantiez pas, j'en salive d'avance.

— Vous remercierez Manuela, dis-je en le suivant à la cuisine.

— C'est vrai ? demande-t-il en dégageant le gloutof de son excès de soie bleue. C'est une véritable perle.

Je me rends soudain compte qu'il y a de la musique.

Ce n'est pas très fort et ça émane de haut-parleurs invisibles qui diffusent le son dans toute la cuisine.

> *Thy hand, lovest soul, darkness shades me,*
> *On thy bosom let me rest.*
> *When I am laid in earth*
> *May my wrongs create*
> *No trouble in thy breast.*
> *Remember me, remember me,*
> *But ah ! forget my fate.*

C'est la mort de Didon, dans le *Didon et Énée* de Purcell. Si vous voulez mon avis : la plus belle œuvre de chant au monde. Ce n'est pas seulement beau, c'est sublime et ça tient à l'enchaînement incroyablement dense des sons, comme s'ils étaient liés par une force invisible et comme si, tout en se distinguant, ils se fondaient les uns dans les autres, à la frontière de la voix humaine, presque dans le territoire de la plainte animale — mais avec une beauté que des cris des bêtes n'atteindront jamais, une beauté née de la subversion de l'articulation phonétique et de la transgression du soin que le langage verbal met d'ordinaire à distinguer les sons.

Briser les pas, fondre les sons.

L'Art, c'est la vie, mais sur un autre rythme.

— Allons-y ! dit Kakuro qui a disposé tasses,

théière, sucre et petites serviettes en papier sur un grand plateau noir.

Je le précède dans le couloir et, sur ses indications, ouvre la troisième porte sur la gauche.

— Vous avez un magnétoscope ? avais-je demandé à Kakuro Ozu.

— Oui, avait-il répondu avec un sourire sibyllin.

La troisième porte sur la gauche ouvre sur une salle de cinéma miniature. Il y a un grand écran blanc, un tas d'appareils brillants et énigmatiques, trois rangées de cinq vrais fauteuils de cinéma recouverts de velours bleu nuit, une longue table basse devant la première et des murs et un plafond tendus de soie sombre.

— En fait, c'était mon métier, dit Kakuro.

— Votre métier ?

— Pendant plus de trente ans, j'ai importé en Europe de la hi-fi de pointe, pour des grandes enseignes de luxe. C'est un commerce très lucratif — mais surtout merveilleusement ludique pour moi que tout gadget électronique passionne.

Je prends place sur un siège délicieusement rembourré et la séance commence.

Comment décrire ce moment de grande joie ? Nous regardons *Les Sœurs Munakata* sur un écran géant, dans une douce pénombre, le dos calé contre un dossier bien mou, en grignotant du *gloutof* et en buvant du thé brûlant à petites gorgées heureuses. De temps à autre, Kakuro arrête le film et nous commentons

347

ensemble, à bâtons rompus, les camélias sur la mousse du temple et le destin des hommes quand la vie est trop dure. À deux reprises, je m'en vais saluer mon ami le *Confutatis* et je reviens dans la salle comme dans un lit chaud et douillet.

C'est un hors-temps dans le temps... Quand ai-je pour la première fois ressenti cet abandon exquis qui n'est possible qu'à deux ? La quiétude que nous éprouvons lorsque nous sommes seuls, cette certitude de nous-mêmes dans la sérénité de la solitude ne sont rien en comparaison du laisser-aller, laisser-venir et laisser-parler qui se vit avec l'autre, en compagnie complice... Quand ai-je pour la première fois ressenti ce délassement heureux en présence d'un homme ?

Aujourd'hui, c'est la première fois.

9

Sanae

Lorsque, à dix-neuf heures, après avoir encore bien conversé en buvant du thé et alors que je m'apprête à prendre congé, nous repassons par le grand salon, je remarque, sur une table basse à côté d'un canapé, la photographie encadrée d'une très belle femme.

— C'était ma femme, dit doucement Kakuro en voyant que je l'observe. Elle est morte il y a dix ans, d'un cancer. Elle s'appelait Sanae.

— Je suis désolée, dis-je. C'était une... très belle femme.

— Oui, dit-il, très belle.

Un bref silence se fait.

— J'ai une fille, qui vit à Hong Kong, ajoute-t-il, et déjà deux petits-enfants.

— Ils doivent vous manquer, dis-je.

— J'y vais assez souvent. Je les aime beaucoup. Mon petit-fils, qui s'appelle Jack (son papa est anglais) et qui a sept ans, m'a dit au téléphone ce matin qu'il avait pêché hier son premier poisson. C'est l'événement de la semaine, vous pensez !

Un nouveau silence.

— Vous êtes veuve vous-même, je crois, dit Kakuro en m'escortant dans le vestibule.

— Oui, dis-je, je suis veuve depuis plus de quinze ans.

J'ai la gorge qui se serre.

— Mon mari s'appelait Lucien. Le cancer, aussi...

Nous sommes devant la porte, nous nous regardons avec tristesse.

— Bonne nuit, Renée, dit Kakuro.

Et, un semblant de gaieté retrouvé :

— C'était une fantastique journée.

Un immense cafard fond sur moi à vitesse supersonique.

10

Sombres nuages

— Tu es une pauvre idiote, je me dis en
enlevant la robe prune et en découvrant du gla-
çage au whisky sur une boutonnière. Qu'est-
ce que tu croyais ? Tu n'es qu'une pauvre
concierge. Il n'est pas d'amitié possible entre
les classes. Et puis, que croyais-tu, pauvre folle ?

— Que croyais-tu, pauvre folle ? je ne cesse
de me répéter en procédant aux ablutions du
soir et en me glissant entre mes draps après une
courte bataille avec Léon, qui ne souhaite pas
céder de terrain.

Le beau visage de Sanae Ozu danse devant
mes yeux fermés et je me fais l'impression
d'une vieille chose soudain rappelée à une réalité sans joie.

Je m'endors le cœur inquiet.

Le lendemain matin, j'éprouve une sensation
proche de la gueule de bois.

Pourtant, la semaine se passe comme un
charme. Kakuro fait quelques primesautières

apparitions en sollicitant mes dons d'arbitrage (glace ou sorbet ? Atlantique ou Méditerranée ?) et je retrouve le même plaisir à sa rafraîchissante compagnie, malgré les sombres nuages qui croisent silencieusement au-dessus de mon cœur. Manuela rigole bien en découvrant la robe prune et Paloma s'incruste dans le fauteuil de Léon.

— Plus tard, je serai concierge, déclare-t-elle à sa mère, qui me regarde avec un œil nouveau mâtiné de prudence lorsqu'elle s'en vient déposer sa progéniture à ma loge.

— Dieu t'en préserve, réponds-je avec un aimable sourire à Madame. Tu seras princesse.

Elle exhibe conjointement un tee-shirt rose bonbon assorti à ses nouvelles lunettes et un air pugnace de fille-qui-sera-concierge-envers-et-contre-tout-surtout-ma-mère.

— Qu'est-ce que ça sent ? demande Paloma.

Il y a un problème de canalisation dans ma salle de bains et ça pue comme dans une chambrée de bidasses. J'ai appelé le plombier il y a six jours mais il ne semblait pas plus enthousiaste que ça à l'idée de venir.

— Les égouts, dis-je, peu disposée à développer la question.

— Échec du libéralisme, dit-elle comme si je n'avais rien répondu.

— Non, dis-je, c'est une canalisation bouchée.

— C'est bien ce que je vous dis, dit Paloma. Pourquoi le plombier n'est-il pas encore venu ?

— Parce qu'il a d'autres clients ?

— Pas du tout, rétorque-t-elle. La bonne réponse, c'est : parce qu'il n'y est pas obligé. Et pourquoi n'y est-il pas obligé ?

— Parce qu'il n'a pas assez de concurrents, dis-je.

— Et voilà, dit Paloma d'un air triomphant, il n'y a pas assez de régulation. Trop de cheminots, pas assez de plombiers. Personnellement, je préférerais le kolkhoze.

Hélas, interrompant ce passionnant dialogue, on frappe au carreau.

C'est Kakuro, avec un petit je-ne-sais-quoi de solennel.

Il entre et aperçoit Paloma.

— Oh, bonjour jeune fille, dit-il. Eh bien, Renée, je repasserai peut-être plus tard ?

— Si vous voulez, dis-je. Vous allez bien ?

— Oui, oui, répond-il.

Puis, prenant une résolution soudaine, il se jette à l'eau :

— Voulez-vous dîner avec moi demain soir ?

— Euh, dis-je, en sentant un grand sentiment d'affolement s'emparer de moi, c'est que...

C'est comme si les intuitions diffuses de ces derniers jours prenaient soudain corps.

— Je voudrais vous emmener dans un restaurant que j'aime beaucoup, poursuit-il avec la mine du chien qui espère son os.

— Au restaurant ? dis-je, de plus en plus affolée.

Sur ma gauche, Paloma fait un bruit de souris.

— Écoutez, dit Kakuro qui semble un peu gêné, je vous en prie sincèrement. C'est... c'est mon anniversaire demain et je serais heureux de vous avoir pour cavalière.

— Oh, dis-je, incapable d'en dire plus.

— Je pars chez ma fille lundi, je le fêterai là-bas en famille, bien sûr, mais... demain soir... si vous vouliez bien...

Il marque une petite pause, me regarde avec espoir.

Est-ce une impression ? Il me paraît que Paloma s'essaie à l'apnée.

Un bref silence s'installe.

— Écoutez, dis-je, vraiment, je regrette. Je ne pense pas que ce soit une bonne idée.

— Mais pourquoi ça ? demande Kakuro, visiblement déconcerté.

— C'est très gentil, dis-je en raffermissant une voix qui a tendance au relâchement, je vous en suis très reconnaissante, mais je ne préfère pas, merci. Je suis sûre que vous avez des amis avec lesquels vous pourrez fêter l'occasion.

Kakuro me regarde, interdit.

— Je..., finit-il par dire, je... oui bien sûr mais... enfin... réellement, j'aimerais beaucoup... je ne vois pas.

Il fronce les sourcils.

— Enfin, dit-il, je ne comprends pas.

— C'est mieux comme ça, dis-je, croyez-moi.

Et, le refoulant doucement vers la porte en marchant vers lui, j'ajoute :

— Nous aurons d'autres occasions de bavarder, j'en suis sûre.

Il bat en retraite de l'air du piéton qui a perdu son trottoir.

— Eh bien dommage, dit-il, moi qui m'en faisais une joie. Tout de même...

— Au revoir, dis-je, et je lui ferme en douceur la porte au nez.

11

La pluie

Le pire est passé, me dis-je.

C'est sans compter avec un destin couleur rose bonbon : je me retourne et me retrouve nez à nez avec Paloma.

Qui n'a pas l'air content du tout.

— On peut savoir à quoi vous jouez ? me demande-t-elle d'un ton qui me rappelle Mme Billot, ma toute dernière institutrice.

— Je ne joue à rien du tout, dis-je faiblement, consciente de la puérilité de ma conduite.

— Vous avez prévu quelque chose de spécial demain soir ? demande-t-elle.

— Eh bien non, dis-je, mais ce n'est pas pour ça...

— Et peut-on savoir pourquoi, au juste ?

— Je pense que ce n'est pas une bonne chose, dis-je.

— Et pourquoi donc ? insiste mon commissaire politique.

Pourquoi ?

Est-ce que je le sais, au reste ?

C'est alors, sans crier gare, que la pluie se met à tomber.

12

Sœurs

Toute cette pluie...

Dans mon pays, l'hiver, il pleuvait. Je n'ai pas de souvenir de journées de soleil : seulement la pluie, le joug de la boue et du froid, l'humidité qui collait à nos vêtements, nos cheveux et, même au coin du feu, ne se dissipait jamais vraiment. Combien de fois ai-je pensé, depuis, à ce soir de pluie, combien de remémorations, en plus de quarante ans, d'un événement qui resurgit aujourd'hui, sous cette pluie battante ?

Toute cette pluie...

À ma sœur, on avait donné le prénom d'une aînée mort-née, qui portait déjà celui d'une tante défunte. Lisette était belle et, quoique enfant encore, je le connaissais déjà, bien que mes yeux ne sachent point encore déterminer la forme de la beauté mais seulement en pressentir l'esquisse. Comme on ne parlait guère chez moi, cela n'était même jamais dit ; mais dans le voisinage, on jasait et quand ma sœur passait, on commentait sa beauté. « Si belle et si pauvre, un bien vilain destin », glosait la mercière sur le chemin de l'école. Moi, laide et infirme de corps comme d'esprit, je tenais la main de ma sœur et Lisette marchait, tête haute, pas léger, laissant dire, sur son passage, toutes ces destinées funestes auxquelles chacun s'évertuait à la vendre.

À seize ans, elle partit à la ville garder des enfants de riches. Nous ne la revîmes plus de toute une année. Elle revint passer Noël chez nous, avec des cadeaux étranges (du pain d'épice, des rubans de couleur vive, des petits sachets de lavande) et une mine de reine. Se pouvait-il trouver figure plus rose, plus animée, plus parfaite que la sienne ? Pour la première fois, quelqu'un nous racontait une histoire et nous étions pendus à ses lèvres, avides de l'éveil mystérieux que provoquaient en nous les mots sortis de la bouche de cette fille de ferme devenue bonne des puissants et qui parlait d'un monde inconnu, chamarré et scintillant où des femmes conduisaient des voitures et rentraient le soir dans des maisons équipées d'appareils qui faisaient le travail à la place des hommes ou bien donnaient des nouvelles du monde quand on en actionnait la manette...

Quand je repense à tout cela, je mesure le dénuement dans lequel nous vivions. Nous n'habitions qu'à une cinquantaine de kilomètres de la ville et il y avait un gros bourg à douze, mais nous demeurions comme au temps des châteaux forts, sans confort ni espoir tant que perdurait notre intime certitude que nous serions toujours des manants. Sans doute existe-t-il encore aujourd'hui, en quelque campagne reculée, une poignée de vieux à la dérive qui ignore la vie moderne mais il s'agissait là de toute une famille encore jeune et active qui, lorsque Lisette décrivait les rues des villes illuminées pour Noël, découvrait qu'il existait un monde qu'elle n'avait même jamais soupçonné.

Lisette repartit. Pendant quelques jours, comme par une mécanique inertie, on continua à parler un peu. Quelques soirs durant, à table, le père commenta les histoires de sa fille. « Ben dur, ben drôle, tout ça. » Puis le silence et les cris s'abattirent de nouveau sur nous comme peste sur les malheureux.

Quand j'y repense... Toute cette pluie, tous ces morts... Lisette portait le nom de deux défuntes ; on ne m'en avait accordé qu'une, ma grand-mère maternelle, morte peu avant ma naissance. Mes frères portaient le prénom de cousins tués à la guerre et ma mère elle-même tenait le sien d'une cousine morte en couches, qu'elle n'avait pas connue. Ainsi vivions-nous sans mots dans cet univers de morts où, un soir de novembre, Lisette revint de la ville.

Je me souviens de toute cette pluie... Le bruit de l'eau martelant le toit, les chemins ruisselants, la mer de boue aux portes de notre ferme, le ciel noir, le vent, le sentiment atroce d'une humidité sans fin, qui nous pesait autant que nous pesait notre vie : sans conscience ni révolte. Nous étions serrés les uns contre les autres près du feu lorsque, soudain, ma mère se leva, déséquilibrant toute la meute ; surpris, nous la regardâmes se diriger vers la porte et, mue par une obscure impulsion, l'ouvrir à la volée.

Toute cette pluie, oh, toute cette pluie... Dans l'encadrement de la porte, immobile, les cheveux collés au visage, la robe détrempée, les chaussures mangées de boue, le regard fixe, se tenait Lisette. Comment ma mère avait-elle su ? Comment cette femme qui, pour ne nous point maltraiter, n'avait jamais laissé comprendre qu'elle nous aimait, ni du geste ni de la parole, comment cette femme fruste qui mettait ses enfants au monde de la même manière qu'elle retournait la terre ou nourrissait les poules, comment cette femme analphabète, abrutie au point de ne même jamais nous appeler par les prénoms qu'elle nous avait donnés et dont je doute qu'elle se souvenait toujours, avait-elle su que sa fille à demi-morte, qui ne bougeait ni ne parlait et fixait la porte sous l'averse battante sans même songer à frapper, attendait que quelqu'un l'ouvrît et la fît entrer au chaud ?

Est-ce cela, l'amour maternel, cette intuition au cœur du désastre, cette étincelle d'empathie qui demeure même quand l'homme en est réduit à vivre comme une bête ? C'est ce que m'avait dit Lucien : une mère qui aime ses

enfants sait toujours quand ils sont dans la peine.
Pour ma part, je n'ai guère d'inclination pour
cette interprétation. Je n'ai pas non plus de res-
sentiment envers cette mère qui n'en était pas
une. La misère est une faucheuse : elle mois-
sonne en nous tout ce que nous avons d'aptitude au commerce de l'autre et nous laisse
vides, lavés de sentiments, pour pouvoir endurer toute la noirceur du présent. Mais je n'ai
pas non plus de si belles croyances ; point
d'amour maternel dans cette intuition de ma
mère mais seulement la traduction en gestes de
la certitude du malheur. C'est une sorte de
conscience native, enracinée au plus profond
des cœurs, et qui rappelle qu'à de pauvres hères
comme nous, il arrive toujours par un soir de
pluie une fille déshonorée qui s'en revient
mourir au foyer.

Lisette vécut encore le temps de mettre au
monde son enfant. Le nouveau-né fit comme
on attendait de lui : il mourut en trois heures.
De cette tragédie qui semblait à mes parents la
marche naturelle des choses, de telle sorte
qu'ils ne s'en émurent pas plus — et pas moins
— que s'ils avaient perdu une chèvre, je conçus
deux certitudes : vivent les forts et meurent les
faibles, dans des jouissances et des souffrances
proportionnées à leurs places hiérarchiques et,
tout comme Lisette avait été belle et pauvre,
j'étais intelligente et indigente, vouée à pareille
punition si j'espérais tirer avantage de mon
esprit au mépris de ma classe. Enfin, comme je

ne pouvais non plus cesser d'être ce que j'étais, il m'apparut que ma voie était celle du secret : je devais taire ce que j'étais et de l'autre monde ne jamais me mêler.

De taiseuse, je devins donc clandestine

Et brusquement, je réalise que je suis assise dans ma cuisine, à Paris, dans cet autre monde au sein duquel j'ai creusé ma petite niche invisible et auquel j'ai pris bien soin de ne jamais me mêler, et que je pleure à chaudes larmes tandis qu'une petite fille au regard incroyablement chaud me tient la main dont elle caresse doucement les phalanges — et je réalise aussi que j'ai tout dit, tout raconté : Lisette, ma mère, la pluie, la beauté profanée et, au bout du compte, la main de fer du destin, qui donne aux mort-nés des mères mortes d'avoir voulu renaître. Je pleure à grosses, chaudes, longues et bonnes larmes convulsives, confuse mais incompréhensiblement heureuse de la transfiguration du regard triste et sévère de Paloma en puits de chaleur où je réchauffe mes sanglots.

— Mon Dieu, dis-je, en me calmant un peu, mon Dieu, Paloma, me voici bien stupide !

— Madame Michel, me répond-elle, vous savez, vous me redonnez de l'espoir.

— De l'espoir ? dis-je en reniflant pathétiquement.

— Oui, dit-elle, il semble qu'il soit possible de changer de destin.

Et nous restons là de longues minutes à nous tenir la main, sans rien dire. Je suis devenue l'amie d'une belle âme de douze ans envers laquelle j'éprouve un sentiment de grande gratitude et l'incongruité de cet attachement dissymétrique d'âge, de condition et de circonstances ne parvient pas à entacher mon émotion. Quand Solange Josse se présente à la loge pour récupérer sa fille, nous nous regardons toutes deux avec la complicité des amitiés indestructibles et nous disons au revoir dans la certitude de retrouvailles prochaines. La porte refermée, je m'assieds dans le fauteuil télé, la main sur la poitrine, et je me surprends à dire tout haut : c'est peut-être ça, vivre.

Si tu veux te soigner
Soigne
Les autres
Et souris ou pleure
De cette heureuse volte-face du sort

Vous savez quoi ? Je me demande si je n'ai pas raté quelque chose. Un peu comme quelqu'un qui aurait de mauvaises fréquentations et qui découvrirait une autre voie en rencontrant quelqu'un de bien. Mes mauvaises fréquentations à moi, ce sont maman, Colombe, papa et toute la clique. Mais aujourd'hui, j'ai vraiment rencontré quelqu'un de bien. Mme Michel m'a raconté son traumatisme : elle fuit Kakuro parce qu'elle a été traumatisée par la mort de sa sœur Lisette, séduite et abandonnée par un fils de famille. Ne pas fraterniser avec les riches pour ne pas en mourir est, depuis, sa technique de survie.

En écoutant Mme Michel, je me suis demandé une chose : qu'est-ce qui est le plus traumatisant ? Une sœur qui meurt parce qu'elle a été abandonnée ou bien les effets permanents de cet événement : la peur de mourir si on ne reste pas à sa place ? La mort de sa sœur, Mme Michel aurait pu la surmonter ; mais est-ce qu'on peut surmonter la mise en scène de son propre châtiment ?

Et puis surtout, j'ai ressenti autre chose, un sentiment nouveau et, en l'écrivant, je suis très émue, d'ailleurs j'ai dû laisser mon stylo deux minutes, le temps de pleurer. Alors voilà ce que j'ai ressenti : en écoutant Mme Michel et en la voyant pleurer, mais surtout en sentant à quel point ça lui faisait du bien de me dire tout ça, à moi, j'ai compris quelque chose : j'ai compris que je souffrais parce que je ne pouvais faire de bien à personne autour de moi. J'ai compris que j'en voulais à papa, à maman et surtout à Colombe parce que je suis incapable de leur être utile, parce que je ne peux rien pour eux. Ils sont trop loin dans la maladie et je suis trop faible. Je vois bien leurs symptômes mais je ne suis pas compétente pour les soigner et, du coup, ça me rend aussi malade qu'eux mais je ne le vois pas. Alors que, en tenant la main de Mme Michel, j'ai senti que j'étais malade moi aussi. Et ce qui est sûr, en tout cas, c'est que je ne peux pas me soigner en punissant ceux que je ne peux pas guérir. Il faut peut-être que je repense cette histoire d'incendie et de suicide. D'ailleurs, je dois bien l'avouer : je n'ai plus tellement envie de mourir, j'ai envie de revoir Mme Michel, et Kakuro, et Yoko, sa petite-nièce si imprédictible, et de leur demander de l'aide. Oh, bien sûr, je ne vais pas me pointer en disant : please, help me, je suis une petite fille suicidaire. Mais j'ai envie de laisser les autres me faire du bien : après tout, je ne suis qu'une petite fille malheureuse et même si je suis extrêmement intelligente, ça ne change rien au fait, non ? Une petite fille mal-heureuse qui, au pire moment, a la chance de faire des rencontres heureuses. Est-ce que j'ai moralement le droit de laisser passer cette chance ?

Bof. Je n'en sais rien. Après tout, cette histoire est une tragédie. Il y a des gens valeureux, réjouis-toi ! ai-je eu envie de me dire, mais finalement, quelle tristesse ! Ils finissent sous la pluie ! Je ne sais plus trop quoi penser. Un instant, j'ai cru que j'avais trouvé ma vocation ; j'ai cru comprendre que, pour me soigner, il fallait que je soigne les autres, enfin les autres « soignables », ceux qui peuvent être sau-vés, au lieu de me morfondre de ne pas pouvoir sau-ver les autres. Alors quoi, je devrais devenir toubib ? Ou bien écrivain ? C'est un peu pareil, non ?

Et puis pour une Mme Michel, combien de Colombe, combien de tristes Tibère ?

13

Dans les allées de l'enfer

Après le départ de Paloma, complètement
chamboulée, je reste assise dans mon fauteuil
un long moment durant.

Puis, saisissant mon courage à deux mains, je
compose le numéro de Kakuro Ozu.

Paul N'Guyen répond à la seconde sonnerie.

— Ah, bonjour madame Michel, me dit-il,
que puis-je donc pour vous ?

— Eh bien, dis-je, j'aurais aimé parler à
Kakuro.

— Il est absent, me dit-il, voulez-vous qu'il
vous rappelle dès qu'il rentre ?

— Non, non, dis-je, soulagée de pouvoir
opérer avec un intermédiaire. Pourriez-vous lui
dire que, s'il n'a pas changé d'avis, je serais
heureuse de dîner avec lui demain soir ?

— Avec plaisir, dit Paul N'Guyen.

Le téléphone raccroché, je me laisse de nouveau tomber dans mon fauteuil et m'absorbe
pendant une petite heure dans des pensées
incohérentes mais plaisantes.

— Ça ne sent pas très bon, chez vous, dites donc, dit une douce voix masculine dans mon dos. Est-ce que quelqu'un vous a réparé ça ?

Il a ouvert la porte si doucement que je ne l'ai pas entendu. C'est un beau jeune homme brun, avec les cheveux un peu en vrac, une veste de jean toute neuve et des grands yeux de cocker pacifique.

— Jean ? Jean Arthens ? je demande, sans croire à ce que je vois.

— Voui, dit-il en penchant la tête de côté, comme autrefois.

Mais c'est bien tout ce qui reste de l'épave, de la jeune âme brûlée au corps décharné ; Jean Arthens, naguère si proche de la chute, a visiblement opté pour la renaissance.

— Vous avez une mine sensationnelle ! dis-je en lui faisant mon plus beau sourire.

Il me le rend gentiment.

— Eh bien bonjour, madame Michel, dit-il, ça me fait plaisir de vous voir. Ça vous va bien, ajoute-t-il en montrant mes cheveux.

— Merci, dis-je. Mais qu'est-ce qui vous amène ici ? Voulez-vous une tasse de thé ?

— Ah..., dit-il avec un zeste de l'hésitation d'antan, mais voui, bien volontiers.

Je prépare le thé tandis qu'il prend place sur une chaise en regardant Léon avec des yeux ahuris.

— Il était déjà aussi gros, ce chat ? s'enquiert-il sans la moindre perfidie.

— Oui, dis-je, ce n'est pas un grand sportif.

— Ce n'est pas lui qui sent mauvais, par hasard ? demande-t-il en le reniflant, l'air navré.

— Non, non, dis-je, c'est un problème de plomberie.

— Ça doit vous paraître bizarre que je débarque ici comme ça, dit-il, surtout qu'on ne s'est jamais beaucoup parlé, hein, je n'étais pas bien bavard du temps... eh bien du temps de mon père.

— Je suis contente de vous voir et, surtout, vous avez l'air d'aller bien, dis-je avec sincérité.

— Voui, dit-il,... je reviens de très loin.

Nous aspirons simultanément deux petites gorgées de thé brûlant.

— Je suis guéri, enfin, je crois que je suis guéri, dit-il, si on guérit vraiment un jour. Mais je ne touche plus à la dope, j'ai rencontré une fille bien, enfin, une fille fantastique, plutôt, je dois dire (ses yeux s'éclairent et il renifle légèrement en me regardant) et j'ai trouvé un petit boulot bien sympa.

— Que faites-vous ? je demande.

— Je travaille dans un magasin d'accastillage.

— De pièces de bateau ?

— Voui et c'est bien sympa. J'ai un peu l'impression d'être en vacances, là-bas. Les gars viennent et ils me parlent de leur bateau, des mers où ils vont, des mers d'où ils viennent, j'aime bien ça, et puis je suis content de travailler, vous savez.

— Votre travail, il consiste en quoi, exactement ?

— Je suis un peu l'homme à tout faire, le magasinier, le coursier, mais avec le temps j'apprends bien, alors maintenant, des fois, on me confie des tâches plus intéressantes : réparer des voiles, des haubans, dresser des inventaires pour un avitaillement.

Êtes-vous sensibles à la poésie de ce terme ? On avitaille un bateau, on ravitaille une ville. À qui n'a pas compris que l'enchantement de la langue naît de telles subtilités, j'adresse la prière suivante : méfiez-vous des virgules.

— Mais vous aussi vous avez l'air très en forme, dit-il en me regardant gentiment.

— Ah oui ? dis-je. Eh bien, il y a quelques changements qui me sont bénéfiques.

— Vous savez, dit-il, je ne suis pas revenu voir l'appartement ou bien des gens, ici. Je ne suis même pas sûr qu'ils me reconnaîtraient ; d'ailleurs, j'avais pris ma carte d'identité, si des fois vous-même ne me reconnaissiez pas. Non, poursuit-il, je suis venu parce que je n'arrive pas à me souvenir de quelque chose qui m'a beaucoup aidé, déjà quand j'étais malade et puis après, pendant ma guérison.

— Et je peux vous être utile ?

— Oui, parce que c'est vous qui m'avez dit le nom de ces fleurs, un jour. Dans cette plate-bande, là-bas (il montre du doigt le fond de la cour), il y a des jolies petites fleurs blanches et rouges, c'est vous qui les avez mises, non ? Et un jour, je vous ai demandé ce que c'était mais je n'ai pas été capable de retenir le nom. Pourtant, je pensais tout le temps à ces fleurs, je ne sais pas pourquoi. Elles sont bien jolies, quand j'étais si mal, je pensais aux fleurs et ça me faisait du bien. Alors je suis passé près d'ici, tout à l'heure et je me suis dit : je vais aller demander à Mme Michel si elle peut me dire.

Il guette ma réaction, un peu embarrassé.

— Ça doit vous paraître bizarre, hein ? J'espère que je ne vous fais pas peur, avec mes histoires de fleurs.

— Non, dis-je, pas du tout. Si j'avais su à quel point elles vous faisaient du bien... J'en aurais mis partout !

Il rit comme un gamin heureux.

— Ah, madame Michel, mais vous savez, ça m'a pratiquement sauvé la vie. C'est déjà un miracle ! Alors, vous pouvez me dire ce que c'est ?

Oui, mon ange, je le peux. Dans les allées de l'enfer, sous le déluge, souffle coupé et cœur au bord des lèvres, une mince lueur : ce sont des camélias.

— Oui, dis-je. Ce sont des camélias.

Il me regarde fixement, les yeux écarquillés. Puis une petite larme glisse le long de sa joue d'enfant rescapé.

— Des camélias..., dit-il, perdu dans un souvenir qui n'appartient qu'à lui. Des camélias, oui, répète-t-il en me regardant à nouveau. C'est ça. Des camélias.

Je sens une larme qui coule sur ma propre joue.

Je lui prends la main.

— Jean, vous ne pouvez pas savoir à quel point je suis heureuse que vous soyez venu aujourd'hui, dis-je.

— Ah bon ? dit-il, l'air étonné. Mais pourquoi ?

Pourquoi ?

Parce qu'un camélia peut changer le destin.

14

D'un couloir aux allées

Quelle est cette guerre que nous menons, dans l'évidence de notre défaite ? Matin après matin, harassés déjà de toutes ces batailles qui viennent, nous reconduisons l'effroi du quotidien, ce couloir sans fin qui, aux heures dernières, vaudra destin d'avoir été si longuement arpenté. Oui, mon ange, voici le quotidien : maussade, vide et submergé de peine. Les allées de l'enfer n'y sont point étrangères ; on y verse un jour d'être resté là trop longtemps. D'un couloir aux allées : alors la chute se fait, sans heurt ni surprise. Chaque jour, nous renouons avec la tristesse du couloir et, pas après pas, exécutons le chemin de notre morne damnation.

Vit-il les allées ? Comment naît-on après avoir chu ? Quelles pupilles neuves sur des yeux calcinés ? Où commence la guerre et où cesse le combat ?

Alors, un camélia.

15

Sur ses épaules en nage

À vingt heures, Paul N'Guyen se présente à ma loge les bras surchargés de paquets.

— M. Ozu n'est pas encore rentré — un problème à l'ambassade avec son visa — alors il m'a prié de vous remettre tout ceci, dit-il avec un joli sourire.

Il dépose les paquets sur la table et me tend une petite carte.

— Merci, dis-je. Mais vous prendrez bien quelque chose ?

— Merci, dit-il, mais j'ai encore fort à faire. Je garde votre invitation en réserve pour une autre occasion.

Et il me sourit de nouveau, avec un quelque chose de chaleureux et d'heureux qui me fait du bien sans réserve.

Seule dans ma cuisine, je m'assieds devant les paquets et décachette l'enveloppe.

« Soudain, il éprouva sur ses épaules en nage
une agréable sensation de fraîcheur

qu'il ne s'expliqua pas bien tout d'abord ;
mais, pendant la pause, il s'aperçut
qu'un gros nuage noir qui courait bas sur le ciel
venait de s'écraser. »

S'il vous plaît, acceptez ces quelques présents
avec simplicité.

Kakuro.

Pluie d'été sur les épaules de Lévine qui fauche... Je porte la main à ma poitrine, touchée comme jamais. J'ouvre un à un les paquets.

Une robe de soie gris perle, avec un petit col cheminée, fermée en portefeuille par une martingale de satin noir.

Une étole de soie pourpre, légère et dense comme le vent.

Des escarpins à petit talon, d'un cuir noir au grain si fin et si doux que je le passe sur ma joue.

Je regarde la robe, l'étole, les escarpins.

Dehors, j'entends Léon qui gratte à la porte et miaule pour rentrer.

Je me mets à pleurer doucement, lentement, avec dans la poitrine un camélia frémissant.

16

Il faut que quelque chose finisse

Le lendemain à dix heures, on frappe au carreau.

C'est un genre de grand échalas, habillé tout en noir avec un bonnet de laine bleu marine sur la tête et des bottines militaires qui ont connu le Vietnam. C'est aussi le petit ami de Colombe et un spécialiste mondial de l'ellipse dans la formule de politesse. Il s'appelle Tibère.

— Je cherche Colombe, dit Tibère.

Appréciez, s'il vous plaît, le ridicule de cette phrase. Je cherche Juliette, dit Roméo, est quand même plus fastueux.

— Je cherche Colombe, dit donc Tibère qui ne craint que le shampooing, ainsi qu'il est révélé lorsqu'il se défait de son couvre-chef non parce qu'il est courtois mais parce qu'il a très chaud.

Nous sommes en mai, que diable.

— Paloma m'a dit qu'elle était ici, ajoute-t-il.

Et il rajoute :

— Merde, fait chier.

Paloma, comme tu t'amuses bien.

Je l'éconduis promptement et me plonge dans des pensées bizarres.

Tibère... Illustre nom pour si pitoyable allure... Je me remémore la prose de Colombe Josse, les allées silencieuses du Saulchoir... et mon esprit en vient à Rome... Tibère... Le souvenir du visage de Jean Arthens me prend au dépourvu, je revois celui de son père et cette lavallière incongrue, éprise de ridicule... Toutes ces quêtes, tous ces mondes... Pouvons-nous être si semblables et vivre dans des univers si lointains ? Est-il possible que nous partagions la même frénésie, qui ne sommes pourtant ni du même sol ni du même sang et de la même ambition ? Tibère... Je me sens lasse, au vrai, lasse de tous ces riches, lasse de tous ces pauvres, lasse de toute cette farce... Léon saute du fauteuil et vient se frotter contre ma jambe. Ce chat, qui n'est obèse que par charité, est aussi une âme généreuse qui sent les fluctuations de la mienne. Lasse, oui, lasse...

Il faut que quelque chose finisse, il faut que quelque chose commence.

17

Souffrances de l'apprêt

À vingt heures, je suis prête.

La robe et les chaussures sont exactement à ma taille (42 et 37).

L'étole est romaine (60 cm de large, 2 m de long).

J'ai séché des cheveux 3 fois lavés au séchoir Babyliss 1 600 watts et les ai peignés 2 fois en tous sens. Le résultat est surprenant.

Je me suis assise 4 fois et levée 4 aussi, ce qui explique que, présentement, je suis debout, ne sachant que faire.

M'asseoir, peut-être.

J'ai sorti de leur écrin derrière les draps dans le fond de l'armoire 2 boucles d'oreilles héritées de ma belle-mère, la monstrueuse Yvette — des pendants d'oreilles anciens en argent avec 2 grenats taillés en poire. J'ai effectué 6 tentatives avant de parvenir à m'en pincer correctement les oreilles et dois vivre à présent avec le sentiment d'avoir 2 chats ventrus pendus à mes lobes distendus. 54 ans sans bijoux ne préparent pas aux souffrances de l'apprêt. J'ai badigeonné mes lèvres d'1 couche de rouge à lèvres « Carmin profond » acheté il y a 20 ans pour le mariage d'une cousine. La longévité de ces choses ineptes, quand des vies valeureuses périssent chaque jour, ne laissera jamais de me confondre. Je fais partie des 8 % de la population mondiale qui calment leur appréhension en se noyant dans les chiffres.

Kakuro Ozu frappe 2 fois à ma porte.

J'ouvre.

Il est très beau. Il porte un costume composé d'une veste à col officier gris anthracite avec des brandebourgs ton sur ton et d'un pantalon droit assorti, ainsi que des mocassins de cuir souple qui ressemblent à des pantoufles de luxe. C'est très... eurasien.

— Oh, mais vous êtes magnifique ! me dit-il.

— Ah, merci, dis-je, émue, mais vous êtes très beau aussi. Bon anniversaire !

Il me sourit et, après que j'ai soigneusement refermé la porte derrière moi et devant Léon qui tente une percée, il me tend un bras sur lequel je pose une main légèrement tremblante. Pourvu que personne ne nous voie, supplie en moi une instance qui fait de la résistance, celle de Renée la clandestine. J'ai beau avoir jeté bien des peurs au bûcher, je ne suis pas encore prête à alimenter les gazettes de Grenelle.

Ainsi, qui en sera surpris ?

La porte d'entrée vers laquelle nous nous

dirigeons s'ouvre avant même que nous ne l'ayons atteinte.

Ce sont Jacinthe Rosen et Anne-Hélène Meurisse.

Par le chien ! Que faire ?

Nous sommes déjà sur elles.

— Bonsoir, bonsoir, chères mesdames, trille Kakuro en me tirant fermement sur la gauche et en les dépassant avec célérité, bonsoir, chères amies, nous sommes en retard, nous vous saluons bien bas et nous nous sauvons !

— Ah, bonsoir monsieur Ozu, minaudent-elles, subjuguées, en se retournant d'un même mouvement pour nous suivre des yeux.

— Bonsoir madame, me disent-elles (à moi) en me souriant de toutes leurs dents.

Je n'ai jamais vu autant de dents d'un coup.

— Au plaisir, chère madame, me susurre Anne-Hélène Meurisse en me regardant avec avidité alors que nous nous engouffrons par la porte.

— Certainement, certainement ! gazouille Kakuro en poussant du talon le battant de la porte.

— Misère, dit-il, si nous nous étions arrêtés, nous en avions pour une heure.

— Elles ne m'ont pas reconnue, dis-je.

Je m'arrête au milieu du trottoir, complète-ment chamboulée.

— Elles ne m'ont pas reconnue, je répète.

Il s'arrête à son tour, ma main toujours sur son bras.

— C'est parce qu'elles ne vous ont jamais vue, me dit-il. Moi, je vous reconnaîtrais en n'importe quelle circonstance.

18

L'eau mouvante

Il suffit d'avoir une fois expérimenté qu'on peut être aveugle en pleine lumière et voyant dans le noir pour se poser la question de la vision. Pourquoi voyons-nous ? En montant dans le taxi qu'avait commandé Kakuro et en songeant à Jacinthe Rosen et à Anne-Hélène Meurisse, qui n'avaient vu de moi que ce qu'elles en pouvaient (au bras de M. Ozu, dans un monde de hiérarchies), l'évidence que le regard est comme une main qui chercherait à capturer l'eau mouvante me frappe avec une force inouïe. Oui, l'œil perçoit mais ne scrute, croit mais ne questionne, reçoit mais ne cherche — vidé de désir, sans faim ni croisade.

Et tandis que le taxi glisse dans le crépuscule naissant, je songe.

Je songe à Jean Arthens, aux pupilles brûlées illuminées de camélias.

Je songe à Pierre Arthens, œil acéré et cécité de mendiant.

Je songe à ces dames avides, yeux quéman-deurs si futilement aveugles.

Je songe à Gégène, orbites mortes et sans force, ne voyant plus que la chute.

Je songe à Lucien, inapte à la vision parce que l'obscurité, parfois, est en fin de compte trop forte.

Je songe même à Neptune, dont les yeux sont une truffe qui ne sait pas se mentir.

Et je me demande si je vois bien moi-même.

19

Elle scintille

Avez-vous vu *Black Rain* ?

Parce que si vous n'avez pas vu *Black Rain* —
ou, à la rigueur *Blade Runner* —, il vous est forcément difficile de comprendre pourquoi, lorsque
nous entrons dans le restaurant, j'ai le sentiment
de pénétrer dans un film de Ridley Scott. Il y a
cette scène de *Blade Runner,* dans le bar de la
femme-serpent, duquel Deckard appelle Rachel
d'un vidéophone mural. Il y a aussi le bar à call-
girls dans *Black Rain,* avec les cheveux blonds et
le dos nu de Kate Capshaw. Et il y a ces plans à la
lumière de vitrail et à la clarté de cathédrale cer-
nés de toute la pénombre des Enfers.

— J'aime beaucoup la lumière, dis-je à Kakuro
en m'asseyant.

On nous a conduits à un petit box tranquille, qui baigne dans une lueur solaire ceinte
d'ombres scintillantes. Comment l'ombre peut-
elle scintiller ? Elle scintille, un point c'est tout.

— Vous avez vu *Black Rain* ? me demande
Kakuro.

Je n'aurais jamais cru qu'il pût exister entre deux êtres une telle concordance de goûts et de cheminements psychiques.

— Oui, dis-je, au moins une douzaine de fois.

L'atmosphère est brillante, pétillante, racée, feutrée, cristalline. Magnifique.

— Nous allons faire une orgie de sushis, dit Kakuro en déployant sa serviette d'un geste enthousiaste. Vous ne m'en voudrez pas, j'ai déjà commandé ; je tiens à vous faire découvrir ce que je considère comme le meilleur de la cuisine japonaise à Paris.

— Pas du tout, dis-je en écarquillant les yeux parce que les serveurs ont déposé devant nous des bouteilles de saké et, dans une myriade de coupelles précieuses, toute une série de petits légumes qui ont l'air marinés dans un je-ne-sais-quoi qui doit être très bon.

Et nous commençons. Je vais à la pêche au concombre mariné, qui n'a de concombre et de marinade que l'aspect tant c'est, sur la langue, une chose délicieuse. Kakuro soulève délicatement de ses baguettes de bois auburn un fragment de... mandarine ? tomate ? mangue ? et le fait disparaître avec dextérité. Je fourrage immédiatement dans la même coupelle.

C'est de la carotte sucrée pour dieux gourmets.

— Bon anniversaire alors ! dis-je en levant mon verre de saké.

— Merci, merci beaucoup ! dit-il en trin-
quant avec moi.

— C'est du poulpe ? je demande parce que
je viens de dénicher un petit morceau de tenta-
cule crénelé dans une coupelle de sauce jaune
safran.

On apporte deux petits plateaux de bois
épais, sans bords, surmontés de morceaux de
poisson cru.

— Sashimis, dit Kakuro. Là aussi, vous trouverez du poulpe.

Je m'abîme dans la contemplation de l'ouvrage. La beauté visuelle en est à couper le
souffle. Je coince un petit bout de chair blanc
et gris entre mes baguettes malhabiles (du car-
relet, me précise obligeamment Kakuro) et,
bien décidée à l'extase, je goûte.

Qu'allons-nous chercher l'éternité dans l'éther
d'essences invisibles ? Cette petite chose blan-
châtre en est une miette bien tangible.

— Renée, me dit Kakuro, je suis très heureux de fêter mon anniversaire en votre compagnie, mais j'ai aussi un motif plus puissant de
dîner avec vous.

Quoique nous ne nous connaissions que
depuis un trio de semaines, je commence à
bien discerner les motifs de Kakuro. La France
ou l'Angleterre ? Vermeer ou Caravage ? *Guerre
et Paix* ou cette chère Anna ?

J'enfourne un nouvel et aérien sashimi —
thon ? — d'une taille respectable qui eût, ma
foi, réclamé un peu de fractionnement.

— Je vous avais bien invitée pour fêter mon anniversaire mais, dans l'intervalle, quelqu'un m'a donné des informations très importantes. Alors j'ai quelque chose de capital à vous dire.

Le morceau de thon absorbe toute mon attention et ne me prépare pas à ce qui va suivre.

— Vous n'êtes pas votre sœur, dit Kakuro en me regardant dans les yeux.

20

Des tribus gagaouzes

Mesdames.

Mesdames, qui êtes un soir conviées à dîner par un riche et sympathique monsieur dans un restaurant luxueux, agissez en toute chose avec la même élégance. Vous surprend-on, vous agace-t-on, vous déconcerte-t-on, qu'il vous faut conserver le même raffinement dans l'impassibilité et, aux paroles surprenantes, réagir avec la distinction qui sied à de telles circonstances. Au lieu de ça, et parce que je suis une rustre qui engloutit ses sashimis comme elle le ferait de patates, je hoquette spasmodiquement et, sentant avec épouvante la miette d'éternité se coincer dans ma gorge, tente avec une distinction de gorille de la recracher céans. Aux tables les plus proches, le silence se fait tandis que, après maintes éructations et dans un dernier et très mélodieux spasme, je parviens enfin à déloger le coupable et, m'emparant de ma serviette, à l'y loger in extremis.

— Dois-je le répéter ? demande Kakuro qui a l'air — diable ! — de s'amuser.

— Je... kof... kof..., toussé-je.

Le *kof kof* est un répons traditionnel de la prière fraternelle des tribus gagaouzes.

— Je... enfin... kof... kof..., poursuis-je brillamment.

Puis, avec une classe qui courtise les sommets :

— Koâ ?

— Je vous le dis une seconde fois afin que ce soit bien clair, dit-il avec cette sorte de patience infinie qu'on a avec les enfants ou, plutôt, avec les simples d'esprit. Renée, vous n'êtes pas votre sœur.

Et comme je reste là, stupide, à le regarder :

— Je vous le répète une dernière fois, dans l'espoir cette fois-ci que vous ne vous étranglerez pas avec des sushis à trente euros la pièce, soit dit en passant, et qui demandent un peu plus de délicatesse dans l'ingestion : vous n'êtes pas votre sœur, nous pouvons être amis. Et même tout ce que nous voulons.

21

Toutes ces tasses de thé

Toum toum toum toum toum toum toum
Look, if you had one shot, one opportunity,
To seize everything you ever wanted
One moment
Would you capture it or just let it slip ?

Ça, c'est du Eminem. Je confesse que, au titre de prophète des élites modernes, il m'arrive d'en écouter quand il n'est plus possible d'ignorer que Didon a péri.

Mais surtout, grande confusion.

Une preuve ?

La voici.

Remember me, remember me
But ah forget my fate
Trente euros pièce
Would you capture it
Or just let it slip ?

Cela se passe dans ma tête et de commentaire. La façon étrange qu'ont les airs de s'imprimer en mon esprit me surprendra toujours (sans même évoquer un certain Confutatis, grand ami des concierges à petite vessie) et c'est avec un intérêt marginal quoique sincère que je note que cette fois-ci, ce qui l'emporte, c'est le *medley*.

Et puis je me mets à pleurer.

À la Brasserie des Amis de Puteaux, une convive qui manque de s'étrangler, en réchappe de justesse puis fond en larmes, la truffe dans sa serviette, constitue un divertissement de prix. Mais ici, dans ce temple solaire aux sashimis vendus à la pièce, mes débordements ont l'effet inverse. Une onde de réprobation silencieuse me circonscrit et me voici sanglotante, le nez coulant, contrainte de recourir à une serviette pourtant déjà bien encombrée pour essuyer les stigmates de mon émotion et tenter de masquer ce que l'opinion publique réprouve.

J'en sanglote de plus belle.

Paloma m'a trahie.

Alors, charriés par ces sanglots, défilant dans mon sein, toute cette vie passée dans la clandestinité d'un esprit solitaire, toutes ces longues lectures recluses, tous ces hivers de maladie, toute cette pluie de novembre sur le beau visage de Lisette, tous ces camélias revenus de l'enfer et échoués sur la mousse du temple, toutes ces tasses de thé dans la chaleur de l'amitié, tous ces mots merveilleux dans la bouche de Mademoiselle, ces natures mortes si *wabi*, ces essences éternelles illuminant leurs reflets singuliers, et aussi ces pluies d'été survenant dans la surprise du plaisir, flocons dansant la mélopée du cœur, et, dans l'écrin de l'ancien Japon, le visage pur de Paloma. Et je pleure, je pleure irrépressiblement, à chaudes et grosses et belles larmes de bonheur, tandis qu'autour de nous, le monde s'engloutit et ne laisse plus de sensation que celle du regard de cet homme en la compagnie duquel je me sens quelqu'un et qui, me prenant gentiment la main, me sourit avec toute la chaleur du monde.

— Merci, parviens-je à murmurer dans un souffle.
— Nous pouvons être amis, dit-il. Et même tout ce que nous voulons.

Remember me, remember me,
And ah ! envy my fate

22

L'herbe des prés

Ce qu'il faut vivre avant de mourir, je le sais à présent. Voilà : je peux vous le dire. Ce qu'il faut vivre avant de mourir, c'est une pluie battante qui se transforme en lumière.

Je n'ai pas dormi de la nuit. Après et malgré mes épanchements pleins de grâce, le dîner a été merveilleux : soyeux, complice, avec de longs et délicieux silences. Lorsque Kakuro m'a raccompagnée à ma porte, il m'a longuement baisé la main et nous nous sommes quittés ainsi, sans un mot, sur un simple et électrique sourire.

Je n'ai pas dormi de la nuit.

Et savez-vous pourquoi ?

Bien entendu, vous le savez.

Bien entendu, tout le monde se doute que, en sus de tout le reste c'est-à-dire d'une secousse tellurique bouleversant de fond en comble une existence subitement décongelée, quelque chose trotte dans ma petite tête de midinette quinquagénaire. Et que ce quelque chose se prononce : « Et même tout ce que nous voulons. »

À sept heures, je me lève, comme mue par un ressort, catapultant mon chat indigné à l'autre bout du lit. J'ai faim. J'ai faim au sens propre (une colossale tranche de pain croulant sous le beurre et la confiture de mirabelles ne parvient qu'à aiguiser mon dantesque appétit) et j'ai faim au sens figuré : je suis frénétiquement impatiente de connaître la suite. Je tourne comme un fauve en cage dans ma cuisine, houspille un chat qui ne me prête aucune attention, enfourne une deuxième session pain-beurre-confiture, marche de long en large en rangeant des choses qui ne doivent nullement l'être et m'apprête à une troisième édition boulangère.

Et puis, tout d'un coup, à huit heures, je me calme.

Sans crier gare, de surprenante manière, un grand sentiment de sérénité me dégouline dessus. Que s'est-il passé ? Une mutation. Je ne vois guère d'autre explication ; à certains, il pousse des branchies, à moi il arrive la sagesse.

Je me laisse tomber sur une chaise et la vie reprend son cours.

Un cours au demeurant peu exaltant : je me remémore que je suis toujours concierge et qu'à neuf heures, je dois être rue du Bac pour y acheter du détergent pour cuivres. « À neuf heures » est une précision fantasque : disons dans la matinée. Mais planifiant hier mon labeur du lendemain, je m'étais dit : « J'irai vers neuf heures. » Je prends donc mon cabas et mon sac et m'en vais dans le grand monde quérir de la substance qui fait briller les ornements des maisons des riches. Dehors, il fait une magnifique journée de printemps. De loin, j'aperçois Gégène qui s'extirpe de ses cartons ; je suis heureuse pour lui des beaux jours qui s'annoncent. Je songe brièvement à l'attachement du clochard pour le grand pape arrogant de la gastronomie et cela me fait sourire ; à qui est heureux, la lutte des classes semble subitement secondaire, me dis-je à moi-même, surprise du fléchissement de ma conscience révoltée.

Et puis ça arrive : brusquement, Gégène titube. Je ne suis plus qu'à quinze pas et je fronce les sourcils, inquiète. Il titube fortement, comme sur un bateau en proie au tangage, et je peux voir son visage et son air égaré. Que se passe-t-il ? je demande tout haut en pressant le pas vers le miséreux. D'ordinaire, à cette heure-ci, Gégène n'est pas soûl et, de surcroît, il tient aussi bien l'alcool qu'une vache l'herbe des prés. Comble de malheur, la rue est pratiquement déserte ; je suis la seule à avoir remarqué le malheureux qui vacille. Il fait quelques pas maladroits en direction de la rue, s'arrête, puis, alors que je ne suis plus qu'à deux mètres, pique soudain un sprint comme si mille démons le poursuivaient.

Et voilà la suite.

Cette suite, dont, comme chacun, j'aurais voulu qu'elle n'advînt jamais.

23

Mes camélias

Je meurs.

Je sais avec une certitude proche de la divination que je suis en train de mourir, que je vais m'éteindre rue du Bac, par un beau matin de printemps, parce qu'un clochard nommé Gégène, pris de la danse de Saint-Guy, a divagué sur la chaussée déserte sans se préoccuper ni des hommes ni de Dieu.

Au vrai, pas si déserte, la chaussée.

J'ai couru après Gégène en abandonnant sac et cabas.

Et puis j'ai été heurtée.

Ce n'est qu'en tombant, après un instant de stupeur et de totale incompréhension et avant que la douleur ne me broie, que j'ai vu ce qui m'avait heurtée. Je repose à présent sur le dos, avec une vue imprenable sur le flanc d'une camionnette de pressing. Elle a tenté de m'éviter et s'est déportée vers la gauche mais trop tard : j'ai pris de plein fouet son aile avant droite. « Pressing Malavoin » indique le logo bleu sur le petit utilitaire blanc. Si je le pouvais, je rirais. Les voies de Dieu sont si explicites pour qui se pique de les déchiffrer... Je pense à Manuela, qui s'en voudra jusqu'à la fin de ses jours de cette mort par le pressing qui ne peut être que le châtiment du double vol dont, par sa très grande faute, je me suis rendue coupable... Et la douleur me submerge ; la douleur du corps, irradiante, déferlante, réussissant le tour de force de n'être nulle part en particulier et de s'infiltrer partout où je peux ressentir quelque chose ; et puis la douleur de l'âme, ensuite, parce que j'ai pensé à Manuela, que je vais laisser seule, que je ne reverrai plus, et parce que cela me fait au cœur une blessure lancinante.

On dit qu'au moment de mourir, on revoit toute sa vie. Mais devant mes yeux grands ouverts qui ne discernent plus ni la camionnette ni sa conductrice, la jeune préposée au pressing qui m'avait tendu la robe en lin prune et à présent pleure et crie au mépris du bon goût, ni les passants qui ont accouru après le choc et me parlent beaucoup sans que cela n'ait de sens — devant mes yeux grands ouverts qui ne voient plus rien de ce monde défilent des visages aimés et, pour chacun d'eux, j'ai une pensée déchirante.

En fait de visage, d'abord, il y a un museau. Oui, ma première pensée va vers mon chat, non d'être le plus important de tous mais parce que, avant les vrais tourments et les vrais adieux, j'ai besoin d'être rassurée sur le sort de mon compagnon à pattes. Je souris en moi-même en pensant à la grosse outre obèse qui m'a servi de partenaire pendant ces dix dernières années de veuvage et de solitude, je souris un peu tristement et avec tendresse parce que, vue de la mort, la proximité avec nos animaux de compagnie ne paraît plus cette évidence mineure que le quotidien rend banale ; dix ans de vie se sont cristallisés en Léon et je mesure combien ces chats ridicules et superfétatoires qui traversent nos existences avec la placidité et l'indifférence des imbéciles sont les dépositaires de leurs bons et joyeux moments et de leur trame heureuse, même sous le dais du malheur. Adieu Léon, me dis-je à moi-même en disant adieu à une vie à laquelle je n'aurais pas cru tenir à ce point.

Puis je remets mentalement le sort de mon chat entre les mains d'Olympe Saint-Nice, avec le profond soulagement né de la certitude qu'elle s'occupera bien de lui.

Désormais, je peux affronter les autres.

Manuela.
Manuela mon amie.
Au seuil de la mort, je te tutoie enfin.

Te souvient-il de ces tasses de thé dans la soie de l'amitié ? Dix ans de thé et de vouvoiement et, au bout du compte, une chaleur dans ma poitrine et cette reconnaissance éperdue envers je ne sais qui ou quoi, la vie, peut-être, d'avoir eu la grâce d'être ton amie. Sais-tu que c'est auprès de toi que j'ai eu mes plus belles pensées ? Faut-il que je meure pour en avoir enfin conscience... Toutes ces heures de thé, ces longues plages de raffinement, cette grande dame nue, sans parures ni palais, sans lesquelles, Manuela, je n'aurais été qu'une concierge, tandis que par contagion, parce que l'aristocratie du cœur est une affection contagieuse, tu as fait de moi une femme capable d'amitié... Aurais-je pu si aisément transformer ma soif d'indigente en plaisir de l'Art et m'éprendre de porcelaine bleue, de frondaisons bruissantes, de camélias alanguis et de tous ces joyaux éternels dans le siècle, de toutes ces perles précieuses dans le mouvement incessant du fleuve, si tu n'avais, semaine après semaine, sacrifié avec moi, en m'offrant ton cœur, au rituel sacré du thé ?

Comme tu me manques déjà... Ce matin, je comprends ce que mourir veut dire : à l'heure de disparaître, ce sont les autres qui meurent pour nous car je suis là, couchée sur le pavé un peu froid et je me moque de trépasser ; cela n'a pas plus de sens ce matin qu'hier. Mais je ne reverrai plus ceux que j'aime et si mourir c'est cela, c'est bien la tragédie que l'on dit.

Manuela, ma sœur, que le destin ne veuille

pas que j'aie été pour toi ce que tu fus pour moi : un garde-fou du malheur, un rempart contre la trivialité. Continue et vis, en pensant à moi avec joie.

Mais, en mon cœur, ne plus jamais te revoir est une torture infinie.

Et te voilà, Lucien, sur une photographie jaunie, en médaillon devant les yeux de ma mémoire. Tu souris, tu sifflotes. L'as-tu aussi ressenti ainsi, ma mort et non la tienne, la fin de nos regards bien avant la terreur de t'enfoncer dans le noir ? Que reste-t-il d'une vie, au juste, quand ceux qui l'ont vécue ensemble sont désormais morts depuis si longtemps ? J'éprouve aujourd'hui un curieux sentiment, celui de te trahir ; mourir, c'est comme te tuer vraiment. Il ne suffit donc pas à l'épreuve que nous sentions les autres s'éloigner ; il faut encore mettre à mort ceux qui ne subsistent plus que par nous. Et pourtant, tu souris, tu sifflotes et soudain, moi aussi je souris. Lucien... Je t'ai bien aimé, va, et pour cela, peut-être, je mérite le repos. Nous dormirons en paix dans le petit cimetière de notre pays. Au loin, on entend la rivière. On y pêche l'alose et aussi le goujon. Des enfants viennent jouer là, en criant à tue-tête. Le soir, au soleil couchant, on entend l'angélus.

Et vous, Kakuro, cher Kakuro, qui m'avez fait croire à la possibilité d'un camélia... Ce n'est que fugitivement que je pense à vous aujourd'hui ; quelques semaines ne donnent pas la clef ; je ne vous connais guère au-delà de ce que vous fûtes pour moi : un bienfaiteur céleste, un baume miraculeux contre les certitudes du destin. Pouvait-il en être autrement ? Qui sait... Je ne peux m'empêcher d'avoir le cœur serré de cette incertitude. Et si ? Et si vous m'aviez encore fait rire et parler et pleurer, en lavant toutes ces années de la souillure de la faute et en rendant à Lisette, dans la complicité d'un improbable amour, son honneur perdu ? Quelle pitié... Vous vous perdez à présent dans la nuit et, à l'heure de ne plus jamais vous revoir, il me faut renoncer à connaître jamais la réponse du sort...

Est-ce cela, mourir ? Est-ce si misérable ? Et combien de temps encore ?

Une éternité, si je ne sais toujours pas.

Paloma, ma fille.

C'est vers toi que je me tourne. Toi, la dernière.

Paloma, ma fille.

Je n'ai pas eu d'enfants, parce que cela ne s'est pas fait. En ai-je souffert ? Non. Mais si j'avais eu une fille, ç'aurait été toi. Et, de toutes mes forces, je lance une supplique pour que ta vie soit à la hauteur de ce que tu promets.

Et puis c'est l'illumination.

Une vraie illumination : je vois ton beau visage grave et pur, tes lunettes à montures roses et cette manière que tu as de triturer le bas de ton gilet, de regarder droit dans les yeux et de caresser le chat comme s'il pouvait parler. Et je me mets à pleurer. À pleurer de joie à l'intérieur de moi. Que voient les badauds penchés sur mon corps brisé ? Je ne sais pas.

Mais au-dedans, un soleil.

Comment décide-t-on de la valeur d'une vie ? Ce qui importe, m'a dit Paloma un jour, ce n'est pas de mourir, c'est ce qu'on fait au moment où on meurt. Que faisais-je au moment de mourir ? je me demande avec une réponse déjà prête dans la chaleur de mon cœur.

Que faisais-je ?

J'avais rencontré l'autre et j'étais prête à aimer.

Après cinquante-quatre ans de désert affectif et moral, à peine émaillé de la tendresse d'un Lucien qui n'était guère de moi-même que l'ombre résignée, après cinquante-quatre ans de clandestinité et de triomphes muets dans l'intérieur capitonné d'un esprit esseulé, après cinquante-quatre ans de haine pour un monde et une caste dont j'avais fait les exutoires de mes futiles frustrations, après ces cinquante-quatre années de rien à ne rencontrer personne ni à être jamais avec l'autre :

Manuela, toujours.

Mais aussi Kakuro.

Et Paloma, mon âme sœur.

Mes camélias.

Je prendrais bien avec vous une dernière tasse de thé.

Alors, un cocker jovial, oreilles et langue pendantes, traverse mon champ de vision. C'est idiot... mais cela me donne encore envie de rire. Adieu, Neptune. Tu es un nigaud de chien mais il faut croire que la mort nous fait perdre un peu les pédales ; c'est peut-être à toi que je penserai en dernier. Et si cela a un sens, il m'échappe complètement.

Ah non. Tiens.
Une dernière image.
Comme c'est curieux... Je ne vois plus de visages...
C'est bientôt l'été. Il est sept heures. À l'église du village, les cloches sonnent. Je revois mon père le dos courbé, les bras à l'effort, qui retourne la terre de juin. Le soleil décline. Mon père se redresse, essuie son front au revers de sa manche, s'en revient vers le foyer.
Fin du labeur.

Il est bientôt neuf heures.
Dans la paix, je meurs.

Dernière pensée profonde

Que faire
Face à jamais
Sinon chercher
Toujours
Dans quelques notes dérobées ?

Ce matin, Mme Michel est morte. Elle a été renversée par une camionnette de pressing, près de la rue du Bac. Je n'arrive pas à croire que je suis en train d'écrire ces mots.

C'est Kakuro qui m'a appris la nouvelle. Apparemment, Paul, son secrétaire, remontait la rue à ce moment-là. Il a vu l'accident de loin mais quand il est arrivé, c'était trop tard. Elle a voulu porter secours au clochard, Gégène, qui est au coin de la rue du Bac et qui était rond comme une barrique. Elle a couru après lui mais elle n'a pas vu la camionnette. Il paraît qu'il a fallu emmener la conductrice à l'hôpital, elle était en pleine crise de nerfs.

Kakuro est venu sonner chez nous vers onze heures. Il a demandé à me voir et là, il m'a pris la main et il m'a dit : « Il n'y a aucun moyen de t'éviter cette souffrance, Paloma, alors je te le dis comme c'est arrivé : Renée a eu un accident tout à l'heure, vers neuf heures. Un très grave accident. Elle est morte. » Il pleurait. Il m'a serré la main très fort. « Mon Dieu, mais qui est Renée ? » a demandé maman, effrayée. « Madame Michel », lui a répondu Kakuro. « Oh ! » a fait maman, soulagée. Il s'est détourné d'elle, dégoûté. « Paloma, je dois m'occuper de plein de choses pas rigolotes mais nous nous verrons après, entendu ? » m'a-t-il dit. J'ai hoché la tête, je lui ai serré la main très fort moi aussi. On s'est fait un petit salut à la japonaise, une courbette rapide. On se comprend. On a si mal.

Quand il est parti, la seule chose que je voulais, c'était éviter maman. Elle a ouvert la bouche mais j'ai fait un signe de la main, la paume levée vers elle, pour dire : « N'essaie même pas. » Elle a fait un petit hoquet mais elle ne s'est pas approchée, elle m'a laissée aller dans ma chambre. Là, je me suis roulée en boule sur mon lit. Au bout d'une demi-heure, maman a frappé doucement à la porte. J'ai dit : « Non. » Elle n'a pas insisté.

Depuis, dix heures ont passé. Beaucoup de choses aussi se sont passées dans l'immeuble. Je les résume : Olympe Saint-Nice s'est précipitée dans la loge quand elle a appris la nouvelle (un serrurier était venu l'ouvrir) pour prendre Léon qu'elle a installé chez elle. Je pense que Mme Michel, que Renée... je pense qu'elle aurait voulu ça. Ça m'a soulagée. Mme de Broglie a pris la direction des opérations, sous le commandement suprême de Kakuro. C'est bizarre comme cette vieille bique m'a presque semblé sympathique. Elle a dit à maman, sa nouvelle amie : « Cela faisait vingt-sept ans qu'elle était là. Elle va nous manquer. » Elle a organisé illico une collecte pour les fleurs et s'est chargée de contacter les membres de la famille de Renée. Y en a-t-il ? Je ne sais pas mais Mme de Broglie va chercher.

Le pire, c'est Mme Lopes. C'est encore Mme de Broglie qui lui a dit, quand elle est venue à dix heures pour le ménage. Apparemment, elle est restée là deux secondes sans comprendre, la main sur sa bouche. Et puis elle est tombée. Quand elle est revenue à elle, un quart d'heure plus tard, elle a juste murmuré : « Pardon, oh pardon » et puis elle a remis son foulard et elle est rentrée chez elle.

Un crève-cœur.

Et moi ? Et moi, qu'est-ce que je ressens ? Je bavarde sur les petits événements du 7 rue de Grenelle mais je ne suis pas très courageuse. J'ai peur d'aller en moi-même et de voir ce qui s'y passe. J'ai honte aussi. Je pense que je voulais mourir et faire souffrir Colombe et maman et papa parce que je n'avais pas encore vraiment souffert. Ou plutôt : je souffrais mais sans que ça fasse mal et, du coup, tous mes petits projets, c'était du luxe d'ado sans problèmes. De la rationalisation de petite fille riche qui veut faire son intéressante.

Mais là, et pour la première fois, j'ai eu mal, tellement mal. Un coup de poing dans le ventre, le souffle coupé, le cœur en compote, l'estomac complètement écrabouillé. Une douleur physique insoutenable. Je me suis demandé si je m'en remettrais un jour, de cette douleur-là. J'avais mal à en hurler. Mais je n'ai pas hurlé. Ce que je ressens maintenant que la douleur est toujours là mais qu'elle ne m'empêche plus de marcher ou de parler, c'est une sensation d'impuissance et d'absurdité totales. Alors c'est comme ça ? Tout d'un coup, tous les possibles s'éteignent ? Une vie pleine de projets, de discussions à peine commencées, de désirs même pas accomplis, s'éteint en une seconde et il n'y a plus rien, il n'y a plus rien à faire, on ne peut plus revenir en arrière ?

Pour la première fois de ma vie, j'ai ressenti le sens du mot *jamais*. Eh bien, c'est terrible. On prononce ce mot cent fois par jour mais on ne sait pas ce qu'on dit avant d'avoir été confronté à un vrai « plus jamais ». Finalement, on a toujours l'illusion qu'on contrôle ce qui arrive ; rien ne nous semble définitif. J'avais beau me dire toutes ces dernières semaines que j'allais bientôt me suicider, est-ce que j'y croyais vraiment ? Est-ce que cette décision me faisait vraiment ressentir le sens du mot « jamais » ? Pas du tout. Elle me faisait ressentir mon pouvoir de décider. Et je pense que, à quelques secondes de me donner la mort, fini à « jamais » resterait encore un mot vide. Mais quand quelqu'un qu'on aime meurt... alors je peux vous dire qu'on ressent ce que ça veut dire et ça fait très très très mal. C'est comme un feu d'artifice qui s'éteint d'un coup et tout devient noir. Je me sens seule, malade, j'ai mal au cœur et chaque mouvement me coûte des efforts colossaux.

Et puis il s'est passé quelque chose. C'est à peine croyable tant c'est un jour de tristesse. Avec Kakuro, on est descendus ensemble vers cinq heures dans la loge de Mme Michel (je veux dire de Renée) parce qu'il voulait prendre des vêtements à elle pour les apporter à la morgue de l'hôpital. Il a sonné et il a demandé à maman s'il pouvait me parler. Mais j'avais deviné que c'était lui : j'étais déjà là. Bien sûr, j'ai voulu l'accompagner. On a pris l'ascenseur tous les deux, sans parler. Il avait l'air très fatigué, plus fatigué que triste ; je me suis dit : c'est comme ça que la souffrance se voit sur les visages sages. Elle ne s'affiche pas ; elle donne juste l'impression d'une très grande fatigue. Est-ce que moi aussi, j'ai l'air fatigué ?

Toujours est-il que nous sommes descendus à la loge, avec Kakuro. Mais, en traversant la cour, on s'est arrêtés net tous les deux en même temps : quelqu'un s'était mis au piano et on entendait très bien ce que ce quelqu'un jouait. C'était du Satie, je crois, enfin, je ne suis pas sûre (mais en tout cas c'était du classique).

Je n'ai pas réellement de pensée profonde sur le sujet. D'ailleurs, comment avoir une pensée profonde quand une âme sœur repose dans un frigidaire d'hôpital ? Mais je sais qu'on s'est arrêtés net tous les deux et qu'on a respiré profondément en laissant le soleil réchauffer notre visage et en écoutant la musique qui venait de là-haut. « Je pense que Renée aurait aimé ce moment », a dit Kakuro. Et on est encore restés là quelques minutes, à écouter la musique. J'étais d'accord avec lui. Mais pourquoi ?

En pensant à ça, ce soir, le cœur et l'estomac en marmelade, je me dis que finalement, c'est peut-être ça la vie : beaucoup de désespoir mais aussi quelques moments de beauté où le temps n'est plus le même. C'est comme si les notes de musique faisaient un genre de parenthèse dans le temps, de suspension, un ailleurs ici même, un toujours dans le jamais.

Oui, c'est ça, un *toujours* dans le *jamais*.

N'ayez crainte, Renée, je ne me suiciderai pas et je ne brûlerai rien du tout.

Car, pour vous, je traquerai désormais les toujours dans le jamais.

La beauté dans ce monde.

MARX (Préambule)

CAMÉLIAS

PALOMA

DU MÊME AUTEUR

Aux Éditions Gallimard

UNE GOURMANDISE, 2000 (Folio n° 3633)
L'ÉLÉGANCE DU HÉRISSON, 2006 (Folio n° 4939)

Dans la collection Écoutez lire

UNE GOURMANDISE, 2008 (1 CD)

Composition Graphic Hainaut.
Impression Novoprint
à Barcelone, le 12 janvier 2010
Dépôt légal : janvier 2010
1ᵉʳ dépôt légal dans la collection : mai 2009

ISBN 978-2-07-039165-3./Imprimé en Espagne.

174959